张振治

著

东关街一家人

大连出版社
DALIAN PUBLISHING HOUSE

© 张振治 2025

图书在版编目（CIP）数据

东关街一家人 / 张振治著. -- 大连 : 大连出版社,
2025. 4. -- ISBN 978-7-5505-2392-0

Ⅰ. I247.5

中国国家版本馆CIP数据核字第2025F65T08号

出 品 人：王延生
责任编辑：金 琦
封面设计：林 洋 石轶鹏
责任校对：张海玲
责任印制：刘正兴
项目策划：石轶鹏

出版发行者：大连出版社
　　　地址：大连市西岗区东北路161号
　　　邮编：116016
　　　电话：0411-83620245 / 83620573
　　　传真：0411-83610391
　　　网址：http://www.dlmpm.com
　　　邮箱：dlcbs@dlmpm.com
印 刷 者：大连天骄彩色印刷有限公司

幅面尺寸：165 mm × 230 mm
印　　张：17.25
字　　数：263千字
出版时间：2025年4月第1版
印刷时间：2025年4月第1次印刷
书　　号：ISBN 978-7-5505-2392-0
定　　价：90.00元

序

大连有一条街，叫东关街。东关街不长，但挺大。"不长"是因为它南北走向不过一百多米，宽不过四五米；但是大连人嘴里说的东关街，不仅仅是指这条不长不宽的小街，而是指东关街所在的一片区域。这片区域挺大，东起英华街，西至新开大街（今新开路），南起黄河路，北至鞍山路大桥洞，中间是长江路。有轨电车穿过，又把这一带分成南北两片。

在东关街鼎盛时期，如果你登上东关街边上的高楼，从楼上俯瞰整个东关街，你会被一种壮观打动，那些不同于人民路上高楼林立的建筑，像棋盘一样，错落在那里，固执地坚守了一百多年。如今在大连城区再难找到像东关街这样的老街，混合了欧式和日式的风格。花岗岩的门楣、油漆的大门、雕花的拱形窗户、敞亮的天井，很美。到了二十世纪二三十年代，这一带成了华商集中之地。

走在东关街上，就像穿越了一座城市的历史。

老大连人说，东关街是一条老街，虽然它才有百年的历史，但大连这座城市也才开埠120多年。

老大连人说，东关街是中国人居住区，这是因为日俄殖民者把中国人赶到这片区域，原本是对中国人的歧视，可是中国人不信邪，一番番白手起家，一番番春夏秋冬，反而造就了"海南丢儿"的辉煌。

老大连人说，东关街是"中国商业第一街"，这是因为在这片土地上，"海南丢儿"用自己的勤劳，用自己的智慧，用自己的吃苦耐劳，用自己的不懈奋斗，把这里建成了集居住、经商、文化、传承为一体的商业街，比之天津街、西安路有过之无不及。它有它的特色。

老大连人说，东关街是历史文化街区，这是因为这里传承的是中国人的伦理道德，书写的是上下五千年的民族历史，继承的是字正腔圆的华夏文化，流淌的是龙的传人的血液。

然而，东关街百年的历史却是命运乖蹇，坎坎坷坷，它经历了开街—繁荣—萧条—再繁荣—再萧条—没落。甚至，开发商把它买了去，要夷为平地，搞商业开发。东关街部分老住民，拿了拆迁补偿费，一走了之，头也不回；部分新住民连欠缴的房租也不交了，一哄而散，"胜利大逃亡"。但东关街还居住着一些有识之士，他们反对，抗争。

大连人几经呼吁，几经努力，陈述历史，展望前景，保护遗迹，出谋划策。他们保卫东关街几十年，关爱这一片热土，为的就是寻求大连的根，为的就是诉说大连的文化，为的就是弘扬大连人的开拓精神，为的就是让孩子们爱我大连。几届市政府做了大量工作，也想了很多办法，要拯救东关街，要让东关街成为大连的另一张亮丽的名片，让东关街成为大连的一个历史见证。大连老百姓的心之所想，政府何尝没有"政之所为"。2024年春节期间，笔者信马由缰，又来到了东关街，透过围挡，惊喜地看到有一两排老建筑已旧貌换新颜，心里一片敞亮。看来这次是动真格的了。有期盼，有展望，也有遗憾，有疑虑。

这部小说，叙写了大连东关街的坎坷故事，并期待它能凤凰涅槃，浴火重生；东关街一家人的故事，更是倡导了一种精神，一种为国为民的奉献精神。

一

深秋,海参崴(符拉迪沃斯托克)已有初冬的感觉。笔直的白桦、粗壮的洋槐,树叶已落尽,只剩下树干和树枝在萧瑟的北风中瑟瑟发抖,令人顿生寒意。只有放肆的松柏依旧绿意葱葱,传达着生命的坚毅。

这几天虽冷,但海参崴火车站广场倒是人满为患,喧嚣嘈杂。广场上一片片、一队队的是被苏联红军俘虏的日军,他们将被押解到西伯利亚。这些俘虏一个个破衣烂衫、蓬头垢面,没有了往日的骄横,他们或坐或蹲,低头耷脑,垂头丧气,望望天,望望北,看看荷枪实弹的苏联红军战士,就已经明白,等待自己的将是正义的审判和严厉的惩戒。

车站的候车室倒还安静,南来北往的乘客坐在长凳上等候火车的到来。一对母子进到候车室,找到位置坐了下来。女人高高的个子,穿着薄薄的浅紫色的俄罗斯呢子大衣,一条浅红色的披巾辉映着的是一张俊俏白皙且刚毅热情的脸。这穿戴、这气质、这颜值显出了独有的风韵,看起来她还颇有故事。

她叫孙悦衣,是一位共产党员。日伪统治时期潜伏在新京,开展地下活动,搜集破译日伪情报,为抗日战争做出重要贡献。曾几次被日伪特务抓捕,严刑拷打,她坚贞不屈。特务们找不到证据,只好将她释放。后来,特务们终于知道,她竟然是东北抗日联军将领周洪涛的妻子，便倾巢而出，拼命追杀，欲置她于死地，还企图找到抗日联军的军部，抓捕周洪涛。孙悦衣带着孩子东躲西藏，后来，在组织的安排下，她来到抗日联军军部做机要员。

在一个寒冷的冬天，军部被日军包围，在突围中周洪涛身负重伤，经过抢救脱离了危险。但是，当时缺医少药，缺吃少穿，再加上旧病复发，在一个狂风大作、大雪纷飞、极度寒冷的夜晚，周洪涛病情恶化。孙悦衣守在他的身旁，一筹莫展。午夜，周洪涛已到弥留之际，拉着孙悦衣的手，挣扎着想说什么，嘴巴一张一合，可是始终没有说出话来……周洪涛溘然长逝。孙悦衣就这样眼睁睁地看着丈夫离世，她说不出，哭不出，悲痛欲绝。丈夫牺牲了，他是穿着一件单衣走的，是被活活冻死的。"孙悦衣"这个名字就是她在这时候改的，既是表达对丈夫的告慰愧疚，又希望给丈夫送上温暖的衣服。

她的儿子叫周桐，九岁的样子，穿戴也是俄罗斯风格，不言不语，小小的年纪好像也很有经历。周桐刚刚记事时，父亲和母亲总不在他身边；也不知为什么母亲总是东躲西藏，还经常被坏人抓走，被打得满身是血；他自己好像是无家可归的孩子，经常躲在左邻右舍家中，你一口我一口地被邻居养大。因此，他小小年纪便整天沉默寡言。不过他也有开心的时候，和同伴们在大街小巷踢足球时，他总是不亦乐乎，看那射门、传球、盘带、过人的架势，俨然就是一个小球星。

孙悦衣凝视前方用中文和俄文写着"开往大连 CNEDOBAHNE"的标志牌，沉思了一会儿，回过头对儿子说："桐儿，我们先去长春。"

"为什么去长春？"在车上闷了挺长时间，孩子终于开了口，好像那里并没有给他留下好的印象，只有恐惧和痛苦。

"我们先去长春，去看看爸爸，再找找弟弟，不好吗？"孙悦衣说。要去看爸爸，找弟弟，周桐一下子高兴起来，还有点儿迫不及待。

海参崴离长春不算远，很快就到了。阔别了五六年的长春，车站还是那个车站，街道还是那个街道，高楼大厦还是"兴亚式"风格。不同的是大街小巷冷冷清清，没有了日本大兵的嚣张跋扈，没有了商场地摊的叫卖声。日本宪兵换成了苏联红军，一个个荷枪实弹，巡逻街头；穿着和服木屐的日本人换成了长着金发碧眼的俄国人。街道上很少有中国百姓，他们都待在家里观察动静。母子俩在火车站附近找了一个旅馆，住了下来。

第二天，吃了早饭，孙悦衣决定先去看看周洪涛的坟墓，便雇了一辆马车，一路向北。走了两个多小时，来到深山老林。虽说已有初冬感觉，但仍然秋意浓烈，连绵的青山高耸入云，挺拔的劲松郁郁葱葱。步行了一会儿，母子俩在一盔坟前停了下来。坟头不大，长满了一人高的杂草，还有几束快要枯萎的花。坟前一块墓碑，实际上就是一块木板，一米多高，上面写着"抗日将领周洪涛之墓一九三八年"，没有碑文。孙悦衣按中国老百姓的习俗，摆上四样供品，烧上一些纸钱，念叨起来："洪涛，日本投降了，抗日战争胜利了，我们的血没有白流。看看我们的桐儿，他已经长大了，很懂事、很优秀、很像你。你放心吧，我们会好好生活。"说完，她拿出手绢，擦拭着墓碑，两眼含泪，想起悠悠往事：她想起了周洪涛牺牲的那个夜晚，想起了周洪涛地下斗争时的机智果敢，想起了周洪涛在战场上冲锋陷阵英勇杀敌时的威猛，想起了周洪涛运筹帷幄的胆识决断，想起了组织对自己的关照，想起了周洪涛的搭档魏和兴。

周洪涛牺牲后，日伪特务仍然不遗余力地追杀孙悦衣母子俩。孙悦衣带着不到三岁的孩子，又怀有身孕，在军部待着危险重重。党组织认为，必须保护将军的家眷，决定把他们送往国外生活。在共产国际的帮助下，苏联方面同意接纳，将海参崴作为母子俩的落脚地。为什么是海参崴？一是海参崴原属中国，这里还有一些中国人的后裔，或多或少还保留了汉族人的生活习惯，孙悦衣越境之后可以很快融入当地人的生活；二是海参崴距离长春不远，有朝一日，回国也很方便。

可是在临走时，赶上孙悦衣临产。生产孩子后，孙悦衣艰难决定，把小儿子周涛寄养到老乡家。寄养的人家住在新京郊区的一个小镇上，开了一间杂货铺，丈夫叫张秀水，妻子叫姜红叶，夫妻二人都是抗日积极分子。为了方便兄弟俩以后相认，孙悦衣找人打了一把银锁，斜着破成两半，大的给了周桐，小的给了周涛。周涛这个名字取丈夫名中的"涛"字，寄托妻子对丈夫的思念。

周桐一直没有说什么，拔着坟上的杂草。爸爸走的那个夜晚，妈妈没有让他在眼前，但是后来也陆陆续续地告诉了他。望着寒酸荒凉的坟墓，他心里也很难过，发誓以后自己一定会回来好好修整一下，让父亲不再挨冻，好好安息。

那年，母子二人来到海参崴，当地政府十分友好，为他们安置了不错的住处，准备了所有的生活用品。孙悦衣被安排在苏联情报机构上班，做档案管理员。她刻苦学习俄语，很快适应了工作。周桐先是念了俄语班，很快成了小俄语通。一转眼，周桐到了上小学的年纪，他就读的那所学校是海参崴当地一所很不错的小学。这几年，他们生活得还算不错。平静的生活一天天地过去，可是孙悦衣总觉得不安，虽说抗日战争胜利了，但祖国还没有安宁。听说，国民党要撕毁《双十协定》，正在调兵遣将积极备战，内战的硝烟一触即发。自己怎能置身事外？她无时无刻不在等待着党组织的召唤，回到祖国，投身到斗争中去。当初自己离境时，党组织交给自己的任务是好好生活，恢复健康；好好工作，静默等待。

一天，孙悦衣送儿子出门后，穿好外衣正要去上班，门铃声响了。打开门，一个三十多岁的中国人站在门口。

"你是——"望着这个人，既熟悉又陌生。

"哈哈哈，连我都不认识了？"来人高大彪悍，性格豪爽，一看就知道是典型的东北汉子。

"你是……你是……你是老魏？"孙悦衣想起来了，"你怎么来了，快告诉我有什么任务？"孙悦衣十分高兴，迫不及待地问。

"哈哈哈，还是老脾气，雷厉风行啊。"看来他们是老相识。

老魏，魏和兴，也是东北抗日联军的首长，是周洪涛的下级指挥员，两人并肩作战、出生入死、英勇战斗。周洪涛在新京做地下斗争被捕时，老魏参与了大营救，从关东军手中救出了周洪涛。周洪涛在战场负伤时，是老魏背着他突破重围。周洪涛养伤期间，老魏忙前忙后，寻医买药。周洪涛牺牲那天，老魏一直守在眼前，泪流满面。周洪涛牺牲后，老魏帮忙照料后事，并建议把孙悦衣母子送到国外，也是他不顾个人安危，冒着被追杀的风险帮助母子越境，安然脱险。

这次，老魏来海参崴传达了上级的指示："东北局决定让你到大连，出任公安局副局长，主抓打击敌特破坏的工作，维护社会治安。"

原来，日本投降后，国内的形势正如孙悦衣分析的那样，国民党已经磨刀霍霍，内战的硝烟已经燃起。东北局命令魏和兴转业地方，前往大连，抢在国民党之前接管大连，打造一个"特殊解放区"。具体的任务是协助大连市委组建大连市公安局，并出任副局长。

魏和兴来大连后，发现公安局警察成分复杂，一部分是日伪警局留用人员，心怀鬼胎；一部分是从东北抗日联军抽调的战士，几乎没有什么治安管理的经验。当时社会混乱，敌特也很猖狂，治安工作很难进行。老魏虽身经百战，可是面对无人可用的情况，也是无可奈何。他调集的一些战士，虽然弄刀弄枪个个称职，但面对潜伏的敌特，他们束手无策。老魏需要帮手，他想到了孙悦衣，他知道孙悦衣做过地下工作，文武兼备，头脑清楚，完全胜任这个工作。他向上级请求调孙悦衣回国，参与大连的建设。东北局实际上早有调孙悦衣回国的安排，但打算让她回长春工作，考虑到老魏的请求，就同意了调孙悦衣去大连。于是，魏和兴决定亲自到海参崴传达上级的命令。

孙悦衣很兴奋，赶紧问："我们什么时候走？"

老魏又笑了，说："知道你是个急性子，但你暂时还不能走。上级的意思是让你再待一段时间，三两个月吧。这期间，你要好好学习，留意观察，熟悉情报机构的运行规律，到大连就可以走马上任了。这可是难得的'财富'啊。"

"我明白了，我保证好好学习，积累经验。"孙悦衣说。

"好，你等我信儿，我走了。"说完魏和兴抬起屁股就要走。

孙悦衣赶紧说："中午吃完饭再走嘛！"

"不了，我还有别的事。"老魏说，"等回大连，我请你，大连的海鲜很好吃呀。大连见！"说完，转身就走了。

孙悦衣穿上外套，赶紧去上班了。在车上，她仍然很兴奋，她没有像往日一样浏览街道两旁林立的高楼、挺拔的绿树、不息的人流。她在想，大连会是一个怎样的城市？和长春有什么不同？自己在大连怎样开展工作？可能会遇到什么问题呢？她甚至想如何和桐儿说起这件事，不知道他是否愿意去大连。

三个月过去了，终于盼到老魏的来信，他告诉孙悦衣三个月后可以启程回国。孙悦衣很兴奋，终于可以回家啦！

回国的日子一天天近了，孙悦衣抽空就收拾东西，不过也没有多少东西可收拾。她在想怎么和桐儿讲，毕竟在这里生活的时间不短了，已经完全融入当地的生活。

一天，孙悦衣又收拾东西，周桐突然问："妈妈，你怎么总是收拾东西，我们要搬家吗？"实际上，周桐早已觉察到妈妈的举动，猜测到妈妈肯定有事没告诉他。

周桐这一问，倒是给了孙悦衣一个说破的机会，她踌躇了一下，决定趁机告诉桐儿，听一听他的想法，便说："妈妈是有事，你看出来了？"接着就把接受任务要去大连工作的事说了出来。又问："你是回国还是继续留在海参崴？"

"妈妈，我们一起回国。"孙悦衣满以为儿子会挺为难，没承想周桐连想都没想，很爽快地回答，语气坚定，主意笃定。

周桐在学校里的表现很优秀，很有人缘，很受老师的赞扬、同学们的拥护。可是，周桐却感到孤独，他听不到字正腔圆的中国话，感受不到孔孟学说的理念，感受不到华夏子孙流淌的热血，生活在异国他乡，总有一种失落感。他的根应该在父母战斗过的地方，应该在有五千年传承的热土上。他虽然没说过，但他的心早已飞回祖国，虽然祖国贫穷，但他立誓一定会为改变祖国的落后面貌添砖加瓦。

孙悦衣如释重负，她没有想到桐儿会如此的坚定，如此的热血，如此像自己的丈夫。

夜幕降临，孙悦衣决定先在长春住一晚，明天就去找周涛。

第二天一早，母子俩就赶往小镇。路上，孙悦衣想，涛儿应该五岁了，不知道长得像不像洪涛。她看了看桐儿，想问那块银锁带没带，又想他肯定带了，就没开口。周桐好像也有话问妈妈，但是也没说。

来到小镇，他们赶紧奔向张秀水家。路，孙悦衣很熟悉，没有变，只是多了一些战争的创伤。来到张秀水家一看，他们的心碎了，眼前的房子已是断壁残垣，显然是被大火烧过。左邻右舍听说是周将军的家眷，纷纷前来问候。交谈中孙悦衣听明白了：自己走后不久，日伪特务知道了周家小儿子寄养在张秀水家里，立刻召集人马来小镇。地下党潜伏人员迅速通知张秀水夫妇，他们赶紧抱着周涛，放弃了所有家当，向深山老林跑去。特务们扑了一个空，一怒之下，一把火把房子烧了。显然他们并不甘心，继续各处搜查，但始终一无所获，无奈，不久之后便偃旗息鼓。至于张秀水一家跑到哪里去了，谁也说不准。

当地政府听说周洪涛妻子回乡了，很热情地接待，并帮着寻找周涛。没见到周涛，孙悦衣母子很失望，但是他们确定了一点——周涛还活着，活着就有找到的希望。他们没有在长春逗留，决定先去大连，有机会再来找。

二

火车一路南下，一天一宿后到了大连。走出站台，回望车站，母子俩感到火车站很大气，很洋气，很特别。既不像长春的，也不像海参崴的。大连火车站造型简洁明快，空间布局合理，巧妙利用了南低北高的地势，在地势较低的广场空间里通过弧形大坡道将车站建筑与广场外的城市空间紧密相连。

走出车站，老魏早已在等待。

"你那么忙还来接我们？"孙悦衣说。

"我不接你们，你们上哪里住？你们娘俩走丢了，我可担待不起。"老魏开玩笑地说。又看了看周桐，说："周桐都这么大了，小伙子了。"

"魏叔好！"周桐很有礼貌地打招呼。

"走，我们上车，送你们回家。"老魏说。

汽车向西行驶，路过青泥洼桥，不一会儿来到小岗子，在东关街附近的一座小别墅前停了下来。别墅不大，二层洋楼，一个小院子。

院子和小楼已经收拾得干干净净，窗明几净。刚下车，几个警员从屋里出来打招呼："孙局好！"又帮助他们搬行李。

孙悦衣看看屋里，家具厨具、吃的用的，一应俱全，没有露出喜悦，反而面有愠色，她知道共产党虽然接管了大连，但是老百姓还很困难，政府也是青黄不接，自己怎能住进这样高级的别墅。

虽然她没有说什么，但老魏已经看出她的不解和不悦，就试探着说："怎么样，还满意不？"

孙悦衣拉下脸来说："我是来大连工作的，不是来享受的。"

"是呀，你已经开始工作了呀。"看孙悦衣不解的样子，又说，"你住进这座别墅就已经开始工作了，已经开始做贡献了。"

原来，大连在"俄治"和"日治"时期，俄国人、日本人纷纷迁入，他们建了许多住房，尽情地享受生活。尤其是日本殖民统治大连四十年间，把大连当成他们的国土，许多日本人移居大连生活，开工厂，开公司，开商场，开银行，开学校，甚至大量驻军，臭名昭著的关东军司令部也在这里。他们大兴土木，殖民掠夺，奴化大连人，称大连人为皇民，要把大连搞成一个充满日本文化、带有殖民色彩的畸形城市。一边是中山广场、友好广场、高尔基路、凤鸣街、南山风情一条街，高楼大厦、大小别墅，异域风情；一边是香炉礁、寺儿沟、周水子等贫民窟。抗战胜利后，日本军队投降撤离，日本住民也几乎都回国了。这样，一边是大量的日本房闲置在那里，年久失修，损坏严重；一边是中国老百姓无房缺房，露宿街头。于是大连市委决定，让百姓搬进这些日本房，改善百姓住房条件，甚至开展了"搬家运动"。可是，尽管是无条件地搬家，但没想到的是几乎无人响应。经过调查得知，原来循规蹈矩惯了的老百姓害怕日本军队会卷土重来，反攻倒算；害怕日本人会留下机关，不知什么时候就会遭殃；害怕屋子里有日本鬼子勾掉自己的魂魄。当然，这些谣言都是汉奸、国民党特务散布的，他们就是要破坏"搬家运动"。所以，市委领导决定，党员干部带头搬进日本房，用行动击破谣言，推进这项工作。

说到这里，老魏看到孙悦衣的脸色已经放晴，笑笑说："怎么样，你住进这里，是不是响应号召，是不是开始工作了？"

孙悦衣也笑了笑说："真想不到，住进洋房也是响应号召，也是工作，大连还真是特殊。"

"你说对了，上级说大连就是一个'特殊的解放区'。你住的这处小别墅曾是一个日本商人的居所，听说这个日本人在小岗子市场（今西岗市场）开了一个商店。他回国后，这处小别墅就一直闲置着。好了，你们娘俩也该休息了，再熟悉一下环境。怎么样，明天可以上班吗？"

"当然可以。"孙悦衣急不可待。

"好，明天是你第一天上班，我来接你。"老魏说完就走了。

挺大的房子，只剩娘俩了。他们先在屋里看了看，楼下一间客厅、一间饭厅都是榻榻米格局，另外还有一个卫生间；楼上两间卧室也是榻榻米格局，另外还有一个储藏间。来到院子，看了房前屋后。小楼坐北朝南，院子不大。

周桐对这里还是蛮有兴趣的，看看这里，看看那里，尤其对榻榻米，好一番研究。孙悦衣了解了"搬家运动"后，也喜欢上了这里。

第二天一大早，老魏来接孙悦衣上班，他告诉孙悦衣，这里离公安局很近，十几分钟的路程。

欢迎仪式简单热烈，孙悦衣一身军装，飒爽英姿，她敬了一个标准的军礼，让大家颇有好感。欢迎仪式结束后，老魏说："现在有很多事情要做，你的第一项任务就是在搞好社会治安的同时，推动'搬家运动'的开展。宣传处和刑事处配合你工作。"然后叫来了两位处长，介绍完后说："你们开始工作吧，我还有别的事。"

孙悦衣很快进入了状态，她对两位处长说："我初来乍到，还不太了解情况，请二位介绍一下'搬家运动'的开展情况。"两位处长介绍完情况，孙悦衣已经有了工作方案。她布置说："我认为关键的问题还是宣传，让百姓明白党的政策。当然，对敌特的破坏活动必须镇压，没有了谣言，没有了蛊惑，老百姓才会放下包袱，才会相信党的政策。我们双管齐下，两个处同时开展工作，短时间里见成效。"

两位处长离开后，她调阅了有关卷宗，敏锐地发现特务们制造谣言的发端，基本上集中在南山日本一条街、青泥洼桥商业街、逢坂町（今武昌街）一带。她决定从这几个地方入手，布置了几路人马，深入调查，蹲点守候。

她自己也带着几个警员，一连几天守在逢坂町一带。她发现有一个人经常深更半夜出没在街头，鬼鬼祟祟，还在墙上贴传单。传单上写的就是那些破坏"搬家运动"的谣言。孙悦衣没有下令抓捕，她要再观察，看看他还有没有同伙，还有没有其他活动。一天半夜，这个人又出现了，几个警员跟踪他到一处很隐秘的日本房，听声音，屋里应该还有其他人，而且说的竟然是日语。孙悦衣分析，这是一些没有投降的隐匿起来的日本兵，他们不仅仅造谣破坏"搬家运动"，也许还有更大的阴谋。她命令几个警员二十四小时严加监视，并且强调，一旦发现他们有破坏行动，立刻果断出击。接着，她回到局里向魏局和党委做了汇报。魏局认为孙悦衣分析得很对，说："前几天就发生过枪杀日本人，抢走钱物的事件。过了几天，又发生持枪闯入苏联侨民家中抢劫的案件。当时没有把这几起抢劫案和造谣惑众案联系在一起。我建议两案并入一起处理，并且要加派力量尽快破案，仍由你牵头。什么时候收网，你根据情况来定。"

孙悦衣对警员说："现在他们有多少人、有没有其他窝点、有多少武器，我们都不知道，所以暂时不能收网，继续严密监视。"果然，过了两天，日本房里又多了两个日本人；而且在青泥洼桥一带，再次发生了光天化日之下持枪抢劫的大案。经侦察，当天晚上，日本房里竟聚集了十几个人。这是暴乱的前兆，看来，敌人有大行动。孙悦衣果断命令：全副武装，包围窝点，雷霆出击。暴徒们持有枪械，武力拒捕，负隅顽抗，凶猛的火力封锁门窗，警员一时不能破门而入。双方对峙了十几分钟，一个警员不顾生死，冒着暴徒密集的子弹匍匐爬行，机智地炸开了大门，可是在他站立起来时，身中数弹，壮烈牺牲。暴徒们见大势已去，竟然纵火烧楼，企图借大火的掩护逃跑。孙悦衣命令：暴徒不投降，就地击毙。很快，警员们冲进屋里，冒着烈火击毙了几个暴徒，抓捕了几个。救火车赶来，熄灭了大火。一场暴乱平息了。

经审讯，这伙暴徒在日本投降后携带枪支弹药在逢坂町一带隐匿下来，企图在大连兴风作浪，他们针对各国侨民作案多起，妄图制造各国侨民与民主政权的矛盾，煽起民族仇恨，同时还破坏大连的社会治安，作恶多端。暴乱被镇压，震慑了日本兵的残渣余孽、国民党特务，大连的社会治安也一天天向好。"搬家运动"也顺利开展起来，大连百姓对共产党有了正确的认识，积极拥护大连民主政权。

在表彰大会上，公安局党委宣读了大连市委的表扬信，魏和兴在总结发言时激动地说："同志们，镇压粉碎反动势力的暴乱，震慑了敌人，惩治了犯罪，巩固了民主政权，维护了社会治安，大家做出了不可磨灭的贡献。我们打了一场漂亮仗，我们取得了一个伟大的胜利。我们向英勇牺牲的同志致哀，我们不会忘记他们。"接着，党委书记公布了立功受奖名单。

会后老魏和孙悦衣做了一次长谈："悦衣，你刚来大连就立了大功，解决了困扰多日的难题，真得好好向你学习呀，哈哈，巾帼不让须眉呀。"他首先传达了上级对孙悦衣的嘉奖，肯定了她的斗争策略，表扬她身先士卒的英勇精神，鼓励她再接再厉，做出更出色的成绩。而后又非常关心地问道："怎么样，十几天没睡好觉，很累很乏吧，今天明天放你的假，回家好好休息一下。"

接着，又说了一句私心话："看你那样不顾生死总是冲在第一线，真为你担心，要好好保护自己呀。"

孙悦衣很激动、很感谢："谢谢你的关心，我会照顾好自己，照顾好桐儿。"

说到周桐，老魏问道："周桐这几天怎么样，你不在身边，他能照顾好自己吗？也快开学了，他想上哪所学校？局党委说了，上哪所学校都要保驾，必须成功。"

孙悦衣对自己受到的表扬轻描淡写地回应了几句，说到桐儿，她不无忧心地说："这几天桐儿的情况我还真说不清，不过他的自理能力还是很强的。前段时间，他偶然提起附近有一所学校，说看了校舍操场，印象挺好。具体情况我也不清楚。"

周桐这几天倒是过得很洒脱，学校还没有选定，又赶上学校放假，没有什么事，除了在家里看看书，就是上街遛弯儿。一出门，走几步就到了东关街一带。他很喜欢这里的环境，中国人、中国话、中国房、中国菜、中国饭、中国街道、中国商铺，一切都是纯正的中国味儿。他感到既熟悉又陌生，很感兴趣，又想探究，几天工夫就把东关街走了几个来回。

实际上东关街不是单纯的一条街，而是指一片区域，俗称"小岗子"。一开始，沙俄殖民者把小岗子地区划为"中国区"，专供中国人居住。后来，山东、河北两地来连谋生的人多了，人多成市。日本侵占大连后，殖民者开始允许本国国民自由进入大连，造成日本人居住区告急，就又以"下层中国人的一般杂居，在卫生风纪方面有值得忧虑之处"为借口，强行将南山附近的中国人迁移到市区西部的小岗子一带。小岗子，这个颇具几分悲凉意味的地区，就成为日本殖民统治下大连城区西部中国人聚居区。

到了二三十年代，这一带已是华商集中之地。以大龙街、新开大街、小岗子市场为中心，西至日新街、久寿街、北京街，东至西岗街、宏济街、东关街，成为西岗地区繁华地段。之所以叫东关街，民间还有一种说法，日本占领时期，居住在小岗子的中国人去日本人居住区要过关检查，而关卡设在小岗子的东面，因而这里被叫成了东关街。

东关街上的建筑多建于二十年代，多是日式仿欧建筑。三四层的联排式住宅，有厚厚的砖墙、小拱窗，山墙上雕着欧式刻花，房檐下也精心用砖块排出图案，坡屋顶上高矮不一的烟囱一排排地挤在一起，房前屋后街巷都很狭窄。这里既是人口聚集的地区，也是西岗区乃至全大连的商业中心。

周桐对这里的电车很感兴趣，刚搬来的几天，夜深人静时，有时就能听到咣当咣当的声音。天一亮，他就顺着声音去找。来到"上岗"，看到一种没有见过的车：天上一根线，地面两根线，拖个大辫子，慢悠悠跑来。原来这是有轨电车。坐上有轨电车，从东关街往西，随着地势越来越高，有轨电车特有的隆隆的爬坡声也越来越响，直到北京街最高处恢复正常。周桐看到前面不远处有一个小教堂，和海参崴的教堂样式差不多，也是灰色基调，砖木结构，青砖青瓦，正面是三层八角形钟楼，尖顶上立着黄色十字架。

再一路下坡到大同街。这里是一个大杂院，有一个露天市场，又叫破烂市场，以后改名为博爱市场。周桐在有轨电车上就可以看到那个市场，人山人海，甚至都能听到市场里的叫卖声、吆喝声，好像挺热闹。小小的周桐，立刻来了兴趣，他决定改天一定过来看看。

要说东关街，就不能不交代一下露天市场。因为东关街是"国产"，而露天市场是"日产"。"国产"的东关街，是大连人民自己开发的商业街，传承的是中华民族诚信为本的经商理念，书写的是中国老百姓自己的勤奋抗争和不屈的精神。而"日产"的露天市场，一开始就充满了血腥的殖民色彩，充满了剥削掠夺欺诈的霸道氛围，充满了投机、巧取豪夺的诡诈伎俩。

周桐对东关街的商业氛围也很感兴趣，没事就逛逛街，这里看看，那里瞧瞧，他不是要买什么，而是喜欢听各种口音的小商贩们的吆喝声，做各种生意的大小老板们讨价还价的商讨声。他喜欢看看琳琅满目的商号牌匾幌子，看看上面有没有大家的题字签名；看看形形色色的商铺门脸和商品；看看各种各样的南北小吃，有点儿钱还买点尝尝；看看摩肩接踵的街道，热闹非凡。这里更多的是"海南丢儿"，长袍马褂，破衣烂衫，也有西装革履；外国人也有，大多是日本人、苏联人，他们对这里也很感兴趣，偶尔也能淘到自己喜欢的宝物。

周桐发现东关街这条"中国商业街"以杂货铺为主，涉及的行业之广、店铺之多、光顾人群之众都远胜于露天市场。杂货铺、照相馆、裁缝铺、理发店、浴池、钱庄、当铺、中药铺、妓院、烟馆，真是五花八门，应有尽有。这些街边一家挨着一家的小店，充溢着中国式的琐碎味道和温暖的家常气息。这些店面都不大，小作坊、小铺子而已。

要说大点的，那就是大龙街上的徐利兴杂货号，老板是西岗商会副会长，由于受到殖民当局的压制，无法发展为全市的大商号。小岗子的华商们凭着勤劳诚信和独到眼光打拼出自己的一片天地，他们的故事充满传奇色彩，他们的经验有着浓郁的中国味道。

要说占地面积最大的，恐怕要数西岗市场，有半个足球场那么大，经营面积也最大，但一铺难求。市场内有店铺40余家，周边各种食杂小店160余家，普通人家在这里一次性就能买够需要的各种东西。

要说顾客、游客最多的，应该是东关街和大龙街交会处，这里不仅中国人喜欢，日本侨民也喜欢光顾，白天来买东西的人络绎不绝，大包小包装得满满的。晚上来东关街的游人也会光顾这里，尝尝小吃，看看杂耍，听听小曲，往往是子夜时分仍然游兴不减，有的店铺干脆就二十四小时营业，不打烊。

要说庭院式的小作坊最多的，也是西岗市场。这里五花八门的小商品最多，来来往往的顾客最多。西岗市场还有一些外国人开的店铺，主要是日本人、朝鲜人。朝鲜人主要经营朝鲜面馆，卖面条、辣白菜。周桐逛西岗市场发现，这个市场东南西北都有门，而且每个门都很有特色，像西门就有点儿巴洛克风格，门不大，但有简单的雕刻装饰，门楣凸出呈"八"字形，刻有简单的花饰，门柱刻意砌成凹凸错落的样子。

出北门，正好是有轨电车小岗子站。

出西门直走不远有一条大街，叫新开大街。关于这条街，还有一些可喜亦可悲的故事。要说新开大街就要提到一个人——庞睦仁，福顺义油坊经理、小岗子华商公议会会长、大连市役所议员。爱国商人，善举连连，创立了学校，如协和实业学校，创办了幼儿园，兴办了大龙街夜市，还带头向殖民当局要求更改带有侮辱性的名字"小岗子华商公议会"为"大连西岗商会"，小岗子也因此改为"西岗"。由于日本人的种族歧视政策，这里一直都是泥路，晴天到处尘土飞扬，雨天积水泥泞，寸步难行，但是即使条件再差，每到过年过节，这里都是大连最热闹的地方。三十年代初，庞睦仁联合一些华商，筹款修路修桥。路就是新开大街，桥就是北岗桥。筹款不多，庞睦仁说："有多少算多少，不够的这部分钱，我来出。"经过两年的努力，路修成了，但是还没有路灯，夜间行走很不方便，也不便于商家夜间经营，于是又竖起电线杆子，安上路灯。完工后，向"满铁"交涉要求通电照明，但是日本当局开始刁难，要将这条大道命名为"新京大街"，以纪念伪满洲国成立的新京。但是，庞睦仁等坚决不同意这一无理要求，据理力争，并发动市民请愿，提出这条街是中国人自己修的道路，是一条新修的道路，就叫"新开大街"。日本当局怕引起民愤，就同意了，大连人欢声一片。不久，新开大街两边的商铺、酒楼、饭馆都开张营业，成了东关街的又一商业大街。接着，夜市也亮了起来，张灯结彩，人来人往，老老少少、男男女女都来凑热闹。小吃少不了，沿街设摊，十里飘香，令人垂涎，有钱没钱都想品尝一下；小商品小百货小工艺品琳琅满目、物美价廉，成了男孩女孩的最爱；艺人们也不会缺席，玩杂耍的，拉洋片的，唱小调的，各显其能，各献绝活。

周桐和老魏的女儿魏来也时不时地相约前来逛逛，反正就在家门口。尝尝小食品，买点儿小玩意，听听小调清唱，好不惬意。

再说北岗桥，桥的北头是一摊海水，大家叫它小海。小海北有不少人家，但是想来到新开大街要蹚海水过来，有时涨大潮，想过也过不来。大连西岗商会出资，在这个小海上建一座桥，造福桥北人家。于是就有了北岗桥。应该说，北岗桥是中国人自行建设的一座桥，是新开大街的一部分。北岗桥建成前，人们常说桥南桥北两重天，在他们眼中，向南跨过北岗桥就算进了城。自从有了这座桥，他们又说，抬脚就过桥，进城逛大街。

再有就是西岗百货公司，有四层楼，规模挺大，顾客盈门。它的对门，是新开大街西侧的大仁堂。提起大仁堂，无人不知。大仁堂几乎和新开大街是同时期建成的。创始人最先是在寺儿沟经营同仁堂的京帮药，新开大街开街后，由于这一带人口众多，就在这里开办了分号，因生意兴隆，不久就扩大了店面，面积翻了一番，店员也增加到 20 多人，在市民心中颇有口碑。

就这样，孙悦衣和周桐，还有老魏和魏来，就成了大连人，成了"东关街一家人"。

冬天来了。大连的冬天比起长春，那可是"温暖如孟春"，比起海参崴，更是"温暖如仲春"。春节来了，这是孙悦衣母子俩第一次在大连过春节。和老家一样，大红灯笼高高挂，买年货、大扫除、贴福字、辞旧岁、送灶王、放鞭炮、迎新春、准备年夜饭、拜新年。在海参崴五年了，没有感受到过家乡春节的喜悦和神秘，没有春节大团圆的欢乐，也没有鞭炮齐鸣的狂欢。但每当年三十，母子俩都会格外思念亲人，说一说周洪涛，念一念涛儿，想一想祖国的命运。

大连的春节气氛虽不如黄河长江一带的浓厚醇香，但母子俩已经感受到了"年味"。周桐在自家院子里放了一挂鞭，噼噼啪啪，好不快活，不过瘾，又放二踢脚，还一个劲儿喊"咚——嗒"。孙悦衣给了周桐压岁钱，自己换了一件紫红色毛衣，照照镜子，笑了，还行，还挺漂亮，比起穿警服总算有点儿女人味，看谁还敢说自己是女汉子。在公安局，孙悦衣事事冲在前，不顾安危，甚至不顾生死，对敌人坚决斗争，对不正之风横眉冷对，每天一身警服，淡妆示人，久而久之，大家就叫她女汉子。不过，她对同志对警员倒是笑脸相对，关心备至，像个老大姐。孙悦衣也包了饺子，三鲜馅，正宗的。在海参崴想家的时候，她也包饺子吃，寄托对亲人的思念，不过总吃不出家乡味。

孙悦衣拿出四副碗筷摆在桌上，也算全家团圆了吧。

"好吃好吃，真好吃，妈妈的手艺还不错。"周桐一边吃，一边说，说真的，在海参崴怎么也吃不出这个味。

"不用你拍马屁，说说你的事。这么长时间，你整天就是东关街啊，西岗市场啊，逛够了没有。"孙悦衣一直挂念着孩子上学的事。她已经了解了大连学校的情况，也跟老魏说过几次。

来大连一段时间了，赶上学校期末复习考试，又赶上放寒假，就没有办理入学手续。周桐也十分难得地有了接触社会、了解社会的机遇。

春节过后，学校也快开学了，该办理入学的事了。孙悦衣和老魏商量该去哪所学校。

孙悦衣说："桐儿挺喜欢眼前这所学校。"

老魏说："周桐说的那所学校还不错，但它是商业学校，不适合周桐，还是去新成立的那所学校吧。那所学校专门接纳南下干部和烈士的子女，校长是中国教育的先驱者，教学质量应该有保障。我觉得到这所学校更合适。听说现在已是第四初级中学了。"

"那当然好，不知道好不好办，合不合乎条件。"孙悦衣说。

"应该没有问题，市委不是说过各学校开绿灯嘛，再说周桐是符合条件的。"老魏说。

孙悦衣有点儿犹豫，说："是不是有点儿远？"

"不远不远，早点儿走，男孩子，远点儿怕什么，权当是锻炼身体。"老魏把周桐也当成自己的孩子。

"我看行，我再跟桐儿说说，还得麻烦你了。"孙悦衣没把老魏当外人，还有点儿依赖。

孙悦衣想起魏来也快上小学了，就问谁在照顾。老魏说奶奶在。不过奶奶不愿意带，不适应城里的生活，想回老家喂猪喂鸡鸭鹅狗。先这样吧，车到山前必有路。

星期天，孙悦衣休息，就和周桐说："我和魏叔商量，觉得第四初级中学挺不错，要不你就去那儿上学？"

周桐问："魏叔的意见呢？"他很敬重老魏，把老魏当亲人。

"魏叔和我的意见一样，希望你上四中。那里环境挺好，有山有水有公园。"孙悦衣说。

周桐听说有山有水，立刻高兴起来，说："那就上四中。"

"不过，就是远点儿。"

"远点儿怕什么，可以爬山游泳，锻炼身体，很好呀！"周桐求之不得。也许是男孩子的天性，他没考虑别的，开心就好。

开学了，同学们对这个新来的同学颇有好感。周桐自我介绍说："我叫周桐，来自长春。我比较内向，但喜欢和大家交朋友。"他没说从海参崴来。

周桐在大连的学习生活开始了。

三

孙悦衣在粉碎反动势力暴乱和推动"搬家运动"中立下战功后，又马不停蹄地投入了新的战斗。说实话，大连虽然解放了，可是问题还真不少，国民党要争夺大连的天下，特务汉奸总是伺机破坏，苏联红军军管不力。老魏、孙悦衣和全体人民警察的担子沉重，他们既要保卫新生的人民民主政权，打击敌人，惩治犯罪，维护社会治安，又要协助履行"特殊解放区"的职责，为老百姓解难，为前线提供军备支持。

东北战场炮火连天，国共军队攻坚战、拉锯战、游击战……打的是枪炮，消耗的是金钱。国民党有美国的支援，军用物资供给不断，而共产党没有外援，只有依靠人民。东北局要求：大连工业基础比较雄厚，应该为解放战争的胜利做出贡献。具体的任务是尽量多地为前线提供武器弹药。但大连的工矿企业在日军投降前被肆意破坏，之后又被苏军拆卸走了主要设备，工厂处于半停工状态。要想生产，难度之大可想而知。

恢复生产的重任又落到了老魏身上。自己挂帅，义不容辞，可是谁来冲锋陷阵呢？左思右想，没有合适的人选。孙悦衣得到消息后，对老魏说："还是我去吧。"老魏知道孙悦衣完全胜任，可是这不应该是她的任务，她为维护社会治安已经付出了很多，已经很累了。但孙悦衣一再坚持出征，老魏确实也无人可用，不得已就同意了。他和孙悦衣说："我派一个班的警员协助你，由你选择最优秀的。"

孙悦衣首先选了一个搭档，行动处大队长范子长，对他说："子长，你对大连和警局的情况应该很了解。选人的事你来做,你可要给我出出点子。"

"没问题,保你个顶个的优秀。还真巧,我有个叔辈哥,就是炼钢厂的生产主任,找他了解情况,肯定收获满满。"一看范子长,就知是一个爽快会办事又仗义的人。

说干就干,孙悦衣带着人马,进了建新公司,吃住在厂里,和工人打成一片,宣传为前线造枪炮的意义。她招兵买马,请回技术人员,利用现有的设备开工生产,边干边建。

范队说的叔辈哥叫陈新,五十岁上下,果然能文能武,很懂技术。孙悦衣仍让他做生产主任。陈新介绍道,原有的生产设备虽然遭到破坏,但是主体框架还在,零件一部分散落在厂区附近,还有一部分让工人拿回家里了。他建议把这些零件找回来,重新组装。半年不到,工人回厂了,技术员到位了,机器设备转动起来了。

一天,老魏和市领导来视察,看看生产情况,看看工人生活情况,看看生产出来的枪炮,很满意。可是,领导溜了一圈,却没有发现孙悦衣。老魏赶紧问:"孙悦衣哪里去了?"负责接待的秘书说在车间,便赶紧带几位领导去找孙悦衣。秘书指着车间里的一台机器说在那里。一看,孙悦衣穿着工作服,戴着工帽,油里嘛哈,脸上手上全是机油,根本认不出这就是飒爽英姿的孙悦衣。市领导想的是,真是一个好干部,应该表彰、宣传。老魏想的是,这哪里是那个漂亮洒脱的悦衣,简直就是一个半百大妈,他在心里喊"悦衣,你辛苦了"。大家寒暄了几句,孙悦衣做了汇报,最后说:"请领导放心,再过些时日,建新公司一切都会走向正轨,枪炮子弹会及时送到前线。我们会为解放战争的胜利做出更大的贡献。"大家鼓掌，可那个秘书没鼓掌，似乎有话要讲，张张嘴说了一句"悦衣大姐太累了，太辛苦了，她已有一个多月没回家了"，竟是带着哭腔说的。

孙悦衣付出了辛苦，付出了努力，但事情不会是一帆风顺的。国民党的特务就潜伏在厂里，伺机破坏。一天，一个四十岁左右的男人来到公司，和门卫打招呼，套近乎，说找他兄弟，门卫觉得没什么可疑的，就让他进去了。在弹药车间还真找到了他说的人，还有话没话地聊了起来，一边聊，一边东瞅瞅西看看，神态很不自然，举止很不正常。"兄弟"挺警觉，两人原本就只是认识而已，并无来往，他为何来找自己套近乎？再看他很不正常的样子，于是产生了疑惑。那人走后，"兄弟"越想越觉得不对劲，就找范子长做了汇报。范子长和孙悦衣分析，不管是不是国民党特务，提高警惕没有错，弹药车间一旦被炸，那损失可巨大，决定派两个警员，二十四小时监视。

果如所料，那个男人就是潜伏的国民党特务，预谋破坏工厂，破坏生产，阻挡工厂为前线提供武器弹药。他们选中的是弹药车间，因为一根雷管就可以引爆炸药，造成一连串的爆炸，炸掉整个车间，甚至全厂。男人第一次进车间是踩点，寻找安放雷管的地方；第二次又找借口进了车间，观察车间的布局，寻找工人少的地方，与此同时，他得知午餐前工人要去伙房拿饭，需要十几分钟，这段时间车间几乎没有人，是下手的最好机会。范子长把跟踪监视的情况向孙悦衣做了汇报，孙悦衣说："看来，他们已是万事俱备，很可能近几日就会行动。"她决定再申请一个班的警员到车间干活，一旦发现那个男人再进车间，立刻进入战斗状态。果然，那个男人又来到车间，他很警觉，发现车间里突然多出了十几个人，就未敢妄动，但是，也许是上峰催得急，他决定孤注一掷，利用中午人少的时候溜进车间。他来到爆破点，正要实施爆破的一瞬间，警员们飞扑上去，抢下了引爆装置。据那人交代，他们一共三个人。孙悦衣指示全城搜捕，很快抓获了另外两名特务，上线是一个商铺的老板，下线就是厂里的工人。这次行动粉碎了敌人的破坏，保卫了工厂，保证了生产，保障了前线弹药武器的供应。

又半年过去了，孙悦衣在建新公司待了整整一年。经市委公安局联席研究，决定调孙悦衣回公安局，担任党委副书记兼副局长；范子长转业担任建新公司总经理，陈新担任厂长；其他十个警员也留厂，担任各部门职务。

一个月没回家的孙悦衣回家了。推开门，屋里挺冷清，周桐还没放学。她照照镜子，看看自己的脸，皮肤黑了、粗糙了，眼角已有浅浅的皱纹了。她不想让桐儿看到自己憔悴、邋遢的样子。她知道，周桐在海参崴的时候，就一直为母亲的漂亮而自豪，每当听到别人对母亲的赞誉他就非常高兴。孙悦衣赶紧收拾收拾就去了浴池。浴池就在九三街，不远，二层楼，挺大。她想奢侈一把，少不了泡澡、搓澡、敲背、按摩、烫发、美容。两个多小时后她出来了，漂亮极了。一顶俄罗斯小帽，一身红装绿裳，一双半高跟紫色皮鞋，真是"清水出芙蓉，天然去雕饰"，原来的孙悦衣又回来了。

家里已点灯了，桐儿回来了。一进门，孙悦衣喊了一声"桐儿，妈妈回来了"。周桐迎了出来，呆了，围着妈妈左看右看上看下看，还不停地嚷嚷："哇，哇，哇，妈妈好漂亮呀。"

孙悦衣也很高兴，嘴里却说："去去去，别拿老妈开心。"不过她却又问："你说老妈是女汉子，还是俏佳娘？"

"老妈这可是飞燕重生，嫦娥下凡呀。"周桐自从回国上学后，性格变了，很开朗，也拿老妈寻开心了。

"好了，别闹了，你赶紧写作业吧，我去做饭了。"她换下衣服，突然发愁，没买油盐酱醋，没菜没蛋，这饭可怎么做。来到厨房，呀，该有的都有，还挺丰富，不会是桐儿买的吧。她赶紧问："桐儿，这些菜是你买的？"

周桐回答道："我哪有这个本事，我也没钱呀，是魏叔派人送的。"

孙悦衣一边做饭，一边想心事。孙悦衣原本是大家闺秀，家里也是书香门第，在沈阳读书时遇到了周洪涛，两人一见钟情，随后进入婚姻殿堂。他是一个进步青年，九一八事变后，他从事地下活动，后来参加了东北抗日联军，因作战勇敢，又有作战天赋，很快成为指挥官。孙悦衣在周洪涛的影响下也参加了抗日斗争，因怀有身孕，就留在新京做地下工作。丈夫牺牲后，经历千辛万苦后到了海参崴，从那以后才算有了安定的生活。她十分想念丈夫，一直不肯再嫁，和桐儿相依为命。她十分感谢魏和兴，她知道，没有老魏，就没有自己在海参崴那五六年的平静生活，就没有自己今天的风光经历。她知道老魏心里有自己，只是碍于对洪涛的尊敬，一直没有敞开心扉。她也知道，自己对老魏颇有好感，除了感谢还有点儿依赖。在海参崴、在大连，老魏是自己唯一可以倾诉的人。他们虽有情意，可都没有冲破藩篱的勇气。

该说说老魏了。长春人，农民家庭出身，念过中学。抗日战争爆发后，投笔从戎，参加了东北抗日联军，他作战勇敢，颇有战略战术修养。后调进参谋部，老魏成了周洪涛的属下，二人成了过命的兄弟。送走牺牲的周洪涛后，老魏又为孙悦衣忙前忙后，后又接到命令，护送她母子到了海参崴，够哥们儿。抗日战争胜利后，参加干部派遣队学习，半年后调来大连。老魏的妻子是南方人，卫生学校毕业后，随部队来到东北，也投身东北抗日联军，在卫生队，既是医生，也是护士。战斗中老魏负了轻伤，医治期间认识了妻子，彼此满意，两人便结婚了。在一次战斗中，为抢救伤员，老魏的妻子不幸英勇牺牲。他们有一个女儿魏来，一直在爷爷奶奶家生活。老魏来大连后，孩子和爷爷奶奶也来到大连，在"搬家运动"时，他们搬进了新开大街南头的一处小别墅，离公安局很近。魏来现在在伏见台寻常小学读书，学校离她家很近。小姑娘聪明伶俐，亭亭玉立，漂亮可人。但是有一个烦心事，老魏父母待不惯城里，再加上老家还有刚分的土地不能荒废，老两口就回长春老家了。魏来八岁，没人照顾哪行。老魏既当爹又当娘，当爹合格，当娘差了一大截，孩子需要一个娘。有心再娶，又怕孩子不接纳，愁。局里忙起来，有时也是几天不回家，不放心孩子，愁。好在现在不用事必躬亲了，有时也能回家照看一下魏来，有时也能去看看周桐。孙悦衣不能回家时，老魏就把周桐带回家，给两个孩子做点儿饭。一来二去，两个孩子熟络了，一起学习，一起爬山，一起游泳，好像一对亲兄妹。

一次，孙悦衣又是很晚才回来，不知为什么周桐也没回来，她没着急，知道孩子肯定在老魏家。可是令她担心的是，周桐回来时竟骑了一辆自行车，还是新的，说是魏叔给买的。孙悦衣倒也不在意老魏买的，她只是担心骑自行车上学放学有点儿太招摇，对周桐说："魏叔是怕你上学放学太远，耽误学习时间。不过，这样好吗？同学老师会有想法的。"

周桐顽皮地笑了笑，说："老妈呀，你可是太落伍了。你到学校看看，离家远的同学都骑自行车。"

孙悦衣这才明白过来，又问："骑自行车没有规定？"

"老妈，你要是当校长，是不是要规定不准骑自行车？我们学校鼓励步行，但不反对骑车，还说这也是锻炼。"

周桐学习用功，成绩优秀，在班级和年级总是名列前茅，和在海参崴一样，愿意和同学交往，很有人缘，同学老师很喜欢他。而且，他在其他方面也很优秀，他是学校足球队的一员，在这方面很有天赋，只要一上场，立刻就兴奋起来。传接球到位，盘带过人巧妙敏捷，尤其是射门，远射近射每发必中，这些踢球的技术好像是与生俱来的。每进一球，他都会做出庆祝的动作，引得同学们一片尖叫。

周桐的同桌是个干净漂亮的女孩，是省政府工作人员的小女儿，叫欧阳尚文。周桐和她很聊得来，很快成为好朋友。

四

此时，已经是大连解放第三个年头了，一切已经逐渐走向正轨，但是问题仍然不少。

在东关街有一黑社会性质组织，"老大"姓甚名谁压根就没有人知道，因为脸上有几颗麻子，喽啰们叫他"麻哥"，他也欣然接受。他是怎么落脚到东关街的，谁也说不清。有一种说法是，这个人曾是国军的一个连长，负伤退役后来到东关街定居，手里有枪，还会点儿功夫，便招兵买马，依仗兵强马壮，和各方势力盘根错节，便无视新政权，肆无忌惮地为害一方。他们欺行霸市，强买强卖，收保护费，打砸抢掠，而且私设"公堂"，淫人妻女，无恶不作，老百姓恨之入骨，苦"麻"久已。这个组织为害市场多年，势力之大，范围之广，可谓"冰冻三尺非一日之寒"。老魏决定擒贼先擒王，动用武装力量，抓捕贼头，擒获"麻哥"。一天深夜，"麻哥"在妓院里享受够了，心满意足地出来了，哼着淫邪小曲，一步三晃，几个喽啰赶紧上前侍候。老魏下令，拿下！一班警员一拥而上，几个喽啰还没反应过来便束手就擒。"麻哥"毕竟受过训练，又有战场经验，迅速拔出枪，开了几枪，扭头便跑。"追，捉活的。"老魏又下令。这家伙真能跑，像个无头苍蝇，东一头西一头，没目标地乱跑，一会儿跑到康德记药房，一会儿又跑到四云楼烧鸡，折回来又跑到王麻子锅贴、杨家吊炉饼、日新饭店、三八馄饨馆、东关理发社一带，又从华春照相馆跑到博爱医院。几个警员紧追不舍，都累得上气不接下气。也许是没有子弹了，也许是慌乱中忘记了开枪，他的枪就一直没再响。在博爱医院，他蹿到五楼，也是顶楼。也许是实在没有劲了，他就一屁股坐在了长椅上，紧接着，警员也赶到了。"麻哥"束手就擒。树倒猢狲散，喽啰们要么被抓，要么自首，东关街的黑社会被铲除了，市场秩序恢复了。粮食蔬菜也有了，老百姓气顺了，民主政权得到了市民的拥护。老魏他们为民主政权的巩固又立了一大功。

　　不审不知道，一审吓一跳。在审讯中，"麻哥"很配合，问什么说什么。他交代了一些问题："那些小混混看我有枪，又当过兵，还当过连长，就愿意跟我混。一开始，我们就是小打小闹，骗吃骗喝，收保护费，赚点儿小钱，后来就有点儿欺行霸市了。扰乱了市场，甚至抓人打人。我有罪。"他也交代了一些同伙,说还有一个"军师",叫高峰，也住在东关街。

　　老魏赶紧派人去抓捕，那人没有逃跑，在家里待着，好像等着公安局来抓人。老魏一看，脸熟，但想不起在哪里见过。

　　高峰曾是伪满洲国新京警察局的行动队副队长。他参与过对孙悦衣的抓捕和审讯，还好，没太用刑。因为没有证据，主张放人。在送孙悦衣出境时，也是他带人追杀。当时老魏拼命保护，和他进行过激烈的枪战，枪声倒是很猛烈，就是命中率太低。好在高峰也不恋战，也不穷追猛打。幸好苏方及时赶到，一看苏军来了，还没到眼前，高峰就喊了声"撤"，孙悦衣顺利越境。

　　"你认识我吗？"老魏问。

　　"脸熟，不知道你是谁。"高峰答。

　　"可我知道你是谁，高峰，伪满洲国新京警察局行动队副队长。对吧？"

　　"没错，知道我是谁有意义吗？"

　　"有意义，因为你还有过去的事。"

　　"孙悦衣这个人，你知道吧？哦，她曾叫孙月英，说说吧。"老魏转移了话题。

"孙月英，认识，我抓过她，审讯过她，可是我也放过她，我也没用刑。"高峰答。

"这我也知道，你还有点儿人性。是你带人到边境追杀孙月英的？"

高峰笑了笑："是我追杀的，但是我不是撤回了嘛。"

"你的意思是你放走了他们母子，你有功？"

"说不清，也许有。不过如果我穷追到底，你以为你们能越境？"高峰说。

"说说为什么。"老魏又追问道。老魏是枪林弹雨中锤炼过来的人，战场的态势，他能看得出，他认为高峰说的是实话。那次越境在苏方赶来前，老魏他们处于劣势，高峰要想抓肯定会成功。

"我给日本人干活，只是混口饭吃，都是中国人，我何必赶尽杀绝。"

老魏对高峰说的话半信半疑，看来高峰还不是十恶不赦。老魏决定相信他一回。

"为什么到大连？"老魏话锋一转。

"日本投降后，我成了汉奸，我买通了国民党接收大员，免我死罪。但他们让我做特务，派我到大连，破坏共产党的政权建设。我来到了大连，就在东关街待了下来。"高峰竹筒倒豆子似的说着。

"都搞了哪些破坏？"

"我没搞破坏，只是在东关街混吃混喝，一些小混混看我有枪，好像很有能力，那个'麻哥'也不敢小瞧我，就拉拢我。我想，反正我也要在大连混，有个依靠也不错，就成了'军师'，不过我没有给他们出谋划策。"

"大连的几起破坏活动，你参与了没有？"

"真没有。"

"说说你们的组织？"

"我没有组织。来大连时，他们说有个上线会联系我，不过一直没有动静，估计也已土崩瓦解了。"

"你的枪呢？"

"在家里。"

"我再问你，孙月英把小儿子寄养在老乡家，这事你知道吧？"老魏想也许从他这里能打听到一点儿消息。

"知道，派人抓时，那对夫妻带着孩子跑了。不过，最起码我没有再派人追杀。"

"他们去了哪里？"

"不知道。但听局里人说好像也跑来了大连。大连那时叫关东州，日本人管辖，'满洲国'管不了，我也懒得管，这事在我这里就不了了之了。"

这应该是一条线索，老魏很高兴，他要把这个消息赶紧告诉孙悦衣，就下令把高峰押下去。

说说高峰，出身书香之家，阅历丰富。早年去日本留学，学的是水利建设，会日语，还能说几句俄语。回国后没有干水利，阴差阳错竟当了兵，能文能武。打过内战，打过日本。伪满洲国成立时，他脱离部队，拖家带口来到新京。当时新京需要他这样的人维持社会治安，他便成了新京警察局的行动队副队长。他这个人，没有泯灭中国人的良心，对中国人，对抗日组织，对抗日力量，还是能不抓就不抓，能不用刑就不用刑。对日本人，对伪警局，能应付就应付，能不做就不做。不过他手上还是沾过血，还是有罪。他逃来大连时，老婆孩子还在长春。据他交代，老婆在长春时开过一间裁缝店，她手艺不错，顾客不少。在大连扎根后就把家眷也迁来大连，看东关街人来人往，是个做生意的地方，就重操旧业，在东关街开了一家裁缝店。经调查，他老婆就是一个生意人，挺明事理，和丈夫的所作所为没有牵连。一男一女，两个孩子，男孩读小学，女孩还小。因为手艺好，左邻右舍做件衣服，都来找她，口碑还不错。

孙悦衣听到关于周涛的消息很兴奋。这几年，她不停地找，去过长春几次都无果而归，老魏也帮着找，但也没打听到消息。

"看来，高峰这个家伙说的还是挺靠谱的，他的话提示我们两件事：张秀水他们都还活着，他们也许就在大连。应该查一下，有名有姓就好查。"

"我也觉得靠谱。我有种预感，他们好像就在眼前。"孙悦衣有点儿恍惚。

孙悦衣的预感没有错。

张秀水夫妻带着周涛逃出小镇，先来到深山老林。在深山老林，吃饱应该没问题。大人没问题，可是当时孩子还小，难以养活，在深山老林还真难待下去。如果伪警再追来，可真是难逃魔爪。于是他们决定离开新京去关东州。那里是日本人的地盘，"满洲国"警察鞭长莫及。

为了躲避追杀，他们都改名换姓。来到关东州的第一站，就落脚在东关街。他们看到东关街住民都是中国人，这里商业氛围浓厚，店铺林立，五花八门的商品琳琅满目，人来人往，摩肩接踵。又听说这里是"中国商业第一街"，夫妻俩原本就是开杂货铺的，颇具商业头脑，认为在这里可以安身。他们几乎倾尽逃跑时带走的钱财，在大龙街中原书局旁租了一个铺面，里外两间，里间较小，做起居室；外间挺大，做买卖。实际上房主原本就是做生意的，也是这样的格局。住家用的锅碗瓢盆都是现成的，再买点，家就算安置好了。外间，一个"L"形的大柜台，一张桌子，一把椅子，很像样的一个铺子。做什么营生呢？在新京时就卖小杂货，油盐酱醋茶、瓜果梨枣、针头线脑等日用杂货，先干这些，轻车熟路，赚钱了再干点儿大的。进货上货，摆上柜台。起了字号，拜了码头，这就开业了。那时正是东关街繁荣昌盛的时期，各商家生意都做得风生水起。

　　周涛这时也两三岁了，虎头虎脑的，很招人喜欢，张秀水两口子可真是把他当作心肝宝贝，比亲生的还亲。一开始，他们还盼着孙悦衣来认亲，可孙悦衣一走就杳无音信，找也找不着。找不着，就顺其自然吧。也不知为什么，姜红叶一直没有怀孕，虽然想方设法治疗，也没见动静。后来，干脆就不折腾了，有周涛就挺好。周涛越大越可爱，一天到晚围着他们转，爹一声妈一声地叫着，以至于张秀水夫妇刻意忘记周涛不是自己的骨肉，甚至还怕孙悦衣出现，把他认回去。

　　日月如梭，光阴荏苒，日本投降了，伪满洲国灭亡了，大连也解放了，张秀水夫妻来大连也三四年了，在东关街做买卖也三四年了。

凭着他们经商的头脑，凭着他们的勤俭耐劳，凭着他们和气生财的理念，凭着他们诚信待客的言行，他们的买卖做大了。不仅买下了租住的铺子，而且还兑下了左邻右舍的铺子，经营的范围也扩大了，除了传统的杂货铺，只要是生活用品，吃的、穿的、用的，一应俱全。不少顾客，舍近求远，来买所需。有了名声，有了金钱，也有了地位，于是给自己的买卖起了一个吉利的字号——日新商店。看着新的门脸，看着新的字号，看着身边的周涛，夫妻二人心里充满了对未来的憧憬。

他们的儿子周涛八岁了，在小学读书，周涛学习成绩挺好，也逐渐懂事了。长得挺像孙悦衣，左邻右舍一开始还说不像爸爸妈妈，但因张秀水夫妇正是生育年龄，也就没多想，后来就说这孩子专挑爸妈的优点长，再后来就不说什么了。

突然有一天，姜红叶慌慌张张地回来，对张秀水说："秀水，我看到一个女人，很像孙悦衣。"那天，孙悦衣穿着便装，路过日新商店，正好姜红叶往外走，二人并没有正面相对，只是擦肩而过，但女人的敏感和直觉，让两人都刹那间浮想联翩。

张秀水没说什么，实际上他有预感，三年前，他就已经听说公安局来了一个副局长，女的。后来，孙悦衣在大连叱咤风云，无人不知，无人不晓。那时，张秀水就想到，这个女局长很可能就是周涛的妈妈。照理说，他应该顺藤摸瓜弄个究竟，让她们母子团圆。但是他没这样做，他们两口子太喜欢周涛了，这么多年每天相互守护，况且自己还没有子嗣。天知道，没有了周涛就没有了家，没有了两口子生活下去的意义。有了这样的心态，就要有相应的对策，两口子甚至把周涛的那半块银锁压在了箱底。两个女人的不期而遇，很可能引爆一场认子甚至夺子之争。

与其面对面，不如各走各的路。张秀水深思良久，和老婆说："那个女局长十有八九是孙悦衣，我想，她也会有你一样的感觉。估计今后她会在东关街找个底朝天，按她的资源，只要方向对了，找到我们并不难。"

姜红叶慌了，她和张秀水想法一样，惊慌着急地问："那我们怎么办？"

"我想好了，我们走。"

"去哪里？"

张秀水这几年到处采买进货，跑了不少地方，哪里好，哪里差，心里明镜似的，心中拿定了主意，说："我们走远点儿，去皮口城子坦，那里还是大连，虽然偏远一些，但也是一个好地方。"

姜红叶问："去干什么？"

"到城子坦镇上还做买卖。离开做买卖，我们还能做什么。"张秀水好像早有考量，早有打算。

"行，听你的。"中国老百姓不管什么事，总是夫唱妇随。

说走就走，晚上，一家子团团坐吃晚饭，三菜一汤。

问了孩子学校的事后，张秀水说："孩子，爸妈想搬家，这两天就走，你愿意吗？"

周涛，他现在叫张家栋，八岁的孩子能说什么，能有什么主张，还不是大人说什么就是什么，何况周涛一直很听爸妈的话，就说："听爸妈的。"

这几天，两口子找人兑铺子，卖家当，清库存。下家不难找，正是东关街兴盛时期，不少买卖人早就看中了这个地段。库存一降价，疯抢。家当能卖的卖，不能卖的接收人成本价留下。还不错，回笼了不少钱。重打鼓，另开张，资金绰绰有余。

又过了两天，一家人悄无声息地走了。新老板来后，左邻右舍才知道日新商店换了老板。张秀水全家去了哪里，无人知道；为什么走了，无人知道；户籍登记销户都是化名，也没有去向一说，即使是公安局也难以找到。

城子坦，这是一座历史文化名镇。那儿有一条老街——鱼市街，是远近闻名的商业繁华区，因有渔港码头和鱼贩而得名。杂货店、烧锅、饭店酒肆、绸缎百货、旅店客舍，应有尽用，虽然都是小本经营，但也逐渐发展为埠头。张秀水经常来城子坦进海鲜鱼货，看到这个地方的繁华兴旺，是做生意的宝地，早就打算在这里开日新商店分号。现在索性就全部迁过来，重打鼓另开张。铺面早已选好，不比东关街的差，有了十几年的经商经验，再加上有几个生意上的熟人，十天八天后店铺就开业了。

孙悦衣和姜红叶那次邂逅后，总是有一种迷离魔怔的感觉，她也认为，自己的感觉没有错，那个女人就是姜红叶，不会是心灵感应吧；可是转念又否定了，哪有这么巧的事，甚至没有看到她的正脸，就这么肯定，心灵感应也不会全对呀。

她把邂逅姜红叶的事告诉了老魏，把自己的想法也说了。老魏说调查一下不就清楚了。

一个星期天，孙悦衣带着周桐来到东关街，在邂逅姜红叶的地方等待，期待奇迹会出现，盯着路过的四十岁上下的女人看，虽然是笨办法，但也只能这样了。失望一个跟着一个，没对上脸；看看周围，有不少商铺，打听了百十户都说不清楚；最后总算找对了地方，来到大龙街，打听中原书局的人，门卫说有，又说日新商店的老板在这里干了很多年了，前不久突然不干了，铺子也兑出去了，可以去问问新老板。

孙悦衣激动得热血沸腾，赶紧去问新老板，老板说自己刚接手，原来老板是一家三口，孩子七八岁。孙悦衣又赶紧问原来的老板叫什么，很失望，是个化名。又问为什么兑铺子，新老板说不清。又问去了哪里，新老板也说不清。

回到家里，孙悦衣失魂落魄，但转念又分析，那一家人应该就是张秀水一家，他们做生意，生活条件应该不错，看来涛儿能挺开心挺幸福的。他们突然迁走的原因应该是那次邂逅，他们也意识到自己的存在，可能不想相认，三十六计走为上，省得惹麻烦。孙悦衣能理解张秀水夫妇不想相认的想法，一家人相处七八年了，都有了感情，相守相依，难以割舍，不想让涛儿离去。她甚至有些自责，自己的出现打乱了他们平静和睦的生活。说实在的，张秀水两口子冒着生命危险，抛家舍业，东躲西藏，千辛万苦把涛儿拉扯大，实在是不容易，对得起涛儿，对得起自己。自己不能怨恨他们两口子，应该感谢他们，有朝一日真能相见，相信自己一定会妥善处理。

五

第二天上班，在老魏办公室里，二人要研究工作。一开始，孙悦衣说了在东关街打听到的情况，也说了自己的想法。

老魏笑了笑，说："你分析得有道理，你还真是女汉子，能冲锋陷阵，叱咤风云，又能像小女人那样，悲天悯人，菩萨心肠。看来，这事得从长计议，急不得，顺其自然吧，好人好报，说不定哪天喜从天降。"

"什么任务，你布置吧！"孙悦衣突然转换了话题。

老魏介绍了市委的指示，开国大典就要开始了，为保证万无一失，必须做好几项工作：一是，进一步收缴原日本警察藏匿的武器，解散各种武装反动势力组成的"杂牌军"，打击国民党在大连市的党部；二是，配合市政府成立中国共产党领导下的甘井子、沙河口、西岗公安分局；三是，严厉整顿社会治安，维护老百姓的利益。

尔后，老魏布置说："第一项我来牵头，剩余两项由你牵头完成。"

"不，我来完成第一项。"她知道第一项任务难度大，有危险，敌人不会乖乖地束手就擒，她也知道老魏不忍心再让自己身赴危险，是对自己的爱护，可自己不能把困难推给老魏。再说有些事不是自己这个副手能做的。"后两项由你完成，就这么定吧。"还说了一句"谢谢你的关心"，让老魏明白自己懂他的意思。

老魏的两件事完成得很顺利，他首先经过考察，物色了各分局的一把手人选，市委领导研究同意任命。他又到各区选址，召开了三个分局的领导班子会议，说了成立各分局的意义、任务，强调了保卫开国大典顺利进行的重要性。这样，大连市的权力机构就完善起来，有力地保证了社会治安的安定。当时，苏联红军虽然接管了大连，可是其中有些人违法乱纪，抢劫财物，酗酒闹事，强奸妇女，闹得乌烟瘴气。老百姓怨声载道："走了小鼻子，来了大鼻子，哥俩都一样，祸害好人家。"民主政府很被动，虽然和苏军军管会多次交涉，但没有什么改观。老魏大发雷霆，命令不管是谁违法乱纪，都要绳之以法。这样，社会治安才有了改观。

孙悦衣的任务难度比较大。解放后，日本人虽然大量撤走，但仍有一部分人留在大连。他们中不乏存在一些坏人，有的还就是原来的日本警察，藏匿武器的可能性太大了。如何收缴，确实是个难题，总不能挨家挨户地去查，翻箱倒柜地收缴。但孙悦衣就是孙悦衣，难不倒她，她和同事商量，首先制定政策：一是主动上交，无罪有奖；检举他人，立功受奖；隐匿不交，严惩不贷；宣传典型，造成威慑。二是宣传动员，大张旗鼓地宣传，电台有声，报纸有字，街道宣讲，口号上墙，人人皆知，让藏匿者寝食不安。三是，严惩藏匿者，一经发现，抓捕收监。这样一来，藏匿武器的中国人看出共产党当权已是铁定的事实，而且对老百姓不错，自己留着武器何用，上交有奖，何乐不为，上交；藏匿武器的日本人看大势已去，日本不可能卷土重来，自己留个把条枪，又有何用，上交。有了宣传的气势，有了宣传的效果，没几天工夫，上千条枪收缴上来。当然也有负隅顽抗者，由于知情者的积极揭发，有了线索，孙悦衣带队搜捕，拿下了几个日本人，被五花大绑押解而走的场面令人生畏；另一些藏匿者傻眼了，赶紧上交。这其中还有反抗的，但在荷枪实弹的警员面前，不用几个回合便乖乖投降。

在大连还有一个邪恶的会道门组织——一贯道，香堂讲堂就在东关街。这个一贯道的教徒不少，势力很大，它用所谓"道义"蛊惑人心、欺骗百姓，为害不浅。据查，坛主、道首诱奸妇女若干，勾结日本人，鱼肉百姓，为害一方，甚至破坏民主政权的建立。解放后，苏军军管会不知情况，大连公安无暇顾及，就一直没有取缔。现在市政府已建立，而且预见到这个毒瘤不铲除就会滋生蔓延，危及新生政权，市委下决心铲除邪教，以绝后患。孙悦衣带领队伍，在收缴武器的同时，立即着手铲除一贯道。她和行动处王处长决定采用擒贼先擒王的策略。兵分两路，王处长带队，一路在一个没有月亮的夜晚，突然出击，出现在坛主和几个骨干家中，以迅雷不及掩耳之势，抓捕了这些人，并缴获了大量的武器弹药。另一路，出击东关街邪教活动场所，捣毁祭坛，掀翻桌椅，烧毁传单，竟然还发现了枪支，然后封门封窗。第二天一早，东关街、新开大街等大街小巷出现了告示，说一贯道是邪恶组织，依法取缔，首恶必办，逮捕候审教徒，有恶者坦白从宽，无恶者登记留档。树倒猢狲散，一贯道很快偃旗息鼓了。

这是市委书记来大连后的两件开心事，他要看望公安局干部警员。在接见会上，老魏介绍了孙悦衣，孙悦衣一身警服，飒爽英姿，敬礼致敬。书记说："早就听说公安局有个女汉子，果然名不虚传。你们的任务完成得很好，打击了敌对势力，保卫了民主政权，谢谢你们。"

"谢谢书记的夸奖，我们会再接再厉，完成还没有完成的任务。"

孙悦衣表了态。

书记说："好，好，接下来的任务更艰巨，你们有什么要求，有什么困难，我一定会帮助你们处理好。"

"没有困难，只是有件事不知该怎样处理。"孙悦衣说的"有件事"是指在大连有个大汉奸不知该怎样处理。他在大连乃至全国都是数得上的大汉奸，作恶多端，尤其是为日军输送资金，捐献多架飞机，还得到日本天皇的勋章。解放后，他没有被判死刑，只判了十二年徒刑，仍然不认罪。在保外就医时，竟然逃跑到上海、天津，现在躲在沈阳。孙悦衣问书记："这样的人，逃脱法律的制裁，该不该抓，该不该重新判罪。"

"我早就听说了这个人，罪恶累累，罪不容诛，死不改悔，该抓就抓，该杀就杀。我说的这几点，就是原则。你大胆干，一切后果我来承担。"书记还是部队作风，当机立断，杀伐分明。

"明白了，保证完成任务！"孙悦衣果敢地说，还真是个"女汉子"。

根据书记的指示，孙悦衣带队亲赴沈阳，抓回大汉奸，重新审判，证据确凿，判处死刑。不久，在"三反五反"运动中，押赴刑场，执行枪决。

时光荏苒，孙悦衣圆满地完成了各项任务，生活在平淡与忙碌中度过。全身心投入工作的孙悦衣只知道周桐上了初中、高中，却不知周桐已经上了高三，正处于关键的高考备考期间。她很内疚，很自责，一时竟不知和孩子说什么，没头没脑地说了一句："桐儿，你没怪罪妈妈吧，是妈妈的错。"自责了一晚上也没睡好。

第二天，她赶紧去找老魏，在接受驻厂任务时，老魏曾说过，你放心驻厂，周桐的事我来管。"你知道桐儿要高考了？"

"知道呀，我答应我来管周桐，我当然要负责任，最起码我比你知道得多。你拼工作，我支持，但总不能对孩子的事不管不顾。这几天我还想着找你谈谈，孩子要考大学了，该关心一下孩子的生活学习了。"老魏接着说，"周桐跳级上了高二，门门功课都优秀。老师对他的高考很有信心。"

孙悦衣听得既高兴又胆怯，弱弱地问了一句："行吗？"

"当然行。"这两年孙悦衣一心投入工作，无暇顾及周桐，可是老魏却是对周桐呵护备至，一是承诺，是责任；二是他喜欢周桐，喜欢他的聪明好学，知书达理；三是周桐对自己的信任，孝敬。实际上周桐视老魏为父亲，什么事都愿意和老魏讲。

好在，周桐是一个有理想有抱负的青年，他立志考上大学，努力读书，学有所成，报效祖国。所以，他很自觉，很用功，一心备考。在高二时还常到魏叔家，和魏来一起玩，爬山游泳；上高三后，一放学，骑上自行车就回家了，有吃的就吃几口，没有就抓点儿零食吃几口后就开始复习。孙悦衣偶尔回来就给他做点儿好吃的，给他钱，让他自己买着吃。老魏有时也来，像个老爸似的，也给他弄点儿吃的，但他也忙啊，能来几次？魏来中考也结束了，现在已读高一了，就在周桐曾经就读的那所学校。有时她也来周桐家，她很懂事，从不影响周桐，帮他洗衣服收拾家，虽不会做饭，但做熟了总还可以，她也长大了。临近高考的时候，局领导一再叮嘱孙悦衣，放下工作，务必陪考。高考那天，老魏带着魏来也来了。几个人嘱咐这嘱咐那，没完没了，还是魏来善解人意："不用再啰唆了，周桐哥现在需要安静。"周桐和大家挥挥手，微笑着进了考场，信心十足。

发榜那几天，周桐还真没太在意，他感觉自己考得不错，应该没有问题。魏来也放假了，他们一起去玩了。魏来很少来逛东关街，周桐就陪着她东看看，西逛逛，还一起吃了王麻子锅贴。今天，坐不住的倒是孙悦衣，她请了假，早晨就开始楼上楼下、里屋外屋地转悠，还一回回跑到院外，看邮差来没来。

终于等来了邮差，心里七上八下，邮差拿出一封信，说了一句："祝贺你，孩子被清华大学录取了。"孙悦衣高兴得手足无措，邮差走了她才想到感谢，朝邮差走的方向喊了一句谢谢。回头，赶紧拆开信封拿出录取通知书，"清华大学"四个大字赫然入目，再看，是周桐的名字。认定了，周桐被清华录取了。又看，是船舶制造专业。她高兴得手舞足蹈，和所有的母亲一样。

傍晚时分，周桐和魏来一起回来的，一进门周桐就嚷嚷："老妈，我的录取通知书来了吧。"他心中有数，不是太着急。

孙悦衣本想逗逗他，说没来，又一想，唬不了他，就说："来了，祝贺你，清华大学的学子。"

看过通知书，周桐也很高兴，他举起双臂，高喊："我被清华大学录取了！"放下双臂，拥抱了母亲，又拥抱了魏来。

魏来也很高兴，她祝贺了周桐，然后说："阿姨，我该回家了，把这个好消息告诉老爸。"

"吃完饭再走。"孙悦衣很喜欢这个姑娘，当作女儿一样。

"我送你。"晚饭后，周桐搬出自行车，让魏来上车。魏来上了后座，两臂抱住周桐，像个依赖哥哥的小妹妹。

魏来也是大姑娘了，从小失去母爱，和老爸相依为命。老爸对她关怀备至，视作掌上明珠。可有些事不是当爸爸的能管能说的，所以老魏就求助孙悦衣，请孙悦衣来家里，或者领魏来去她家里。一来二去，魏来竟喜欢上了孙悦衣，把她当母亲，和她讲心里话，说难以启齿的话；有个头痛脑热，身子不舒服，就跑到她家，得到母爱，就觉得病痛也好多了。实际上孙悦衣也早已把魏来当作女儿了，她觉得，周桐虽然是个好孩子，但是粗粗拉拉的，没有女儿那样贴心。她想，如果魏来是自己的儿媳妇，那该多好。只是孩子还小，谁知道会怎样呢？

孩子小，可是自己不小了，人到中年。周洪涛牺牲十四年了，桐儿也长大了，这些年，自己就这样孤苦伶仃地过来了。在海参崴时生活还算不错，可是能跟谁说说心里的话，倒倒心里的苦，更何况和这些大鼻子蓝眼睛的人也说不到一块。回国后，别人看到的是一个能文能武，有地位有人缘，长得又那样出挑的佳人，左邻右舍同志同事，做媒拉线的倒也不少。但孙悦衣始终没有打开心扉。一晃，孙悦衣回国快十年了，还是孤雁一只。

老魏也是，妻子牺牲后，他也一直孤身一人，没有再婚，好像也没有想过。他和孙悦衣两人原本就是过命的朋友，说感谢说报答都是那样苍白无力。孙悦衣回国后，成了自己的同事，生死搭档快十年了。一起出生入死，一起面对生活工作中的大事小情，一起关心对方的冷暖，特别是一起关心子女的生活成长，倾心倾力。日久天长，二人早已相互依赖，相互扶持，相互关照，都是人到中年，都经历过生活的磨难，都明白彼此的心意，都渴望有一个温暖的家。按说，二人虽不是少男少女情窦初开，但两情相悦、水到渠成的事，却始终没有执子之手。

实际上领导同事，都很关心二人的终身大事。市委书记也是一个热心人，得知二人独身的情况，也为他们操心。不过，最知情的还应该是公安局的同事，天长日久，他们知道了老魏和孙悦衣的生死关系，也知道了二人心中有意，甚至知道二人之间只有那层窗户纸。所以，只要有机会，就百般撮合，甚至会前会后打趣几句。大家都是好心，为他们着急。

不过，党委杨书记最清楚，二人能不能结合，不是合不合适、般不般配的问题，而是二人心中始终迈不过的一个坎、一个结。他们考虑的是能否对得起自己的故人，能否躲过世俗的眼光，能否影响局里的工作。在局里的工作会议上，他还半开玩笑地说："老魏和悦衣的事，也是我们的工作之一，这件事我挂帅，当仁不让。"大家哄笑了一阵子，老魏也跟着笑，孙悦衣有些不好意思，赶紧说："我有事，先走了。"大家又哄堂大笑。

为庆祝周桐考上清华，老魏在四云楼宴请了一桌。实际上，就是两家四个人。四云楼就在东关街，与缙云楼、正阳楼、东亚楼共同撑起了老大连餐饮界的高度。东关街开街不久，来自山东的四个年轻人在小岗子的华胜街创业。在路边做烧鸡，生意从路边摊逐渐做大，于是四个人合伙创业，在华胜街和西岗街交叉口买了房子，开了一家大餐馆，起名"四云楼"。四云楼以经营烤鸡为主。老板听说孩子考上了清华，还送上了一道菜，起名步步登高，很喜庆。说了一些祝贺的话后，老魏突然一改往日，语气挺严肃，说："周桐啊，你考上了清华，这是中国最高学府，应该怎样学习你很清楚，我不想说得更多。但是，大学是一个开放的地方，尤其是思想文化开放，各种思潮往往交集在一起，走哪条路可要拿准。你应该继承父亲的遗志，永远走革命的路，为新中国的建设做出贡献。"老魏的这一番话，谈不上振聋发聩，却在周桐的心里掀起了波澜，坚定了他为国而读书的信念。

往回走时，老魏和孙悦衣说了一件事，内部文件披露全国各地要开展社会主义改造，私人经营的企业要实行公私合营，大连已经报批了第一批公私合营的企业。在批阅文件时，他发现在城子坦鱼市街有一个大商场，老板叫张化新，看注册上的照片，很像当年的张秀水，但登记的年龄是五十六岁，年龄有点儿差距。

孙悦衣听后又是一阵兴奋，但又怕竹篮打水一场空，毕竟差了十几岁，就说："过些日子有空了，我们去一趟城子坦。"她说的是"我们"，看来她已经把老魏当作一家人了。

学校开学了，孙悦衣送走周桐，家里空落落的，站也不是坐也不是。以前，虽然也有"独守空房"的时候，但是心中踏实。有桐儿就有家，可现在，桐儿一走就是一年半载，日子好像难过了。她盼着去上班，有老魏、有同事、有任务、有事做，日子好像好打发一些。这时，她才认真考虑起自己的终身大事。在局里，自己得心应手，但是自己毕竟也得过日子，家里不能没有人、没有热乎气。看来自己真得有个伴儿了。她又想老魏是个好人，是个可以靠一靠肩膀的人。对自己的帮助，那可是生死相托，看得出付出的是真情真爱。对老魏，这些年来的相处已不仅仅是依赖，更是由感谢到爱意绵绵，是该瓜熟蒂落的时候了，何况老魏也需要照顾，魏来也需要有一个妈。她的确像杨书记说的那样，心里的芥蒂始终也没有释怀。前不久，书记还挺认真地跟她说："组织上已经考虑过你们的事，认为你们的结合是合情合理合法，也合乎中国文化传统理念的，岁月不饶人，既然两情相悦，该办就办吧。"杨书记又对老魏说："照顾好孙悦衣是任务，我想周洪涛将军地下有知，看到孙悦衣有了依托，也会安息的。我命令你在短时间里必须完成这个任务。"想想这些，孙悦衣也觉得自己有个依靠，也是周洪涛的遗愿。这一番感情线索的梳理，总算有了头绪，总算拨云见晴。

六

张秀水来城子坦，一晃又过去了六七年，他在鱼市街的生意做得风生水起。刚开始的杂货铺，现在已是一个大商场，上下两层楼，光营业面积就上千平方米，经营项目，怎么说呢，只要是老百姓生活中需要的这里都有，去一趟商场，再无须去别家。家里盖上了小别墅，在城子坦已算殷实之家。张秀水的经营头脑、向前看的眼光、诚信无欺的经营理念、勤劳俭朴的治家传统，注定他能发展发达。

姜红叶是站在他身后的贤内助，她天生会算账，虽然只念过几天书，却把商场的大事小情打理得井井有条。她还有一颗菩萨心，愿意行善助人，在商场对员工总是客客气气，从不斤斤计较；对左邻右舍也是热心热肠，谁家有困难总是解囊相助。两口子在鱼市街，人缘好、口碑好。

家栋念初中了，成绩还不错，但他更感兴趣的好像是做生意。每天放学后，跟着妈妈吃饭，写作业，然后就在商场转悠，天长日久对经商之道也有了体会。当然，他说不出什么，也没有参与什么，只是观察而已。张秀水也发现了他具有经商的天赋，有意无意地指点他。有一次吃饭时，看到端上来的大螃蟹，家栋突然问，外地老客来城子坦总愿意吃些海鲜，走时还买些海产品，可是商场里海产品很少，有时客商因买不到心仪的海产品挺失望。张秀水告诉他，城子坦靠海吃海，到处都是经营水产品的摊位，尤其是鱼市街更是琳琅满目，竞争非常厉害，甚至杀价倾销，老板赔本赚吆喝，这种自杀式的生意，迟早会导致黄摊关张。家栋似乎能懂一些。

不过后来听说要公私合营，张秀水不知出于怎样的考量，在正式合营前就把商场一卖了之，钱多钱少倒没太在意，反正卖给了国家。过些日子，不知为什么又把别墅卖了，收拾收拾又是一走了之。他们一家去了城子坦一个偏僻的地方，地广人稀，没有几个人知道他们。他们租了几间大瓦房，闭门谢客，好像隐居了一样。反正手里有钱，隔些日子去附近镇子买点儿东西，两口子也乐得清闲。家栋在镇中学读初中，一两周回来一趟，孩子也让人放心，自己可以照顾自己，不过老爸不做买卖了，他对做生意也渐渐没了兴趣。

孙悦衣和老魏来到城子坦镇，一打听，确实有张化新一家，确实有他经营过的商场，商场的规模在当地首屈一指，可是他们一家人已经走了，谁也说不清去了哪里。上哪里去找，依然没有线索，两人虽然是干公安的，但也无能为力，可以调查，但是需要时间，他们还不想假公济私。这一次，孙悦衣还是挺失望，不过她有些释怀，她分析张化新应该就是张秀水，虽然年龄对不上，但照片不会假。这一次出走应该是料到注册的身份可能会被公开，自己会找来，所以又来了一个"三十六计走为上"。从这些情况分析，更进一步说明张秀水两口子不打算让周涛"归宗"。既然孩子很幸福，自己何必硬要认亲，再说涛儿也已十四岁了，也不一定能认自己这个"妈"。

她跟老魏说了自己的分析，又说："不找了，顺其自然，我们回吧。"老魏也觉得"强扭的瓜不甜"，张秀水两口子也许有难言之隐，不必强求。

这次城子坦之行，二人的关系已经明确下来，周桐也表示同意。两人合计，带着魏来去了一趟长春，给周洪涛修坟并告知婚姻大事。来到长春，来到深山老林的坟地。坟还是那座坟，坟地四周青山环绕，绿树成荫，肃穆静谧，坟前有几个枯萎的花篮，因为没有打理，坟上的草长得很高了。还是老传统，摆上祭品，点上香，摆上烟，斟满酒，烧上纸钱，缅怀了往事，诉说了今事。

孙悦衣说："老周，今天来看你了，你的往事历历在目，永世难忘。现在，新中国已经成立了，你为之奋斗的事业已经实现了。现在，我很好，在大连公安局工作，生活得很好。桐儿，也长大了，现在已是清华大学的学生，他很有抱负，很像你。涛儿也有下落了，我们还没有相认，不过他生活得很好。还有一件事要跟你说，我准备和魏和兴结婚了，你知道的，他人很好，会是一个相伴相守的人，你地下有知，能祝福我们吧。"

老魏行了一个军礼，说："老哥们儿，我是你的兵，还没跟你处够你就走了。现在，人民当家作主了，你安息吧。我和悦衣搭伙过日子，你没有意见吧！你放心，我会像你一样照顾好悦衣和你的两个孩子。老哥，你安息吧！"

雇来的人修了坟墓，看起来面积大了，有了外棺和内棺，换了石碑，碑文没变，也算有了点儿样子。按理说，周洪涛的坟，应该迁入北京八宝山公墓，但周洪涛弥留之际说过，就埋葬在自己战斗过的地方。孙悦衣不想违背他的遗愿，就一直没有迁移。

回大连后，二人就把事办了，在公安局小礼堂办了几桌席，杨书记讲了话，大家起哄，简单热闹。

春来冬去，一晃又是几年，周桐到了毕业季，他成绩优异，门门功课都是优良，毕业论文更是得到导师的交口称赞。在其他方面也是出类拔萃，他被评为优秀毕业生。这期间虽然赶上了一些运动，但周桐记住了老魏的话，一心学习知识，掌握本领，报效祖国。因此，他顺利地完成学业，毕业后被分配到大连造船厂，成了一名工程师。

大连造船厂前身为"中东铁路公司轮船修理工场"和"中东铁路公司造船工场"。

周桐来船厂后从基层做起，三年后便赶上我国第一艘载重达万吨的巨轮"跃进"号的建造。它关系到我国能不能填补万吨巨轮的空白，以及能否实现"赶英超美"的宏伟目标，船厂领导不敢有丝毫松懈，船厂职工夜以继日，加紧制造，用58天就创造了一个奇迹。

经国家验收委员会检验证明：船体结构装配准确，外形光顺美观，焊接质量优良，主要尺度精确，主机、轴系安装全部符合规范要求，标志着大连船舶工业工艺技术实现重大突破。在一片欢呼声中，挂满彩旗、满载货物的"跃进号"从锣鼓喧天的青岛港驶出，在众人欢呼声和期待的目光中，它将一路破浪向日本名古屋西港前进，开辟中日航线。

周桐也和大家一样，挥动着彩旗，兴高采烈，载歌载舞。然而，让所有人没想到的是，备受瞩目的巨轮没有按照预期到达终点，仅仅二十多个小时后，就在济州岛附近海域出了事，最终完全沉没在寂静深邃的海底。这件事对年轻的周桐触动很大，一连几天，下了班回到东关街的家，他总是心事重重，他想了很多，是设计有问题？是造船技术落后？是原材料不过关？是组织不当？是人员操作不当？是敌人搞破坏？当然，对于一名年轻的工程师，面对这样的大事件有心无力，可以理解。这次沉船事件，是国家的巨大损失；对周桐来说，则激发了他努力奋斗的决心，他发誓为国家造船，造大船，造军舰，造航母。

经过缜密的调查，确定"跃进号"乃触礁沉没。

孙悦衣看出周桐的心事，她知道现在说什么都没有用，让他自己慢慢消化吧。不过，她想，周桐还是长大了，看到他的家国情怀，孙悦衣感到欣慰。

一个星期天的早上，电话铃声响了，孙悦衣正要接，周桐说"是我的"。对方是一个女孩子的声音，说要到大连，一会儿就到。周桐吃了几口饭，就说欧阳要来大连，自己陪她逛逛，中午就不回来了。

孙悦衣知道是欧阳,但没有多问,她也知道,问不出什么,两个孩子一向低调,不张扬,不过这样也好。孙悦衣见过欧阳,那是高中时的一次家长会,她来得很早,在教室里,看到一个女生正在布置黑板,写了四个大字:欢迎家长,又写上期末考试前十名的榜单,还画了一些图案,孙悦衣第一眼就喜欢上了这个女孩子。欧阳回过头来,看见孙悦衣连忙说:"阿姨,您是谁的家长?""周桐。""啊,真巧,我的老对,在这里,您坐。"然后就离开了教室。

　　当年欧阳尚文和周桐是同桌,高考时,他们一同报考了清华大学,是不谋而合,还是早有预谋,只有他俩知道。可喜的是,他们同时被清华大学录取,虽然不在一个系,又有点儿远,但毕竟是一个学校,骑自行车十分八分也就到了。两人经常见面,在一起无话不谈,谈高中时的趣事,谈大学生活的丰富多彩;有时一起逛逛北京城,惊讶北京城悠久的历史,感叹王朝的交替轮换,浏览故宫的文化艺术,看看大栅栏、王府井的生活状态,体味大小胡同的人生百态,尝尝北京五花八门的小吃,漫步大大小小的公园。日久生情,再加上是"同桌的你",再加上郎才女貌,再加上少男少女的激情演绎,心心相印,俩人谈恋爱了。毕业后周桐回了大连,欧阳尚文留在了北京,分配到水利部供职。欧阳的老爸在沈阳工作,她便经常回沈阳看望老爸和哥哥欧阳尚武。掌上明珠,自然是要什么有什么,不过父女都很自律,而且很传统。欧阳到现在也没有说父亲是高官,周桐只知道他在省政府工作。

　　欧阳早上就到了大连,周桐也早早地来接她。在火车站,两人见面了。欧阳白上衣,黑裤子,还是学校时的打扮。没有浓妆艳抹,却自然清新；没有雍容华贵，却素雅干净；没有涂脂描眉，却风韵无限。

二人说笑了几句，周桐就说："今天有什么日程安排，我奉陪到底。"

"客随主便，怎么都行。"欧阳很随意。

"我们去旅顺吧，看看半部中国近代史。"

"那好，在大连读书三年，还没去过旅顺，不过，我晚上就回沈阳。"

欧阳对旅顺火车站很感兴趣，火车站不大，却很有特色，很有风格。欧阳围着这栋造型精致的俄式风格建筑转了几圈，看着那鲜绿色的草帽形尖顶、挂满羽毛状小瓦、精巧的细部雕饰，还有米黄色的格子墙，感到自己仿佛来到了一个童话世界。虽然很美、很文艺、很童话，但是走近了却看到其建筑表面的斑驳痕迹，仍能感受到它默默叙述着的如烟往事。

出了火车站，就是汽车站，二人一路说笑，一路风景，一路顺风。攀爬上了白云山塔，控诉了日本侵略者的罪行；环顾了苏军胜利塔，纪念了苏军挥师解放了旅大；参观了旅顺博物馆，了解了中国近代史实；走进关东军司令部，鞭挞了关东军的暴行；来到了大和旅馆，看到了溥仪成为伪满皇帝的样子……中午，在当年的梦丽莎西餐厅吃了西餐后，就又返回大连，回到了母校，二人一样，毕业之后一直没有回来过。看校牌，已经叫大连市第二十四中学了，听说爱称是"小清华"，时间挺紧，已是傍晚，没有进校内，就返回了火车站。

在车站，欧阳主动说起："这次就不去看叔叔和阿姨了，也没带什么东西，不礼貌。"

"也好，急急忙忙走了一天，你也累了，还要坐几个小时的火车，赶紧回吧，有机会再见。"周桐很关心地说。

欧阳和周桐，七年同窗，又五年你来我往，早已心心相印，早已水到渠成，早已海誓山盟，早已"执子之手，与子偕老"，只不过两人都是低调言行之人，凡事都不愿张扬。

实际上，周桐带欧阳尚文已见过老魏和孙悦衣，是一种很不正式的但很自然的见面。两人都不愿意搞那些隆重热烈正儿八经的俗套，越简单越好，越自然越好。老魏第一次见到欧阳时，惊讶她的漂亮，赞美她的气质，更欣赏她优雅得体的言谈举止。欧阳说到自己的老爸时，只是说爸爸是军人。一说名字，老魏才知道欧阳尚文的老爸竟是自己的老首长，自己曾是他的兵，还挺熟悉。孙悦衣也认识，只不过没有说过话而已。倒是周桐，一次到沈阳出差时顺道去欧阳家，这才知道在政府工作的欧阳的老爸竟是省委书记。

闲谈时，欧阳的老爸了解了周桐的工作情况，特别关心"跃进号"，特别关心"6631"，表扬了周桐年轻有为。他没有问周桐的父母，但又好像很了解周桐的家庭，说："你老爸老妈挺好吧。我认识他们，他们可是我的兵啊。我们一起打过仗，做过公安，他们俩成了一家，挺好挺好。你和尚文结婚后，替我去长春看看周将军，看看我的战友啊。"一时有些伤感，转而又说："他有个好儿子，有出息的孩子，可以瞑目了。"老爷子的话直截了当，三层意思，周桐是个好孩子，你们结婚吧，怀念自己的战友。

这时电话又响了，是老魏，说魏来回来了，让孙悦衣带周桐过来一起吃午饭——老魏和孙悦衣结婚后，杨书记给他们调了一个大一点儿的房子，南山的一个别墅。孙悦衣就住到南山去了，有时回东关街照看一下周桐。

孙悦衣来到南山，魏来开门，叫了一声"妈妈好"。

孙悦衣赶紧拉着她的手说："魏来，我们又有一个多月没见了，在学校还好吧？"又拿出准备的连衣裙，"看看这连衣裙，花色喜欢不，夏天了，该换夏装了。"

魏来很喜欢，说："老妈的眼光错不了，正是我喜欢的，现在就穿。"还真漂亮。

魏来快大学毕业了，已不是十几岁的"丑小鸭"了，女大十八变，越变越好看，现在正是妙龄少女，亭亭玉立，俊俏妩媚，肤白凝脂；性格既温柔又"刁蛮"，真是人见人爱的邻家小姐姐。孙悦衣很喜欢魏来，真把她当作自己的亲闺女；魏来也没有后妈的感觉，心里话、悄悄话总愿意跟这位妈妈讲。当然，孙悦衣也会和她说悄悄话，会给她一些有益的建议。这不，孙悦衣现在竟然开始考虑魏来的终身大事了，她曾考虑周桐和魏来，觉得两个孩子从小就在一起，魏来一天到晚哥哥长哥哥短的，两小无猜，如果能成为一对倒也是郎才女貌，金玉良缘，亲上加亲。可是俩孩子逐渐长大了，觉得他们反倒疏远了。不过又想，孩子都念大学了，一年也见不了几面，来往少些也可理解，何况他们各自都有了新的交往圈子，接触的人变多了，说不定还会遇到自己的梦中情人。所以她和老魏都想得开，不过多地干预他们，顺其自然就好。实际上他们还有另一层顾虑，周桐和魏来毕竟是兄妹关系，虽然没有血缘，但人言人语，谁知会鼓噪些什么，少些闲言碎语反而会更好。所以，孙悦衣尽管很希望好事成双，却从来没有跟两个孩子说起恋爱的事。

老魏看周桐没有来，就问："周桐呢？""欧阳来大连玩，陪她去了。"周桐和老魏的关系很不错，他知道亲生父母和老魏的关系，也知道老魏是自家的恩人。周桐很敬重老魏，既把他当作父亲，也把他当作朋友，亦父亦友，俩人无话不谈，有空就在一起谈天说地，评古论今，家事国事天下事。周桐一直未改口，还叫老魏"魏叔"，老魏也无所谓，孩子高兴就好，不过两人还真像一对好父子。

魏来就读于复旦大学医学院，主修内外科，将来可是全科大夫，还有一年就毕业了。她和周桐见面的时间很少，也有了自己的朋友圈，接触的人形形色色，也不再是一有什么事就找哥哥了。魏来二十多岁了，情窦初开，正是谈情说爱的年纪。

一次，学校组织实习。魏来在医院里跟随医生值夜班。深夜，一个急性阑尾炎患者需要救治。夜班人手不够，魏来成了护士，忙前忙后，搀扶，量体温，打针，喂药，手术，送病房。患者的情况很快稳定下来，恢复了常态。隔两天查房，魏来看到患者已经能坐起来了，虽然还是病病恹恹的，但已经可以看出这个患者器宇不凡，言行得体，彬彬有礼。魏来顿生好感，在床头看到他的名字叫顾中秋。他身边没有亲眷，是单位的人在护理，看来这个人挺有人缘，领导、同事纷纷前来看望。顾中秋是大连人，就住在东关街，也是不凑巧，他的父母哥嫂一家人都去了安徽老家探亲。几天后回来了，赶紧来看望，还真是一大家子。

三五天时间，顾中秋可以下地走动了，也可以和病友、单位人聊天了。又到了魏来查房的日子，顾中秋认出了是入院那天关照自己的那位护士，赶紧说："护士，谢谢你的关照。""不客气，我是实习医生。"说来也巧，第二天在医院食堂，两人又相遇了，魏来没戴口罩，她的言行，她的气质，立刻征服了顾中秋，相见恨晚，一见钟情。魏来看到站在自己面前的顾中秋和躺在病床上的顾中秋判若两人，面由心生，一看就是一个标准的男子汉，不由得怦然心动。

顾中秋赶紧献殷勤，说："我们一起吃饭吧。"

魏来也很爽快地说："好，你是病人，老老实实地坐在那里，我来打饭。"边吃边聊，魏来知道了顾中秋竟然也是大连人，竟然也住在东关街，竟然也在大连一中读的中学，竟然是自己的校友。

顾中秋父母在西岗市场开了一家茶楼，家里条件不错。二人说得挺投机，但上班时间，不宜多说，就留下了电话号码。

顾中秋是大连工学院的高才生，主攻飞机制造。毕业后分配到大连化物所，有点儿不对口，后来借调到中国空间技术研究院，中国空间技术及产品研制基地。五十年代末，党中央决定研制自己的导弹，并抽调部属各地的技术人员组成一个队伍，日夜攻关，尽快攻克，力争导弹早日发射。大连化物所抽调了3人，顾中秋被分配到试验基地，组织基地的建设工作。来到基地，放眼望去，满目黄沙，茫茫戈壁，无边无际。说起戈壁沙漠，那可是世界上巨大的荒漠与半荒漠地区之一，绵亘在中亚浩瀚的大地，跨越蒙古和中国广袤的地域。戈壁多数地区不是沙漠而是裸岩。戈壁，在蒙古语中有沙漠、砾石荒漠、干旱的地方等意思。基地在新疆境内，戈壁滩上气候环境恶劣，降雨量很少，昼夜温差悬殊。戈壁上风速很快且持续时间很长，卷起大量砂石。戈壁的表层以砾石为主，看不见沙和土壤，会有一些耐旱、耐碱的小型植物生长。

基地领导邰海蓝先翻阅人事档案，非常中意顾中秋。在进行面试时，顾中秋对答得体，邰海蓝更是非常满意，当即决定，跟随自己，做自己的秘书，走到哪里都带着他。邰海蓝组建的研制导弹的队伍，人员来自陆军、海军、空军，他们闻讯赶来，穿着不一，作战能力参差不齐，擅长的领域也不尽相同。更令邰海蓝焦头烂额的是自己身边没有一个懂行的人、出谋划策的人、能跑跑颠颠上传下达的人。顾中秋也不一定懂行，但邰海蓝就是看好他了。

顾中秋看到这支"杂牌军"，很为"杂牌军司令"着急上火，得想办法解决。他带着军委首长的指令，带着邰海蓝的书面命令，跑北京，跑上海，跑国防部，跑科委，见首长，下基层，终于凑齐了各方面的人才，筹措了建设资金，让这支队伍穿上了统一的军服，营建了最简易的营房，吃上了热乎的饭菜。

邰海蓝很高兴，很满意眼前的这个小伙子。两人坐在一起吃饭，顾中秋很殷勤地打来饭菜，放在邰海蓝面前，站在一旁。

邰海蓝看了看顾中秋，说："坐下吧，一起吃。"又看了看饭菜："标准有点儿低，很苦吧。"

"还行，能吃饱。"顾中秋没敢多说，坐下来吃了两口。

"想想办法，让大家吃得好一点儿。"邰海蓝很关心团队的伙食。又说："你的任务完成得很好，大家都夸你。怎么样，干得还顺心不？"

顾中秋这半年多的日子做的是营建的事，是秘书的事务性工作，和自己的专业不对口，他想干自己的专业。他想趁首长问起说说自己的想法，但话到嘴边，开口却说："我突然想起毛主席的一句话，独立自主，自力更生，我们能不能自己养点儿猪、鸡什么的。蔬菜恐怕还得外采。"

"你的想法不错，我也想过。你起草一个文件，请示一下上级。"

军队首长特事特批，很快作了批示：可行。

半年以后，基地有肉吃了，伙食有了改善。

邰海蓝高兴地对顾中秋说："你小子功不可没。"

顾中秋赶紧说："还不是首长的决策嘛。"

邰海蓝更离不开顾中秋了，甚至被主席接见也带着他。顾中秋虽然没有亲见主席，但是已经进到中南海春藕斋，已经够幸福的了。

邰海蓝告诉他，主席鼓励我们要尽量多学一点儿东西，使自己能早日独立指挥导弹发射工作。

顾中秋听了首长的传达非常激动，他对邰海蓝说："首长，你放心，我一定记住主席的话，一定协助您做好试验基地的建设。我学过俄语，说得还不错。"

试验基地正在热火朝天的建设，解放军战士、研制中心干部工作人员、广大民工齐上阵。夏天顶着零上 30 多摄氏度的高温，冬天冒着零下 30 多摄氏度的严寒；飞沙走石不断袭来，砸倒砸伤甚至砸死战士；风雪大作铺天盖地，吞噬着战士们的意志。但是，战士们的钢铁意志是坚不可摧的，战士们的雄心壮志是不可动摇的。

顾中秋是现场指挥，小伙子时时刻刻冲在前，一样顶风冒雪，一样日晒雨淋，一样挥汗如雨。一个人见人爱的小伙子，一天到晚胡子拉碴、破衣烂衫，像个半大老头子。

郜海蓝看了心疼，想方设法给他找点儿好吃的，并命令他好好保护自己，有个三长两短，谁也担负不了责任。

顾中秋说了一句"硬"话，也是一句奉承话："还不是跟您学的。"

郜海蓝挺高兴，说："别拍马屁，一旦有失，唯你是问。"又拍了拍顾中秋的肩膀，说："你小子是好苗子，有出息，好好干。"

导弹试验基地终于竣工了，郜海蓝和几名将军、中苏专家验收，顾中秋成了临时翻译。专家们对基地进行了空中和地面考察，从工程设计、测绘、气象等多方面论证，认定了基地完全合格并命名为"20基地"。

顾中秋很自豪，试验基地建设的成功有自己的一砖一瓦，但他始终想回到研发团队，始终想"飞天"。基地已经建成，自己的秘书工作也该结束了。这一次，他不能再失去机会，就大胆地向首长说出了自己的心愿。

郜海蓝没有感到意外，实际上他也想过，顾中秋是研发飞机的，调来基地一直做的是基地建设，确实干得不错，是自己的得力干将。不过，顾中秋所做的确实和他的专业不对口。顾中秋想做自己的专业应该支持，说不定会更有成就，他的要求合情合理，自己不能耽误了一个有前途的青年，郜海蓝同意了。

随后，顾中秋参与研发了我国第一枚导弹。虽然专业还是没有对上口，但也算隔行不隔理了。

不久，导弹研发正式开始。刚从美国回来的专家钱学森负责研究工作，他带领40多名专家，对口搭配，苏联也先后派48名专家，夜以继日地研究开发。然而，屋漏偏逢连夜雨。中苏关系恶化，苏联方面撤走了所有的在华专家，而且不再提供导弹发射用的液氧。怎么办？如果用国产液氧，又担心其可靠性。

顾中秋认为可以一试，便主动请缨，对比检测进口液氧和国产液氧的用料、配方、性能、稳定性，等等，看是否完全合乎要求，并建议先在其他项目上试用。这个方案得到批准。经试用，国产液氧完全达标。报中央军委后，批复同意使用国产液氧，并嘱咐万事开头难，这件事过去没干过，一定要认真细致，稳妥可靠，争取胜利。

随后，整个基地立即投入第一枚国产导弹发射试验的准备工作之中。经过不到两个月的科学周密准备，在"20基地"成功发射了我国第一枚导弹并在预定着弹区爆炸。

这是一个值得铭记的日子，中国人从此有了自己的导弹，用汗水和智慧证明了中华民族的不屈和开拓精神。

祝酒会气氛热烈，宣读了党中央、国务院的贺电，嘉奖表彰了有功人员，两报头版头条报道，全国人民热烈欢呼。顾中秋受奖，理所当然；顾中秋见报，众望所归。

研发单位放探亲假，顾中秋要回大连，郜海蓝要回北京。行前，两人相约喝酒饯别。二人天上一嘴，地上一嘴，扯东说西。他们说了这一别很可能就此分手，郜海蓝将会到北京军区工作，顾中秋可能还会回到中国航天技术研究院。他们互道珍重，还说了各自的家庭，柴米油盐。两人已成忘年交。

顾中秋回到大连，回到东关街，回到茶庄，当然也是回到了家。老爸说在报上看到他了，老妈说他瘦了，老哥说他挺有两把刷子呀，老嫂说没带个媳妇回来呀，小侄女说叔叔是英雄。

顾中秋不好意思地笑了，说是全体研发人员的功劳，自己不敢居功自傲。

之后的几年，顾中秋一直在中国航天技术研究院工作，节假日回家陪陪老爸。

一天，研究院领导指派顾中秋出差到大连，顾中秋很高兴，可以顺便回家看看家人。

于是就有了与魏来的相遇。

顾中秋和魏来是一见钟情，与周桐和欧阳的日久生情不一样。一对激情澎湃，火山碰电石；一对含情脉脉，真挚又深沉。

一年后，魏来大学毕业了，分配到大连的一家医院，已是一名全科医生了。一天早上，魏来接到顾中秋的电话说想见面，一刻也等不得了。魏来惊讶地问他什么时候回来的，顾中秋说昨晚，今天早上才告诉她，是想给她个惊喜。魏来很开心，但说还得上班呢。顾中秋说，那我们在你上班的路上见。

魏来在医院前一站就下了车，顾中秋早早地就等在那里。两人手挽着手慢慢向医院走去。

"我们结婚吧。"顾中秋单刀直入。

魏来好像没有思想准备，随口说："行。"随后又说："再等等。"他们认识一年了，可是仅仅见了几面，要说结婚生子，她还需要时间，所以，又说："见见老爸老妈再说。"

顾中秋也冷静下来，说："对，我这次回来，也想见见你父母。"

二人约好晚上一起吃饭，魏来就去上班了。顾中秋去了东关街的一家浴池，他要泡泡澡，休整休整，要见"老泰山"丈母娘，怎么也得精神一点儿啊。浴池挺大，还是二楼，空气很流通，有单间，有隔断，有床铺。有热水，挺烫，有人愿意烫澡；有温水，也有点儿烫，有人愿意泡澡；有熏蒸，坐在那里发发汗；有搓澡，敲背，理发，修脚，小吃，行当挺全。顾中秋泡了澡，理了发，刮了胡子，眯了一觉，已经是晌午头儿了，走出浴池，就是一个帅哥。

回到茶庄，吃完午饭，和爹妈聊起了魏来，老爸老妈一听，赶紧说，你俩认识那么长时间应该来认识认识门了。又问，见到她爹妈了没有，你们啥时办，不小了啊。顾中秋不知回答什么，只说了一句："先见见他爹妈吧。"又是一阵问这问那，对，先见见老丈人，好好捯饬捯饬，买点儿好礼品，家里有好茶，你给请到饭馆吧。

晚饭，他二人在饭馆一边吃饭，一边聊天，没完没了，最后约定星期天正式拜见魏来父母。

孙悦衣挺为难，不是亲妈，自己该扮演个什么角色，言谈举止该怎样拿捏，一个叱咤风云的"女汉子"，竟然一下子手足无措起来了。老魏看她的样子十分可笑，就安慰她说："你慌什么，你什么阵势没见过。我告诉你，你就是魏来的妈，亲妈，该说什么就说什么，该怎么做就怎么做。你总是对的，魏来就是你闺女，亲闺女。"

魏来到南山车站接了顾中秋，女婿上门了，老魏和孙悦衣开门迎接。第一眼很有好感，高挑帅气。顾中秋，第一句爸妈叫得很真诚。

"快坐，喝茶，吃水果。"孙悦衣张罗着，很热情，没有陌生感。

"谢谢，妈。"又叫了一句妈。

"魏来，你们聊，我去做饭。"孙悦衣很满意这个女婿。

"我们出去吃吧，在家里做挺麻烦的。"顾中秋说，他对自己未来的丈母娘很有好感，他早已听说公安局的女局长是"女汉子"，可如今一看，竟然是那样优雅温柔。

"不用，第一次上门，在家吃。"孙悦衣想表现得好一点儿。

老魏挺活泛，很随意，也挺有分寸，老丈人嘛，得端着点儿。顾中秋看着这个军人出身的公安局局长，起先有些拘谨，但随后觉得他并不是威风凛凛，令人生畏，相反觉得他挺可爱。

午饭很丰盛，虽然还是困难时期，但还是整出了八菜一汤，糖醋排骨、宫保肉丁、酱焖黄花鱼、油焖大海虾、酱牛肉、海鲜全家福、拍黄瓜、蒜苔炒肉，冬瓜海鲜汤。边吃边聊，老魏聊的是国家大事，孙悦衣聊的是居家过日子，顾中秋聊的是导弹基地建设，魏来说得不多，跟着他们三人的话题，答问应和。

吃完午饭，已经三点多钟了，魏来送顾中秋，两人逛起了南山。南山，是大连开埠时俄国人和日本人建造的高档住宅小区。尤其是日本人在此经营时间较长，一直是日本权贵居住的地方。

南山的建筑风格是折中主义建筑流派，让人能够感受到那种将大自然纳入庭院建筑的风格，它的开放式房屋建筑与自然浑然一体。顾中秋发现，街道上有一座保留下来的建筑，多少有点儿破旧的感觉，没想到它竟是当年的德国领事馆。二楼凸出的阳台、阳台边缘欧式风格的栏杆、窗户上的彩色玻璃，都能看出这是地道的欧洲建筑。街道上充斥着强烈的异国情调，让人恍若看到，踮步行走的和服少女、踱着方步一袭黑色燕尾服的绅士。来到街心，这里有一个豪华街心喷泉，周围有各式雕塑，满眼的芳草，高耸的大树。

送走顾中秋，孙悦衣和老魏说："这个小伙子不错，长相周正，谈吐也很得体。"

老魏说："家庭背景也挺干净，要不也不能去五机部，挺能干。"

二人对这个未来的女婿挺满意，顾中秋过关了。

该去顾中秋家了，这是必走的程序。可是顾家是个坐地户，东关街的老住民，七大姑八大姨太多了，上门那天他们肯定要来。魏来哪见过这阵势，但想逃避也逃避不了，硬着头皮也得去。

果然，那天不仅七大姑八大姨来了，甚至在郊区的亲戚也都来了，甚至左邻右舍也都趴门趴窗来了。能不来吗？中国人的一家有事，万家相帮的习俗在这个华人居住地体现得淋漓尽致；东关街又是房挨着房，人靠着人，不像南山的小别墅，独门独院，人看不着人。他们听说顾家有贵客，儿子有喜事，女朋友是公安局局长的千金，二人还是发小同学，能不来凑热闹，能不来看看局长千金的芳容吗？顾中秋和魏来一走进东关街，立刻就被人们围住，大家都想先睹为快。顾中秋和大家打招呼，应付着，应对着；魏来没说什么，只是笑笑，一个劲儿地点头。冲过人群，总算到家了，门口是人，屋里是人，前屋是人，后屋是人，问这问那。嬉闹了一会儿，大家就都散了，亲戚也走了，闹归闹，大家都很懂分寸。

屋里只剩下了爹妈哥嫂，这才进入见面的程序，魏来问好，叫伯伯阿姨大哥大嫂，几个人怔怔地看着魏来，仿佛眼前站着一个仙女，"脸若银盘，眼似水杏，唇不点而红，眉不画而翠"，清新脱俗，素颜自然。

也是边吃边聊，说了一些家长里短的事，老爷子挺健谈，生意人的嘴巧舌如簧，天南地北的，不服不行；老婆子拉着魏来的手，问这问那，夸她长得漂亮，是顾中秋的福分，很是喜欢。哥嫂没有多说，很知趣。

也是闹腾到三四点钟，二人就开始逛东关街。这时的东关街还挺繁华，虽然已经公私合营，一些大商家派了公家的人，开固定工资了，但小商户还是一家一户的夫妻店，和以前的格局变化不大。实际上，魏来对东关街还是比较熟悉的，周桐没少带她来，她也很喜欢这里的氛围。各种小吃，各种吆喝，各色人物都很有特色，但东关街也有变化，一些行当，当铺、烟馆、妓院、街头卖艺杂耍逐渐消失了。一些店铺关张了，来来往往的客流也减少了，甚至有些店铺一入夜就打烊了。以前子时还热热闹闹的东关街不见了，什么东西都是凭票供应，没有票逛什么逛，东关街有些没落的苗头。

走到新开大街，魏来说："我们家一开始就住在南头，那里是一片日本房，我周桐哥哥就住在这一带北头，你看那边那个小别墅就是。"

顾中秋听魏来总是念叨周桐，就说："哪天去看看他，认识认识，我们两家离得还挺近。"从魏来嘴里，他知道了周桐很优秀、很有头脑、很有理想，也许是惺惺相惜，也许是共同的理念，他很想结识周桐，如果和魏来结婚了，就成了亲戚，就可以举杯畅谈。

七

周桐在大连造船厂已经工作七年多了，全程参与制造"6631"

弹道导弹潜艇。前期为了让项目落地大连造船厂，周桐陪同船厂领导参加关于"6631"潜艇的会议，并代表船厂介绍了其具备的各方面条件，并表示，有能力完成潜艇建造任务。最终获得了一机部的同意，并正式批文确定"6631"潜艇由大连造船厂进行装配和建造。周桐的能力得到领导们的认可，被任命为总工程师助理，先主管制造潜艇的前期筹建工作，又由于他俄语出众，让他主导和苏联专家沟通。

周桐认为"6631"潜艇工艺要求高，技术难度大。船厂对该舰艇体采用高强度低合金钢材的加工处理、焊接。导弹发射筒的制作，导弹发射装置及综合导航、通讯、指挥系统的新设备等，工人们都是第一次接触，现有技术水平远远落后，所以他建议首先应着眼提高工人的专业技术水平——分别举办各类培训班。他规划的培训班有机电加工、焊接、热处理，特殊仪器设备安装、调试、试验等，并重点对从苏联发运来的 AK–25、AK–27 钢板的加工、焊接及不锈钢焊丝的使用等方面，组织工人进行实践性技术训练。他跑学校，聘请专业教授；跑外地船厂，聘请有关专家；下车间，聘请有经验的大工匠；聘请苏方专家按工种、专业讲课，传授经验。而他自己还亲自做了翻译。短短几个月，船厂的技术力量和技术装备达到了一个新的高度。潜艇建造正式开工。

周桐因为俄语很好，懂得苏联人的秉性、生活习惯、待人方式，所以很容易和苏联专家沟通，帮助他们安排好日常生活，帮助他们向领导反映要求。当时经济困难，物资匮乏，苏联专家虽有特供，但也很难完全满足他们的要求。为了让专家安心在这儿工作，周桐经常跑农村，想办法弄点儿牛肉、猪肉、鸡蛋，给他们改善生活，做个土豆烧牛肉、红烧肉、西红柿炒鸡蛋什么的，喝点儿伏特加什么的。久而久之，周桐与专家们建立了良好的个人关系，专家们也诚心传授技术。然而，开工仅仅 3 个月，苏联政府突然单方面撕毁协议，撤走全部专家。他们临走时还特意邀请周桐一起吃饭，说是他们请客，实际上还是周桐在张罗。周桐请示了上级，领导同意，厂长还嘱咐他，好好聊，聊出点儿有用的东西。吃得高兴，喝得痛快。这些专家实际上并没有理由敌视中国，他们说很愿意帮助中国，也很愿意发挥自己的专长，也很感谢中国人民的友好，更感谢周桐一直以来的照顾。周桐借机赶紧说，我们国家还很穷，造船技术也落后，还很仰仗专家的指导。可是你们突然走了，我们一时半会儿会很不适应。也许这些专家喝醉了，也许是真情流露，竟然说，你放心，跟厂长说，我们会留下一些关键部位的资料，会留下一些我们的建议，会对你们有些帮助。

听完周桐的汇报，厂长说，你做得好。接下来，我们需要对人员进行调整，"6631"潜艇由你来挑头吧。

周桐有些为难，自己工作才几年，没有经验，一旦有难关，自己怎么能承担得起。

厂长看出来了，没等周桐开口，抢先说了："我知道你怎么想的。不过你看，总师年逾六十，身体又不好，总不能让他冲锋陷阵。另外，有些专家有经验没理论，有些专家有理论没经验，只有几位文武双全，但只能冲锋不能挂帅。这样吧，总师还是总师，他挂帅，运筹帷幄；你具体操作，有问题，我负责。再说了，年轻人，边干边学，此时不干，更待何时。"

话都说到了这个份上了，自己不能再推辞，更何况，自己的抱负不就是造船，造大船，造军舰，造航母，报效祖国吗？回到自己东关街的家，他打电话告诉妈妈。

孙悦衣也有些担心，也是怕做不好，但她没说泄气的话，在她身上总是有正能量："好啊，年轻人总应该挑重担，我知道你想什么，边干边学嘛。"

苏联专家走后，一切工作都要重打鼓另开张。周桐和总师分析，制造"6631"有一百多个技术关键项目，首先还是要重组人马，组成一个个攻关小组。在组长会议上，周桐布置了各自的任务，详细地说明了具体要求，最后说："各小组组长是责任人，对总师负责，各小组独立工作，负责到位；同时，各小组还要相互协作，沟通关联；保证工期，按时完成；最后汇总，形成整体。"又说："'6631'是我们建造军用船的第一次，是大连造船厂立足国内，走向世界的壮举。我们不能辜负中央军委对我们的信任，我们要为发展我们的海军贡献力量！我们务必勠力同心，自力更生，圆满完成自己的使命。"说的话挺有鼓动性，与会者一下子豪情万丈，纷纷表示一定会舍得一身剐，完成任务保国家。

随后，团队又着手建立了导弹指挥仪、控制仪，综合导航，雷达和声呐，无线电通信设备等4个实验室，对设备进行保养和调试。实验室的建设是个力气活儿，当然不会让总师上阵，只有周桐亲力亲为了。潜艇的建造不是短期内就可以完成的，周桐做好了思想准备，他搬到了厂宿舍，吃在团队、睡在团队，几乎24小时待在团队，跑遍了各个攻关小组，检查了各个实验室，解决了许多大事小情，简直就是一盒"万金油"。领导很赏识，员工很敬佩，一个不到三十岁的小伙子，居然有扛鼎之力。

周桐有小半年没有回家了，没回东关街的家，也没回南山的家，更没去沈阳欧阳的家。

这半年，他和专家组遇到了一些问题，在耐压壳体建造时，苏联转让的肋骨定位器和潜艇的规格不匹配，而且安装的方法也不一样，又没有相关的资料。怎么办？大家想了很多方法，都不适用。为此，周桐废寝忘食，冥思苦想。有一天，他躺在床上睡不着，突然想起，苏联专家走时曾说过："有些部位不一定非用苏联产品，你们有些国产的部件就很好。"他一下子从床上跳起，对，为什么不用国产的部件试试，他一通电话，喊来几个团队骨干，问大家能不能用国产部件代替，大家集思广益后锁定了使用国产小壳圈分离装配法。周桐说："事不宜迟，我们分头去查找。"可是，船厂的人对小壳圈分离装配法都没有实践经验，总师也只是听说，没有做过。不过他提到了一个信息，就是上海江南造船厂曾经采用过这个装配法，也是建造舰艇，并建议去上海取经。说去就去，周桐带着几个人来到上海。江南造船厂大公无私，提供资料、讲解工艺，还派了几个有经验的工人、技术员来大连。他们又在图书馆找到有关资料，找到了焊接中会发生的夹渣、焊缝裂纹和壳体变形等问题的解决办法，还提出了补充改进意见，制定了详细的实施步骤。开始实施了，总师和周桐几乎天天在现场盯着，生怕出事故。经过努力，壳体问题最终得到了解决。

周桐总算回家了，能好好地补补觉，脸不洗，衣不脱，倒头便睡。

孙悦衣打电话，厂部的人说回家了。她赶紧回到东关街，看到周桐邋邋遢遢地躺在床上，小声叫了几声，没反应，她知道周桐太累了，就没打扰他，今晚也就留在了这里。第二天一早，做好了早饭，周桐也醒过来了，问候了一句。孙悦衣像管小孩子一样，先帮着换衣服，又催着洗脸刷牙，说了一句"这才有点儿人样"。周桐赶紧吃完饭，说："妈，我不跟你说啥了，我还得赶回船厂。"孙悦衣心疼地说"注意安全，照顾好自己"，就没再说什么。

匆匆回到厂里，等待他的是更艰巨的任务——导弹发射筒的制作。首先是设计，这项工作项目组已经同步完成，已经报到总师那里。周桐和总师在办公室里一待就是好几天，研究报上来的设计方案，反复比对，很仔细，很慎重，发现了几个小问题，虽说是小问题，但极可能酿成大祸，赶紧叫来项目组的设计师，让其回去完善。最后决定采用分段加工，立式对接，用自制的水准检测仪调整倾斜度。个把月后，高度、直径均合要求的导弹发射筒圆满完成。

又一天，周桐再一次精心审阅了潜艇下水的工艺，这或许是最后一道工序。根据项目组上报的工艺设计方案，为保证潜艇下水绝对安全，周桐和总师又是几个日日夜夜，逐条过目，逐条研究，逐条取舍，逐条审定，每一个细节都不放过。最后两人认为，项目方案可行——采用浮筒全封闭下水工艺。下水那天，由于心里没底，他们决定低调完成，请示厂长同意。没有大张旗鼓的仪式、没有媒体记者，只是请来了厂领导，请来了海军代表。

经过各方面专家和海军代表的验收，半个月后，确认"6631"潜艇建造成功。海军代表在验收议定书上写道：根据多种机械装置系统、电器设备、武器、观通导航、指挥仪器和艇体在交艇试验时所得到的数据和材料，认为该艇的战术技术性能符合设计要求。

这时，媒体才进行了报道："6631"潜艇建造成功，使我国海军第一次有了能够发射潜地导弹的舰艇，为以后研制核动力弹道导弹潜艇提供了可靠的技术、工艺经验，培养了一批建造潜艇的专业技术和管理人才。大连造船厂名扬天下，一大批研发人员上了头条，周桐理所当然地站在了"C"位，还有几条赞语，风光无限。

"祝贺你呀，真是电台有声，报纸有名啊。"是欧阳尚文，她在沈阳。

"回来一趟吧，我们该结婚了。"原来他们已商量好，"6631"完成后就结婚。

不久，周桐和欧阳要筹备结婚了，依然是简单低调行事。一是决定在大连安家，房子是现成的，欧阳也很喜欢东关街这个地方。二是置办安家的物品，很简单，东关街应有尽有。三是婚礼的举办，二人的共识是不大办，在四云楼摆八桌，两桌请双方长辈亲戚，两桌请双方的领导同事，三桌请同学朋友，一桌请左邻右舍。不过，再简单的婚礼也应该有个主持。有，这个主持是谁？顾中秋——是魏来的主张——总要和兄嫂一家见面，何不在这个婚礼上亮亮相，认识一下。周桐求之不得，早晚都要见面，听魏来说了他的事，也是很想见一见这个妹夫，不单是为主持自己的婚礼，更重要的是看看这个妹夫相貌怎样，人品怎样，他要为魏来把把关，虽说一面之识未必能看出什么，但周桐相信，面由心生，看看面相言谈举止，也就会八九不离十。他和魏来，兄妹二十年，虽然没能终成眷属，但是兄妹情分却是打断骨头连着筋。行，一切都交给他了，明后天和他见个面，商量一下。

　　四人见了面，寒暄后，彼此感觉都不错。周桐、欧阳认可了眼前的这个妹夫，顾中秋也惺惺相惜，对眼前的哥嫂一见如故，相见恨晚。周桐说了："我妹子可是百里挑一，人见人爱，你可要珍惜宠爱，好好对待她。"顾中秋说："哥嫂，你们放心，我会好好呵护魏来。"魏来说："赶紧商量一下哥嫂的事吧。"四个人商量了一会儿，看来也没有什么难的。顾中秋说："你们放心吧，交给我，保你们满意。"顾中秋很健谈，很幽默，自来熟。魏来跟他说后，他就做了考虑，顾中秋做过秘书，又在东关街长大，自然轻车熟路，再加上极其用心，从选饭店，定菜品，谈价钱，布置会场，安排席位，编排程序，大事小情，都无懈可击，周桐和欧阳很是满意。

　　良辰吉日，来宾就座，顾中秋宣布婚礼开始，新郎新娘入场。

　　"大家看，向我们走来的新郎新娘，用一句话来形容，新郎'才过宋玉，貌赛潘安'。"顾中秋开始了充满激情的主持，"再看新娘，'削肩细腰，长挑身材，鸭蛋脸面，俊眼修眉，顾盼神飞，文彩精华，见之忘俗'。"

　　婚礼再简单也少不了"一拜天地，二拜高堂，夫妻对拜"。祝酒开始，先是孙悦衣，说百年好合幸福美满；再是欧阳的老爸，说孝敬公婆白头偕老；而后是宋厂长，说佳人优秀，前程似锦。郑重的程序走完了，顾中秋宣布，下面吃、喝、闹，开始，大家随意，吃好喝好玩好。闹腾到三四点钟，客人陆续走了，这才得空说说话叙叙旧。

　　老魏和孙悦衣站起来，向老首长行了一个军礼，说首长好。"免了兔了，都当公公婆婆了，日子过得真快。"互相夸了一下孩子，问了一下彼此的生活。欧阳的老爸嘱咐了孩子几句，就说晚上有个重要会议，还要赶回沈阳。欧阳尚武没插上话，只说了一句："周桐，你是个男子汉，好好待我妹子，我们后会有期。"就和老爹一块儿匆匆走了。

周桐对顾中秋说："谢谢你，帮我忙乎了好几天。挺好，挺有口才，而且没有胡咧咧，来喝一杯。"

"大舅哥娶媳妇，哪敢怠慢，来，换大杯，一醉方休。"

"行，换大杯，不醉不归。"

两人喝得面红耳赤，嘴上没有把门的了，荤的素的，不管不顾。欧阳赶紧打住，说："谢谢妹夫，你们都累了，改日再喝。爸妈也累了，该回去了。"

一家人坐在一起，老魏和孙悦衣反而没有话说，他们知道这场合不必嘱咐什么，只是笑着看着这哥俩没深没浅地互掐，俩人虽然见面不多，脾气相合相见恨晚。

魏来也看出来，俩人喝多了，就不客气地说："好了，不喝了！"把杯子收了起来。挺厉害。

顾中秋醉醺醺地说："对对对，哥嫂还没有进洞房，良宵一刻值千金。该走了。"不过，还没忘记和未来的老丈人、丈母娘打招呼。老魏、孙悦衣、魏来上车回南山了。

周桐和顾中秋说："过两天我们再喝，好好聊聊。"

顾中秋回了东关街的家，周桐和欧阳搀扶着也回了东关街的家。

小两口回到家里，自然是百般亲热。

欧阳已经调到大连，在水利局做办公室主任，过着朝九晚五的日子，挺清闲自在。小两口卿卿我我，恩恩爱爱，顺风顺水，让人羡慕。不过也有不顺心的，一是周桐常年加班，一年三百六十五天，见不了几面，还真是咫尺天涯。二是欧阳并不满意自己的工作，不愿做每天迎来送往的事，她也是热血青年，她也想走出办公室，到水利建设的第一线。

欧阳来到西岗市场，想买点儿菜，做点儿好吃的，犒劳一下周桐。可是，她来到西岗市场，看到很多店铺关张的关张，倒闭的倒闭，商店柜台货架空空，没有货物可买，没有多少顾客，根本见不到昔日的人来人往，只有几家国营商店还在支撑。欧阳买了一条鱼，半斤肉，几样青菜。在这困难时期，即使像欧阳这样的高干家庭，也好不到哪里去，能买到这些已经很不错了。

凑了四样菜，两人边吃边聊，周桐问起欧阳申请调工作的事，欧阳说正在等消息。欧阳说，顾中秋和魏来来过几次了，顾中秋想调到沈飞（沈阳飞机厂），估计沈飞接受问题不大，关键是五机部是否放人，得先申请调动，办理手续，可能需要一段时间。他父母催促，让他们尽早结婚，想委托周桐两口子帮助操办，周桐说："这事义不容辞，不过，顾中秋的老哥顾孟春也参与吧。正好我休假能有一段时间，明后天咱们合计合计。"欧阳说："行，就定后天吧。"

顾中秋和魏来也准备结婚了。顾中秋老爹想大操大办，生意人总有些讲究有些算计，想通过婚宴广邀天下客，招徕生意；又想借公安局局长的光扩大影响、寻求保护；又想炫耀儿子儿媳的身份，脸上有光，光宗耀祖；又想借此打出广告，一举两得。魏来不同意，她想像周桐哥哥那样，简单低调。顾中秋无所谓，反正自己都能应付。几个人商议时，周桐问魏来魏叔什么意见，魏来说他随意。周桐说："还是按顾老爷子的意愿办吧，他有他的想法，我们顺从就是了。"魏来没再坚持。周桐又问："老爷子打算怎么办，有什么要求？"顾中秋说："没什么具体要求，风光大气就行。""那就好，我们商量具体的。"

定下黄道吉日，定下婚宴酒楼，定下十八桌席位，定下迎接新娘的程序，定下婚宴流程，最后定下婚宴的主持人。顾中秋对周桐说："司仪非你莫属，你逃不掉的。"又说："婚宴的准备也由你负责，有事和老爹商量，他求之不得。老爹眼观四海，耳听八方，鬼点子也多。各种费用找他报销，这笔钱他早就准备好了。"看了看魏来，又说："也可以找魏来商量，她的意见就是我的意见。当然还有欧阳嫂子。"话说得滴水不漏。魏来娇嗔地说："假惺惺的，还不是你说了算。"欧阳没怎么说话，她是在省委大院泡大的，在学校长大，好像不太懂社会习俗。她很喜欢魏来这个小妹妹，对顾中秋她钦佩他的聪明才智，钦佩他的能言善辩，钦佩他立志航天事业并做出可喜的贡献；但她又感到他聪明中带有些许的狡黠，言辞中带有些许的不实在，贡献中带有些许的私人企图。因此她的钦佩中也带有些许的疑惑。

真是好事成双，顾中秋休假之后不到一个月，调令下来了。一是沈飞技术人员青黄不接，急需一个技术方面的牵头人，顾中秋是中意的人选；二是导弹部队很通情达理，调来时也只是说暂借，这几年，干秘书，干基地，确实是荒废了专业，不能误人子弟；三是化物所同意放人，觉得顾中秋的前程在沈飞。一个月上下，沈飞的调令就来了，顾中秋被调到沈阳飞机厂，被任命为副总设计师。一桩心事解决了。

　　魏来和顾中秋的婚礼终于要举办了。但是房子问题成了关键，现在已不是"搬家运动"的时候了，由于人口的增加，建房又很少，住房紧张已是大事，几代人蜗居在一起已屡见不鲜。婚房安在哪里？东关街的茶庄，老大顾孟春一家已经住在那里，顾中秋魏来再住进去，多不方便。挤在老魏的小别墅也可以，但也不是长久之策。好在沈飞分房，考虑顾中秋是有功之臣，便破格分给他两室一厨，房子在大连，条件虽差点儿，但也十分难得了，两人也没有过高要求。大家帮忙，七手八脚把婚房布置好了。按顾老爷子的要求，虽不太铺张，但还算可以。

　　一对恋人在华春照相馆拍了婚纱照，真是金童玉女，郎才女貌。照相馆还把照片放大摆在橱窗里，所见之人无不啧啧称赞。顾家老爷子沾沾自喜，在东关街又展扬了一把。华春照相馆是大连华商开办的第一家照相馆，店主不甘心大连照相摄影业为日商垄断，在小岗子市场附近的繁华地段平和街投资经营华春照相馆，并在小岗子兴旺一时。但民族工商业遭到了日本殖民者的打压，借华春照相馆"故意违反物价罪"，被处以巨额罚款。

　　周桐和欧阳这些日子真是忙上忙下，忙这忙那，不惜力气，不惜钱物，为婚礼操碎了心，为自己的小妹妹心甘情愿。魏来不矫情，不挑剔，还对哥嫂说，你俩别太操心，悠着点儿，我怎么都可以。周桐和顾中秋商量，东关街的酒楼都承办不了十八桌席，听说日新饭店已搬到中山区，扩大了营业面积，还很有名气，老顾家和老板还认识，近水楼台先得月，就定在那里吧。

大婚之日终于来了，四辆轿车停在茶庄门前，十分有排场。顾老爷子一家穿戴体面，基本上还是中式衣着。顾中秋西装革履，意气风发。从东关街出发，到南山魏来家。魏来没有隆重出场，没有浓妆艳抹，没有绫罗绸缎，没有穿金戴银，还是素雅淡妆，但又不失喜庆。一阵鞭炮声后，一家人上了车。

日新饭店门前，来宾们放起了鞭炮，撒起了花。顾中秋先下车，拉开车门，魏来在伴娘的簇拥下下车，来宾拥上前，一睹芳容，啧啧夸赞。顾中秋在一侧陪同，走进酒楼。10点18分，周桐宣布婚宴开始，魏来换了婚纱，和老爸手拉手走进大厅，魏和兴把女儿交给了新郎。和所有的婚礼一样，婚誓我愿意，拜天地、父母，祝福感谢，吃好喝好，敬酒敬烟。高朋满座，觥筹交错，一番热闹，进入尾声，来宾散去。周桐和欧阳等亲戚送新人回家，送进洞房。

老魏和孙悦衣回到家，说起了婚宴，也说到了他们今后的生活。

老魏还说，魏来结婚了，今后的生活应该会不错，她妈妈也应该安息了。

孙悦衣说："哪天我们去上坟吧，告慰一下。"

"我也想了，可江西的偏远大山里也不通车，等我们退休带着孩子一起去吧。不过也该去看看周将军了，欧阳的老爸也有这个意愿。"

岁月匆匆，转眼又过了两年。老魏老两口都五十多岁了，孙悦衣也已退居二线。这些年，年轻一代成长很快，干得也很好。大连社会治安还是不错的，即使有事，他们也不用冲在第一线了，运筹帷幄，下达命令就行了。所以，他们现在有更多的时间帮忙照看孙子了，小孙子一岁多了，虎头虎脑，一看就知道是个聪明淘气可爱的臭小子。老两口喜欢得不得了，两天不见就想得慌。起了个名字，叫周忆乙。

孙悦衣看着孙子，又想起儿子周涛。孩子刚出生就寄养给别人，现在涛儿也快三十岁了，他生活得怎么样，念没念过大学，做什么工作，结婚了没有，有孩子没有。在周桐结婚时，她曾萌生再去找涛儿的念头，真想好好地为他张罗一场婚礼，作为母亲的补偿。不过，她很理智，虽然想儿子，可又不想打扰他的生活，毕竟又过了十几年，毕竟又经历了许许多多的运动，张秀水一家会有什么变化，是福是祸，杳无音信。

八

张秀水夫妻也已四五十岁了，一直生活在城子坦农村，买了房、租了地，就一直待在农村，种地种菜养鸡养羊，不显山不露水，成了地地道道的农民。

周涛，我们还是叫他张家栋，读书十分用功，在镇中学读完初中，以优异的成绩考入县高中，三年的拼搏，他又考入大连工学院。毕业后被分配到大连电机厂，当了一名技术员。

一开始，张秀水两口子还不太愿意，认为到大连电机厂工作就要住在大连，这样就有和孙悦衣、周桐相遇的机会，自己二十多年的付出将会付诸东流。更何况，他的生母还是干公安的，查个人还不是易如反掌。不过两口子也很纳闷，这些年来，孙悦衣为什么没有大张旗鼓地寻找，为什么当年来到了城子坦，待了一天就返回大连，再无下文。也许是……张秀水想了很多，权衡了很多，也改变了很多。

他想，二十多年了，即使他们母子相认，相信也都会理智地处理。孩子是娘身上的肉，想孩子，认孩子，人之常情，自己千方百计地阻挠，也太不近人情了，更何况孙悦衣把孩子交给自己是对自己的重托，自己的做法有失信任、有失情义、有失诚信。更何况这些年自己东躲西藏，何必呢，顺其自然吧。所以，这几年，两口子言谈举止也就不再小心翼翼，甚至对那半块银锁也不再刻意收藏。其实，张家栋从小到大，从对父母依赖依靠到信任信服，再到对父母的关心关照、反哺报恩，孩子做得很不错了。

他们记得，张家栋去大连读书时说："爸爸妈妈，我去大连读书，你们在家里照顾好自己，吃好喝好，保护好自己的身体。我一放假就回来，你们放心吧。"

实际上，张家栋在上高中时就已经有所察觉，那时学生登记表里有一项父母职业，他填的是农民。可是在几次家长会上，爸妈的言谈举止根本不像农民，见多识广，听口音也不是当地人。东关街，父母做生意，鱼市街，父母做生意，为什么刻意填农民，张家栋有些费解，好在老师也不深究。还有那半块银锁，张家栋曾无意看到过，感到奇怪，问怎么就半块，父母支支吾吾没有解释清楚。还有，也是上高中后，他越来越觉得父母对自己的关爱，虽说百般呵护，但开始小心翼翼，生怕说错了什么、做错了什么，对自己的孩子何必要如此拘谨。不过，张家栋对这些只是想想而已，并未认真去思考。

也许是天意，也许是巧合。一天，周桐来到大连电机厂，他这时正在主抓导弹驱逐舰的研发，舰艇需要一种新型的三相异步电机，听说大连电机厂已经开发成功，是否合适自己的舰艇，他需要先考察一下。而张家栋正好也参与了这款电机的开发，听说大连造船厂要来考察，车间主任就委派张家栋陪同考察。两人一见面，都觉得似曾相识，两人有很多相似之处，身材相似、相貌相似、口音相似，甚至神情也相似。也许是一奶同胞，也许是血脉相通，让他们有天生的亲近感。他们首先谈了三相异步电机，张家栋从电机的研发过程、研发团队、技术力量、设备能力、生产流程、产品性能、质量保证、供货能力等方面做了介绍，并带领考察团参观了车间、设备、产品等。考察团很满意，但周桐要求参观研发部门，并要求下午实际演示产品运转情况。

中午在小食堂吃饭时，两人没有再谈电机的问题，聊起了家常。

周桐说："听口音，你也是大连人。"

张家栋说："不是大连人，只是从小就在大连。待的时间长，就有了大连口音。"

他没说是哪里人，周桐也没有再问。

"那也算是大连人了，住在哪里？"显然周桐问的话很有目的，他知道自己有一个寄养在他人家里的弟弟。二十多年来，一直是母亲的心病。看着这个年轻人，那么像自己，他在想，会不会就是自己的弟弟。

"我家在新金县，农村的。"张家栋没有说城子坦，更没说东关街。

周桐没有再问下去，怕自己太唐突，又怕张家栋尴尬，更怕打草惊蛇。

"你也不像是大连人，听口音真听不出。"反而是张家栋继续问了下去。

"我是长春人，又在海参崴待了五年，后来在大连待了二十多年，口音有些四不像了。"话虽不多，提供的信息不少。

两人又聊了一些别的，也没休息，就开始继续考察了。

回到家里，周桐一直在想，张家栋怎么看都像自己的弟弟，长得像，年纪像，他几乎认定了这个弟弟。他想跟母亲讲，又怕是空欢喜一场，暂时不去刺激老妈，待自己了解了解再说。

一个星期天，张家栋回城子坦和老爹老妈说起遇到了一个长得很像自己的人。老两口竟无语，他们隐隐感到那个人很可能就是周桐。他们哥俩的相遇是天意，安静了二十几年，该来的还是来了。这一次他们不想再瞒下去，终于揭开了谜底，跟张家栋说起了过往。

张秀水说："家栋，你不是我们亲生儿子……"他把家栋的身世一五一十地说了出来。接着又说："这些年，一直没有跟你说起，一直躲着你的生母，一直待在城子坦，是因为我们怕失去你。现在我们想明白了，是谁的就是谁的，躲是躲不过去的。这些年也真有点儿对不住你亲妈，我知道这些年她没有再找你，是不想打扰我们的生活，可是想自己的孩子，人之常情，她忍受了很大的苦痛。再瞒下去，于情于理都说不过去。"又对姜红叶说："把那半块银锁拿来吧。"

姜红叶一直没有说什么，一直在抹眼泪。

"这半块银锁，是你妈把你寄养给我们时的凭证，现在给你，那半块在你哥哥身上，如能对上，那就准确无误了。"姜红叶还是没说什么，一直在哭。张家栋坐在她身旁，扶着她，给她擦眼泪。张家栋知道了自己的身世后，反而很冷静，他有思想准备，实际上他很满意现在的生活状态，他也知道老爹老妈对自己付出了一辈子，付出了爱，恩重如山。他们本应该在城里过更好的生活，就是为了让自己待在身边而跑到这山沟里，现在他们已是一个地道的农民。父母给了自己生命，而养父养母却牺牲自己，守住了自己的生命，供养自己，呵护自己，培养自己，穷尽自己的一切。所以他说："爸妈，不管我们母子是否相认，你们永远是我的父母，我不会离开你们，即使结婚生子，也始终会陪伴在你们身边。"

老两口很感动，也如释重负。

隔了几天，周桐又来电机厂，这一次是来签订购买三相异步电机的，合同签订完后，在休息室喝茶。两人又说起闲话，这一次是张家栋闲聊起话题："你现在是总设计师了，真了不起。为中国海军建设做贡献，听说，经你设计建造的好几款不同型号的舰艇都已下水了。"

"不，我现在还是副总，也不是我单独设计的，是团队的共同努力。"

"听说你住在东关街一带，我也在那附近住过，你现在还在那里住吗？"张家栋这是有意试探。

"是吗，那可太巧了。"说起东关街，就有了共同的话题，话就展开了。

"那你们家一定是做买卖的，住东关街的十有八九做买卖，不过我们家没做买卖。"周桐记得，老妈说过他们家是做买卖的，不知为什么一夜间就搬走了。

"老爹老妈是做过买卖，后来搬到城子坦。"张家栋没避讳，还强调了搬到了城子坦，这是今天要相认的节奏。

"在城子坦还做买卖，而且做得很大，对吧？"周桐有些激动，眼前的张家栋应该就是自己的弟弟，但又不能贸然相认，还要求证。

"是做了大买卖，不过你怎么知道？"张家栋也有些激动，他也认为眼前的周桐应该就是自己的哥哥。老爸告诉他，自己的哥哥姓周，那就更是十拿九稳了。

"你老爸老妈都是长春人，而且是同学？"

"是，你说得对。"

话都说到这个份上，俩人都明白了，不约而同地说："你是我哥。""你是我弟。"哥俩拥抱在一起，一声哥，一声弟，叫了起来。

凭证不能少，哥俩都拿出半块银锁，对上了，又一番拥抱，又是哥弟地叫了起来。

午饭也没有吃，各自回家告诉老爹老妈。

周桐一回家，看到老妈，立刻说："老妈，我找到了弟弟，他叫张家栋，我们还对上了那块银锁。"

听说姓张，还对上了银锁，应该无疑了。孙悦衣激动得流出了眼泪，赶紧问弟弟好吧，长什么样子，生活好吧，成家没有，念书没有。又问，在哪里相认的，工作可好，住在哪里，问这问那，他养父养母还好吧，住在哪里呀，在城子坦吗……东一头西一头没完没了。

"老妈老妈，别激动，听我慢慢跟你说。"周桐说了来龙去脉，又说弟弟很有出息，在大连电机厂干得挺好，生活也挺好，家还在城子坦。

孙悦衣赶紧给老魏打了电话，告诉他这个好消息；周桐也赶紧给欧阳打了电话，欧阳也很兴奋。

晚上一家子在南山吃的饭，商量着什么时候母子相认，怎样去感谢张秀水两口子。周桐建议说，先不急，等张家栋来信，听听他爸妈的反应再说。大家都说好。

张家栋回到城子坦，也把和哥哥相认的事说了，老两口这一次挺平静，甚至还有点儿高兴。自从把事情原委告诉了儿子后，两人似乎有些解脱，特别是儿子说会永远在自己身边后，更是了了心愿。张秀水说："好啊，你们一家人能相认，这是你的福分。只是周将军走得早，看不到你们一家人团聚。"不知为何，张秀水想到了周洪涛，或许是他收养了周涛，或许是对周将军的钦佩，或许是这二十多年他对得起他们母子，或许是他曾有私心期待故人的理解原谅，或许是……

姜红叶这次没哭，她也想开了，孩子毕竟是人家亲生的，血缘关系是抗拒不了的，她也看出家栋是个知恩图报有情有义的孩子，他会为自己养老送终。与其揪着心躲这躲那，不如看开点儿，两家人如能常走动又何乐而不为。女人家一旦想开了事，就会往好处想往好处做，她很爽快地说："你们母子赶快相认吧，我们好去大连看看孙悦衣，看看老魏，看看你哥哥。"

"对，宜早不宜迟，我们现在就做准备。"张秀水也很激动。

张家栋听明白了老爸老妈的话，回大连后立刻给周桐打了电话，说一起吃饭，周桐一下子就明白了。哥俩见面后把老爸老妈们的想法各自说了。

周桐说："明天晚上，我们去南山老妈家见面。"

家栋说："好，带点儿什么好呢。"

周桐说："不用，带上那半块银锁就好，我们都把它还给老妈，这上面有我们俩的体温，让她留个念想。"

家栋说："还是带点儿，还有小侄儿。"两人也不知带什么，周桐打电话问欧阳，欧阳说："买点儿水果糕点，大家一边吃一边聊，这样更融洽一些。"哥俩都说好。

家栋买了不少，周桐叫了车，上电机厂宿舍接家栋。家栋说："有点儿紧张，怎么说呢。"周桐说："没事，看我的。"又给顾中秋挂电话，说家栋有点儿紧张，不知说什么好，调节气氛就靠他了。

南山家里，一家人都来了，还是顾中秋活跃，站在门口迎候。一见面，热络地说："是家栋吧，我是你妹夫，不过，我比你大，你占便宜了。"看大家都围上来了，就又说："来，我给你介绍一下，老妈出场，快叫妈。"

家栋看着老妈，眼里噙着泪水，老妈一下子把涛儿抱在怀里，嘴里喊着涛儿，妈对不起你。眼泪就稀里哗啦地流了下来。家栋也紧紧地抱着妈妈，嘴里说着妈妈好，也流泪不止。

顾中秋赶紧调节气氛，说忆乙，赶紧叫叔叔，有糖吃啊。忆乙童声童气地叫叔叔叔叔，家栋赶紧抱过忆乙，说忆乙真漂亮真帅。叔叔拿糖吃，又掏出一个红包，装到小口袋里。顾中秋又给家栋介绍，说，这位是你老爸，这位是你嫂子，这位是你妹子我的贤内助。快坐吧，喝水。

气氛挺好，家栋也放开了许多。周桐没有忘银锁的事，先拿出自己的半块，家栋也拿出自己的半块，交到孙悦衣的手里，周桐说："老妈，当初的这块银锁，您寄托了无限的深情，今天我们把它合到一起送还给您，也寄托着儿子们对您的孝心。您看到它，就看到了我们。"

家栋赶紧跪下："妈妈，您多保重，我是您的儿子，我会孝敬您一辈子。"中秋赶紧去搀扶，周桐说让他跪一次吧。孙悦衣又哭了，说快起来。

老魏说："你哥俩务必相亲相爱，相互帮衬。"

周桐又对家栋说："你今天就住在妈这里吧，好好聊聊。我们都回去吧，改天我们全家一起吃饭，庆祝大团圆。"

母子聊了不少，很温馨，很融洽，没完没了。后半夜了，孙悦衣安置家栋休息了。第二天一早，周桐又来送家栋上班。家栋说，让老爹老妈们尽快见面，周桐表示同意。

星期天，老魏和悦衣，周桐和欧阳带着儿子，还有魏来，她也要去看看二哥的家，一起去了城子坦。张秀水、姜红叶和家栋一起到火车站迎接。一见面，虽然快三十年没见面，可是彼此一下子都认出来了，不用多说，当年的情景历历在目。

一阵问候唏嘘感叹后，张秀水说："中午了，我们先去镇子上吃饭，然后回家坐会儿。"

孙悦衣说："好，客随主便，听你安排。"

小镇不大，只有一路公交车，饭店也很近，也不用坐车，张秀水说走走就到了，顺便看看小镇。来到鱼市街，商铺不多，稀稀拉拉。不过摆地摊的倒不少，卖鱼卖海鲜，有一些是很少见的贝类，还有一些当地土特产。在一座二层楼前，张秀水说："这个商场就是公私合营前我经营的，现在是国营商场了。进去转转吧，我也挺长时间没光顾了，就算故地重游吧。"转了一圈，十分八分钟就出来了。看得出，张秀水有点儿不甘心。出了门，魏来发现对面有一座庙，跑过去看看，大家也跟着来了。张家栋说："这是三清观，明代万历年间所建，距今已有400多年的历史，观内塑有三清老祖，故得名三清观。"魏来在观内看到一块千年古石匾，上书"归复堡"。张秀水说，归复堡就是城子坦的原名，又介绍了三清观的来龙去脉。

一行人出了三清观，很快到了饭店，来到包间，看来是预订好的。家栋张罗大家就座，很快饭菜上齐，斟满酒。

张家栋说："今天是我们大团圆的日子，我的生母、我的养父母，还有魏叔、哥嫂、妹子和小忆乙都来了，我很激动。来，让我们举杯，共同祝愿这个美好的日子。"碰杯，祝福。然后又说："我们的过往，酸甜苦辣，坎坷人生，大家都知道了，那些旧事就不再提了，向前看。今天我是主角，在这里我敬长辈一杯，祝你们健康长寿。我先干为敬。"喝完，来到长辈面前，顺势跪下，磕头，说老爸老妈们你们辛苦了，谢谢你们的养育之恩。家栋的意思很清楚了，自己认祖归宗了，自己不会忘本，自己会尽孝守护。

周桐赶紧扶起他，说你的心意爸妈们都领了，快坐下。孙悦衣和姜红叶流泪了，张秀水脸涨红了，老魏也无限感慨。四个人都没说话，不知道说什么。这情景，还是周桐圆场："家栋，来，咱哥俩一起，敬离我们远去的老爸一杯。"俩人共举一杯酒，然后洒到地上，大家也都洒到地上一杯酒。接下来就放松了，开始边吃边聊，还挺热闹。家栋看快两点了，这样聊下去会没完没了，就说："我们该回家了，回家再聊。"他事先找了一辆面包车，上车后，很快就到家了。这是一个典型的四合院，大门有个简单的门楼，进大门，院子挺大，挺干净。没有传统的影壁，迎面是三间大瓦房，坐北朝南，东西两间是卧房，中间是过堂兼餐厅；东西厢房各两间，没有人住，就当成了厨房和家具房。院子挺大，有花有树，当然少不了菜园子，院子北边有鸡窝、鸭窝、狗窝、猪圈。一进院，迎接他们的是鸡鸭猪狗。

老魏说："你们家是世外桃源啊。"

悦衣说："有鸡有鸭有猪，有花有草，真不错。"

周桐说："早知你们家这样宽敞，还不如在家吃农家饭。"

欧阳说："空气真新鲜。"

魏来说："采菊东篱下，悠然见南山。"

忆乙对鸡鸭很感兴趣。

不知不觉，又聊到四点多了，说的最多的是张家栋的成长记录。周桐说还要赶火车，该回去了。孙悦衣让家栋把车上的两个旅行包拿到屋里，也没说什么。姜红叶也捧出一个大盒子放到车上，也没说什么。张秀水说："多联系，后会有期。"家栋把他们送到火车站。

九

　　孙悦衣认了儿子，了却了三十年的心结，却又有了新的心思，又挂念起家栋的婚事，张罗着找对象了，当母亲的有操不完的心。时间过得真快呀，认亲后转眼又过去了两年多，问问家栋，还是没有对象，还没有一点儿谱。孙悦衣坐不住了，心想，看来还得老娘亲自出马。可是，公安局里的小伙子一堆一堆的，寥寥的几个姑娘被这些小伙子盯得紧紧的，在局里物色难上加难。她想，东关街人来人往，还记得原来的左邻右舍，真还有几个好姑娘。她决定到东关街看看。一个星期天，她来到还住在东关街的周桐家，儿子儿媳还年轻，或许会认识合适的姑娘，还真是"殚竭心力终为子，可怜天下父母心"。

　　孙悦衣在西岗市场站下了电车，走几步就是市场北门，正好去买点儿蔬菜，给忆乙买点儿零食。转了一圈，市场货品不是很多，没买多少东西就从西门出来了。顺着生福街，边走边看。她已经多年没逛东关街了，知道东关街这些年变化很大，很多老房子年久失修，再加上人为的破坏，许多房子都已是破乱不堪。她知道眼前的这栋老式房子共分三层，木质结构，一座木楼梯盘旋上下。曾是风化场所。后来这栋楼成了民居，开始住在这里的都是有钱人，再后来由于种种原因这里逐渐衰落，富人搬走了，来了一些打工者。房子没有及时维护，慢慢地就损坏了。

　　往对面看也有一栋联排三层楼，就是交通旅馆。旅馆很有排场，门脸很讲究，一楼有休息室、会客室，沙发茶几显得大气；木制的楼梯，走起来"咚咚咚"，挺有节奏感，带有雕花的扶手精雕细刻；房间虽小，但是干净温馨，住起来也舒服惬意。大人物孙科、胡适等人都在这里住过。胡适是应大连中华青年会的邀请，来大连进行学术活动。先是住在这里，后来又下榻大和宾馆。中共中央职工运动委员会书记、中华全国总工会筹委会主任邓中夏亲自到大连指导工会工作，帮助工学会打破厂际和行业界限，当时他也住在这里。旅馆老板知道他们的身份，并对其进行了掩护，因此这座建筑也成了东关街少有的红色遗迹。

虽说是星期天，可周桐忙着"旅大"级导弹驱逐舰的研制，已经连着几个星期没休息了，几乎天天都在船厂忙着。不过欧阳在家，婆媳打了招呼，就聊了起来，很快就进入了主题。欧阳听后就说："妈，你净瞎操心，家栋多优秀，个子高，长得好，工作也好，已是技术员了，是打着灯笼也难找的小伙子，还愁找不到对象。"孙悦衣听了儿媳妇的夸奖，不无自豪地说："是呀，家栋也是百里挑一呀。他就是太少言寡语了，一家人又住在城子坦农村，下了班就回宿舍，星期天就回家看爸妈，很少能接触到城里姑娘。你就帮着找一个，不过，要保证质量，要亭亭玉立的、知书达理的、德才兼备的。"欧阳看婆婆挺认真，对她寄予厚望，就说："妈，我保证完成任务，给家栋找一个你满意的儿媳妇。"孙悦衣听了很高兴，又说"找一个和你一样的就行"，看来她很满意欧阳。

说来说去，又说到周桐身上，就问欧阳："桐儿有好几个星期没休息了吧，他的'旅大'级做得怎样了？"欧阳说："他挺累的，真有点儿吃不消，不过，听说'旅大'级快完工了，应该能休息几天。"

说完了儿子，孙悦衣又说到了魏来："魏来的闺女也三岁了，真是太乖巧了，和小忆乙也能玩到一起去。对了，来的时候，路过中秋他家，看到永丰茶庄又开业了，不过，没有几个顾客。他老爸为什么死我还没弄明白。"欧阳说："我们是亲戚，又同住在东关街，可是走动得很少，也不太了解，只是听左邻右舍断断续续说了一些，知道了一些。"

顾中秋的爷爷在老家安徽开过一个小铺子，曾卖过茶叶，就是屋里住人，窗口卖茶。后来不知为什么总也卖不动，屋漏偏逢连夜雨，日子过得很艰难。爷爷奶奶卖了十几平的小屋，带着儿子随大流跑到山东，又随大流闯了关东来到大连，再没有向北，就在大连待了下来。东走西走来到了露天市场，看到这里都是一些摆地摊卖破烂的，也不用多少本钱。爷爷奶奶决定留在这儿，一开始就是卖点儿菜，租一辆人力车，天不亮就去批发蔬菜，因为蔬菜新鲜出手也快，挣的钱不仅够家里人吃的，还能剩几个钱了。日子就这样对付着过下去。后来他们发现大连的茶叶挺贵，品种也单一。大连人爱喝茶，但不会喝茶，就是大碗茶，一咕嘟一大碗下肚了，爽。家家户户穷的富的都喝铁观音。爷爷奶奶商量倒腾点儿茶看看，老家出茶叶，托运一点儿，熟人捎一点儿，回去背一点儿，反正也不沉。于是菜摊换成了茶摊，五颜六色的纸包着各品种的茶，香气扑鼻，清爽醇香，心旷神怡。露天市场的人知道了茶还有这么些品种，味道还各有所异，一小包还不贵，买一次喝个三两天，还真不错。一传十，十传百，别的地方的人也知道了，特意过来买茶叶，还真有点儿供不应求。于是就在家乡雇了一个人专门帮助进货，慢慢做大了，地摊招架不了了，就打算开个店铺。露天市场杂乱，环境不雅，不适合喝茶品茶，看东关街是个做买卖的地方，于是租了一个屋子。反正得有个栖身的地方，两小间，一间住人，一间买卖茶。货架采用了格子的形式，每个格子一罐茶，上面标明品种、价钱，还别出心裁，介绍用茶的常识。屋内放了一张小桌、两个矮凳，顾客可以慢慢品尝一小杯。小店不大，倒也是顾客盈门，开始挣钱了，进项还不少。顾客多了，小店也招架不了了，两口子合计着开一个大一点儿的店。爷爷雄心不小，说要开就开大店，钱不够，先借点儿。于是又看好了一处房，楼上楼下各两间，还有一个大后院，地脚也好，房主也愿意出手，狠狠心就买下了。楼上居住，楼下开茶庄，顾中秋哥俩就在这里出生。一番筹备，终于开业了，还起了一个店名——永丰茶庄。茶庄像模像样，沿用先前那个样式，不过增加了一个柜台，四张茶座，还在后院垒了炉灶，两把大铜壶热气腾腾。这时候忙前忙后的已是老爹顾有成了。爷爷奶奶过世的时候，老爹已是掌柜的，耳濡目染，头脑灵活，能说会道，天生就是一个生意人。生意做大了，就盘下了茶庄左右的铺子，这时可就是一个名副其实的大茶庄了，卖茶、批发茶、摆茶座、表演茶道，风生水起，生意兴隆，财源茂盛。还雇了伙计，永丰茶庄很快成了东关街的大店、名店。逛东关街的人走到这里总要进去歇歇脚，喝杯茶，看看茶道表演。顾孟春从小就在店里混，小学毕业后就帮着顾有成忙乎茶庄，自然成了茶业专家，深谙茶道。什么茶，什么品种，质量好坏，一过目、一闻味便知优劣，远近闻名。顾中秋对茶庄生意不感兴趣，但他聪明好学，老爹也有意让他读书，光宗耀祖。

欧阳看看快中午了，就说"妈，我做饭，中午您在这里吃吧。"孙悦衣说："不，和老魏说好了中午回去。"欧阳又问："妈，您办退休手续了吗，魏叔也快退了吧？"

孙悦衣说："我这几天就办，老魏又回局里当局长了，再干个一年半载，估计有了合适的接班人也就退了。两个老革命，革命一辈子，书写了自己的光荣履历，也见证了祖国的辉煌历史。"

"旅大"级导弹驱逐舰是军工任务，是我国自行研制的第一种导弹驱逐舰，在军队的配合下进展还算顺利。而周桐也已经升任"旅大"级导弹驱逐舰总设计师，他带领团队潜心研制，在建造过程中经过勘查、试航，发现该舰有许多需要改进的地方，并提出了改进意见，得到海军部门的同意，将两套独立的汽轮机动力装置分设在前、后机轮舱内，双轴双桨，将武备军力做了调整，使舰艇战斗力得到提升，同时改装了直升机库和起降平台，增设了防空导弹装置。1970 年，"旅大"级导弹驱逐舰成功下水，随即交付海军使用。周桐参加了下水仪式，看着舰艇稳稳下水，听着舰艇发出的隆隆声，眺望着一点点远去的舰艇。周桐百感交集，这两年真不容易呀，外部环境的干扰、技术力量的薄弱、原材料的不足、资金的捉襟见肘，驱逐舰建造的每一步都是举步维艰。不过，都顶过来了，成功了！

导弹驱逐舰下水后，周桐又一次如释重负，周末他带着妻儿，开着吉普车来到南山看望父母。老魏和孙悦衣都在家，精神头还挺好。孙悦衣告诉周桐，家栋在学校当工宣队队员，挺好的。听说，家栋可能谈恋爱了，女孩可能就是学校的一个女教师。周桐听说家栋有对象了，高兴得手舞足蹈。欧阳更高兴，说："老妈，怎么样，我就说我们是瞎操心吧，家栋这么优秀不会找不到对象的。"小忆乙看到爷爷奶奶高兴得满脸是笑，看到爸爸妈妈也高兴，有说有笑，虽然不明白为什么，但大人高兴，他也高兴，院里院外吵吵嚷嚷。

张家栋来学校做工宣队队员的时候，分配到一个班级，班主任是一个年轻的女老师。不知为什么这个女老师每天都心事重重的样子，比家栋还少言寡语，两人往往是一天也说不上几句话。家栋听别的老师说她叫高远，因家庭出身不好觉得抬不起头来，每天小心翼翼唯恐说错话、做错事。家栋挺同情她，愿意接近她，同她唠嗑，还用自行车带着她去家访，帮着她管理班级。一来二去，她开朗了一些，也有了笑。家栋也挺高兴，也愿意和她多接触。

之后，高远老师被安排带领知识青年下乡，也不知什么时候回来，家栋好长时间没有再看到她。

不久，上级要求带队的老师回城，带班上文化课。实际上，每天就是领着学生学工学农学毛主席著作。一天，在学校走廊里，家栋又见到了高远老师。她拿着一本毛主席诗词，笑脸洋溢，虽然穿着一身绿军装，但是盖不住她的青春美貌，大翻领里衬着的白衬衫，辉映着洁白的皮肤，让人顿觉清新脱俗。那一张脸，粉嫩中透出妩媚、可人，和下乡前判若两人，家栋心动了。

"你好，我是高远呀，是语文老师，还认得我吗？"她很大方爽快，这应该才是原本的她。

"高远老师，你好。"家栋叫了一声老师，表达了尊重和好感。

"谢谢你对我的帮助，那些日子没有你的帮助，我简直度日如年。"高远表达了自己的感激之情，也不隐藏家栋在她心目中的重要性。

"应该的，举手之劳，不足挂齿。"

"你不怕受牵连？"

"不怕，我就是个一线工人，能牵连到哪里去。"

这时，铃声响起，高远说："我要上课了，以后再聊。"

望着她的背影，亭亭玉立，家栋浮想联翩。

又不久，校长书记官复原职，工宣队也要撤了。

张家栋跟高远说："过几天，工宣队要撤回厂子，留个电话，我们好联系。"听得出，他有些恋恋不舍。

"那我们下班后一起吃个饭，算是给你饯行。"高远很热情很主动，看得出，她对家栋挺有好感。这以后，他们相约一起吃饭，一起聊天，一起看电影，一起逛公园，他们谈恋爱了。家栋说了自己的身世，说了生父母、养父母。高远像个孩子一样，很感兴趣，说："你们家真热闹，又是革命家庭，可以写一部小说了。"

说到自己的家庭，她有些黯然，有些吞吞吐吐，这不像她的风格。不过从她断断续续的言谈中，家栋知道她的父亲是高峰，不过此时家栋虽然知道一些生父母、养父母和高峰之间的渊源，但知之不详。高远说，高中毕业升学时，受父亲历史问题的影响，在学生登记表里学校竟然写着：不宜录取。有了这四个字，高远学习再好，也已注定上不了大学。因高考成绩好，学校又需要老师，她便留了下来。高远跟家栋说："实际上，我父亲并不是罪大恶极，判决书上写得明明白白，而且因在狱中有几次立功表现，提前释放。现在好了，老爸就是一个守法公民，又回大连了，还住在东关街老房子，帮老妈做裁缝，过普通百姓的日子。"听得出，她说这些无意为父亲为自己辩白什么，而是告诉家栋，这就是我的家事。这是一个敏感话题，是一个划清阶级路线的问题，你要看重这些，怕受牵连，我不缠着你，你选择。

张家栋一时也没有了主意，生母家是革命家庭，养父家历史清白，能不能接受高远的家，很难说。他只能说："高远，我爱你，我不在乎家庭成分。但是，我们两家父母会怎样想，我真不知道，我想先和他们沟通一下。"

高远只说了两个字"应该"。又问，你们家在哪里？家栋说城子坦。

一听城子坦，高远笑了，说自己带队下乡就是在城子坦，还差点儿就在那里安家落户了。家栋赶紧问怎么回事。

高远说了一段自己经历的故事："那年初秋的时候，学校几届毕业生全部下乡插队，成了'大有可为'的知识青年。我被安排带学生到新金县城子坦公社一个叫驴窝垄的地方插队。在那里，我一待就是大半年。几个知识青年被安排到农村小队，三间瓦房，中间屋是厨房过道，东间女生住，西间男生住。我也没有被特殊照顾，和女生住在一起，几个人挤在一铺大炕上，翻身都困难。知青自己做饭，自己料理生活的一切，十几岁的孩子开始了独立生活。每天就是干活，挖地瓜、刨花生、掰苞米，深翻土地，种萝卜白菜，什么活都干。我也不例外，和知青一起下地干活，还要管理学生，自我改造。我想过要在农村落户，一辈子就这样改造下去。既然做了当农民的思想准备，就好好干活吧，手上磨起了一层又一层的茧子。和老乡们一起，也学会了一些农活。我很少和老乡们往来，那时我少言寡语，来到人生地不熟的农村，更是不会说什么，也实在是不会交往，不会唠嗑。但老乡们很和善，不让我多干活，还说你干给谁看，和我嘻嘻哈哈，问长问短，还说给我介绍对象。听说对方是大队书记的儿子，条件还不错，我要是'私'字一闪念，哈哈，现在可就成了农村妇女了。"

家栋听罢，突然冒出一句话，你做了大队书记的儿媳妇，我可就要打光棍了。她笑了笑，说我懂。

提到城子坦，高远似乎还有不少故事，她觉得自己和城子坦有缘，就又讲了一个故事。

记忆中的一件事："有一天去城子坦开会，公社办公室就在鱼市街附近。回村时，天已黑，一个人越走越黑。我又不熟悉路，真是凭着感觉走，收割完庄稼的土地显得格外空旷无垠，果园的果树被风吹得沙沙作响，还有狗吠狼嚎。真害怕。茫顾四野，谢天谢地，发现了几百米外，一点灯光，顺光走去，原来是一个看果园的窝棚。那里有个老人家，他知道我迷路了，说送我。又走了三五里路，到村里，到知青点，老人家回去了。要不是老人家，我还真不知会走丢到哪里去。"

他们俩已把话说透，但是双方父母还没有态度。

星期天，张家栋回城子坦，和张秀水姜红叶说了。儿子谈恋爱了，还是个漂亮的女孩，又是一个教师，老两口很高兴。"不过，她父亲有历史问题，叫高峰，坐过监狱。"

张秀水一听叫高峰，尽管家栋只是介绍了三言两语，他已意识到这个人就是新京的那个高峰，不过他也没有深问。张秀水这个人处世做事就是与众不同，他反而在想，高峰是一个罪人，他追杀自己，历史上有过污点，不过，也是形势所迫，各为其主罢了，何况高峰当初也没有穷追不舍，在山里躲避时，有几次都是命悬一线，上苍保佑，总算有惊无险。

张秀水问家栋："人怎么样。"家栋说："很好呀。"

"你爱她吗？""当然。"

"她爱你吗？""当然。"

又问姜红叶："你看呢？"老伴说："好着呢。"

张秀水说我们同意。又说，一定要问问你爸你妈，他们更清楚。

认亲之后，张秀水一家还是张秀水一家，只是多了一家亲戚。张家栋还是张家栋，只是多了一对双亲。张家栋谈恋爱了，不能不征求生母的意见，何况还有个家庭成分问题。

张家栋去南山家里，和孙悦衣说起了高远。孙悦衣非常高兴，早盼着这一天了，也少不了问这问那，也很是满意。可是一提到高峰，她脸色一下子就变了，她虽然很大度、很开明、很懂政策，但无论如何也不能坦然面对高峰对自己的抓捕审讯、对自己的追杀、对涛儿的追杀，刻骨铭心。她知道，高峰几次手下留情，或许帮助自己逃出了魔爪，可是面对伤害过自己，伤害过儿子的仇家怎么会无动于衷。她也知道，大人的事不能连累孩子，让一对相爱的孩子煎熬痛苦，自己又于心不忍。她很矛盾，没有说话。家栋也默默地坐着，没有说话。过了一会儿，孙悦衣好像要说什么，张了张口又咽了回去。实际上她想跟涛儿说一说高峰和自己的过往，但是又想大人们的事何必为难孩子，她很矛盾，没有说明确的话，只说了一句："等跟魏叔商量商量。"

老魏的看法竟然和张秀水相似，他说："悦衣，中国的历史上有很多化干戈为玉帛的故事，也有相逢一笑泯恩仇的故事，冤冤相报何时了。高峰已经有了定论，我们也应该原谅他了，你想想，不是他放弃穷追猛打，结果会怎样呢？"

悦衣有些不服，说："你倒想得开，不临其境，不解其情。要是你的儿子娶仇人的女儿，你能接受吗？"

"不能，"老魏回答得很爽快，"不过，你得看看是怎样的仇人。说老实话，高峰有仇也有恩，这些你也知道，但无论如何，不能迁怒到孩子身上。"

孙悦衣是何等不一般的女人，这些道理她怎能不懂，人之常情她怎能不知。她又想到另一个问题："如果他们结婚了，两家就会有走动，到时候我们怎样面对高峰。"

"你想多了。一切向前看，愿意见就见，不愿意见就不见，繁文缛节，何必在意。小两口过得好，一切都好。"老魏很豁达。

"家庭成分的问题会不会影响到家栋？"孙悦衣还有这样一个担心。

"呵呵，你鼠目寸光了不是，张秀水有预见，这些阶级论的东西迟早会改变。中央的政策不是也在变吗？一些'阶级敌人'不是也成了朋友了吗？实际上，高峰也在变，改造得还不错，立过两次功。

"日本投降时，留下了大量资料档案，这些资料说些什么，这些档案有无保存价值，迫切需要有人来翻译。可当时这方面的人才奇缺，监狱里倒是关押了一些精通日语的伪满人员，何不给他们一个戴罪立功的机会，组织他们翻译这些档案。高峰因为会一些日语，就被挑选进来。他很感谢政府给的立功机会，再加上在这里生活待遇也好得多，伙食好，住单间，能洗澡，因此他真心感谢政府，格外认真。

"有一次，他揭发一个日本翻译偷偷地撕毁一些材料。经查对，是关东军在旅顺大狱枪杀抗日战士的名单，是日军的罪证。狱方意识到，翻译这些材料不能用日本人来做，高峰揭发有功。

"还有几次，高峰在翻译城建局的档案时发现几份关于大连水利建设的资料，这些资料，是日本人对大连的水文地理进行勘察后形成的，分析大连水资源的情况。高峰看到后，很感兴趣，翻译得很认真，认真做了笔记，记载下了大量的资料。这些资料翻译得很好，他又立了一功。"

老魏就这样叨咕了高峰的过往，叨咕了高峰的现在，孙悦衣的气也顺了，老一辈的仇也罢，恩也罢，就让它"一江春水向东流"吧。

张家栋和高远结婚了，婚宴隆重热闹。不过婚礼挺有意思，二拜高堂，竟然拜了六个人，老魏和孙悦衣，张秀水和姜红叶，高峰和老伴，这是家栋和高远的执意要求。

婚宴结束时，张秀水说："我们这一家人，十多年了也没有聚一聚，也没有见过几面，是不是该聚一聚了。我提议，明天我们搞个家宴，为新郎新娘祝福，也是一家子的团圆，一起说说话，也是我们老两口的答谢。"

十

家宴大家都来了，东关街一家人相互聊着，没有主题，但知道了彼此，加深了亲情。他们谈到了小家，谈到了大家，谈到了国家，他们为小家挡风遮雨，他们为大家责任担当，他们为国家添砖加瓦。

老魏和孙悦衣都正式退休了，看孩子成了生活的主旋律。不过忆乙和婷婷都上小学了，老两口没有事就遛遛弯，逛逛公园。搬来南山十几年了，因为一天到晚不停地忙，还没有好好看看这个当年的日本风情街。现在，每天走走看看，和东关街还真不一样，和风风格、折中风格、欧日合一风格，总之各有千秋。老两口身体还好，隔三岔五还爬爬山，逛逛公园，近走，到鲁迅园，到儿童公园；远走，到劳动公园，到西山水库。一天一天，优哉游哉，好不快活。

张秀水和姜红叶已年过半百，姜红叶过惯了农村生活，不想回城，就想在家养鸡养鸭。不过，张秀水很有想法，自己还能折腾个十年八年，他还想在适当的时候再大干一场，再做生意。他天生就是做生意的命，做生意的头脑，他正在酝酿。

周桐和欧阳，已近不惑之年。这些年，大连造船厂不断地停工停产，可是周桐的造船事业尤其是军工舰艇却一直在设计生产建造。

欧阳在水利局，已不在机关了，到了水利建设的第一线，正在为水库建设出谋划策，她不愿意坐办公室，到了第一线，这倒是遂了她的心愿。

魏来已是主任医师了，医术精湛，小有名气，悬壶为民，医德高尚。顾中秋因老爹的死曾一度消沉，对航天事业也失去了热情。

老魏狠狠地批评了他，孙悦衣苦口婆心地劝说他，再加上时过境迁，又落实了政策，沈飞还给了优厚的条件，分一套三居室的房子，他们要了南山一带，靠父母近。顾中秋逐渐走出阴影，特别是接到命令，参与研发歼-8，他无比激动，霎时间又回到了意气风发的状态，一心投入歼-8的研发，几次家宴都没有现身。这次家宴正是"认罪"的好机会，他特意从沈阳赶回来。

家栋和高远甜甜蜜蜜、如胶似漆，一副幸福无限的样子。大连电机厂现在已完全复工，标语口号已不是"抓革命，促生产"了，而是"狠抓质量，保证产量"。张家栋做了技术科副科长。高远的包袱也放下了，轻装上阵。原本性格开朗的她整天高高兴兴，上课也激情满怀，现在有了教学大纲，有了教材，她也当上了教研组长，也小有名气了。

两个孩子周忆乙和顾婷婷，周忆乙小学四年级了，聪明好学，成绩优异；顾婷婷小学二年级了，门门功课都是优秀，可爱可人。东关街一家人的第三代也长大了，他们是早上的太阳。

看着两个孩子逐渐长大了，大人们寄予很大的希望。这是家宴，三世同堂，三代人其乐融融，其情满满，大家相互祝福，相互期盼。说的是家事，又何尝不是国事；说的是私事，又何尝不是公事；说的是个人的坎坷经历，又何尝不是国家的曲折道路；说的是个人挣扎求生，又何尝不是国家的发愤图强；说的是一家人明天会更好，又何尝不是祖国前景会更强。

高峰年龄最大，又是女儿结婚，大家让他说几句，他一再推辞，只是说谢谢，谢谢大家，谢谢东关街一家人。大家知道他的心思，就没有勉强他。老魏替他解了围："我说两句吧。"老魏今天真高兴，喝得有点儿多，半醉半醒地说："老了，我们这一代人老了。我们打天下，保卫共和国，枪林弹雨闯过来，死人堆里爬出来，现在又从瞎折腾中走出来。现在，我退休了，无能为力了。但是很高兴，我们的第二代都很有出息，好好过日子，好好培养孩子，好好建设国家，不要搞歪门邪道，要跟着共产党走。"

张秀水也很高兴，也喝得有点儿高，也要说几句："说高兴，我今天最高兴，家栋和高远结婚了，我祝福他们。我也老了，不过我还想蹦跶两天，我想回大连做生意，我有预感，国家经济建设一定会有大发展，不能老是这么穷，会有新政策。"张秀水总是有远见。

今天高远最高兴，一个革命家庭接受了自己这个家庭出身有问题的人，能不高兴吗？

顾中秋已是主抓歼-8研发设计总师。这次家宴他匆匆回大连，又要匆匆回沈阳。

实际上，歼-8在六十年代初就已经开始设计了，顾中秋接手歼-8后，带头攻关，可谓困难重重。首先是研制人员稀缺，一些设计人员，老的老，小的小，青黄不接，不堪重任。他要组建一支有五十多名设计人员、八十多名有丰富实践经验的工人和三十多名工艺人员的过硬的队伍。

顾中秋和他的团队仔细地研究了前任的研制方案，方案提出了飞机装单台发动机和双台发动机两种方案。前者是全新研制的大推力发动机的方案，后者是采用成熟发动机进行改型试制的方案。用哪一种设计方案？经过反复论证，顾中秋认为采用双台发动机方案更好、更可靠，有一定的技术基础。根据这一方案，顾中秋团队又做了大量的研讨，并分析了可行性的条件，形成了一个新的总方案。

在飞机研制过程中，顾中秋等设计人员突破了许多关键性技术，做了大量试验与研究分析，最后又确定歼-8型飞机的垂直尾翼和腹鳍的设计方案，保证了歼-8具有良好的方向稳定性。

超声速飞机的翼面颤振是最危险的气动弹性现象，也是制约飞机最大速度的一个重要因素。顾中秋责令一副总指挥主持歼-8飞机气动弹性设计工作，建立一整套非定常气动力与颤振计算程序。

歼-8的航炮供排弹系统是个设计难点，要保证航炮在空中实现连续发射。过去苏联专家认为这一系统的设计是他们的专利，一直秘而不宣。顾中秋和设计人员、工人一起做试验，改装一门能模拟射击的航炮，打了上万发假弹，终于摸索出其中的规律，取得了设计的成功。

但翼面颤振的问题一直没有得到解决，顾中秋参与到该项目组，和大家一起攻克这个难关。无奈，始终一筹莫展。上级领导虽然心急如焚，但看到疲惫的科研人员很心痛，以命令的方式让大家回家休息两天，调整一下状态。

顾中秋确实应该休息了，几个月没回家了。这次回来，他先去了东关街，去看看老妈和哥嫂一家。车开到街口，魏来带着婷婷在那里等他，电话里已约好。那时私家车还是新鲜物，他不想开车到家门口，四十多岁了，他学会了低调，走走，也让婷婷看看自己出生长大的地方。

婷婷说："爸爸，我五年级了。"

"我姑娘五年级了，大姑娘了，越来越漂亮了，越来越像老爸了。学习怎么样？"

魏来瞅了他一眼："你也越来越自恋了，越来越厚脸皮了。婷婷学习挺好的呀。"

还好，东关街走过了十年的"激情岁月"，走过了低迷萧条匮乏的困难年月，现在又开始复苏，开始兴隆。街道两旁被重新整修粉刷的门脸幌子让人耳目一新，商铺的货物增加了不少，货真价实。老板店员们的吆喝叫卖声此起彼伏，来来往往逛街的人也算熙熙攘攘。一家人来到西岗市场，买了点儿东西。现在的西岗市场有400多名员工，一看果然挺兴隆，顾客真不少，应该说，西岗市场又恢复了往日的喧嚣。

回到家里，老娘还好，哥嫂把永丰茶庄打理得不错，"永丰茶庄"四个大字牌匾赫然入目，门框上一副对联：生意兴隆通四海，财源茂盛达三江。看看茶叶的品种，很是齐全；看看价位，也很亲民，高中低档都有；看看茶座，茶客品茶交谈，惬意得很，好像喧嚣之中的一方净土。再看看茶道表演，一男一女，男的一把大铜壶耍出十八般变化，女的抚琴演奏，一会儿是风花雪月百鸟朝凤，一会儿是四面埋伏剑拔弩张。顾中秋无限感慨，也无限惊讶，真是三十年河东，三十年河西呀。他又想起了张秀水的一句话，民以食为天，油盐酱醋茶见效最快，真是说对了。看到永丰茶庄重整河山，重新开张，顾中秋感慨地说："谢谢哥嫂，你们没有忘记老爸的嘱咐，继承了永丰茶庄，看来还大有发展。我倒成了纨绔子弟，没出一份力。"

顾孟春苦笑了一阵子，说："你说这话，可让我无地自容，永丰茶庄能有现在这个样子，全是顾红的功劳。"

顾中秋和魏来看了顾红和牛向东的表演，鼓起掌来，不停地叫好。顾红一曲完后，竟然像谢幕一样，起身，微笑，万福，像一个古代女子，而后，走到叔叔婶婶面前，鞠躬问好。顾中秋和魏来呆住了，竟不知如何应对了。顾孟春感慨地说："好了，别装模作样的了，叔叔婶子也不是茶客。""扑哧"一声，顾红开口大笑一通，然后说："我逗你们玩的，怎么样，我演的还可以吧。"说着又拉起婷婷的手："想不想学弹琴，老姐教你。"婷婷挺感兴趣，自己跑到琴旁，抚弄起来。顾红介绍了牛向东，说是牛叔家的傻小子，又说，先打烊吧。

这个牛向东的爷爷是东关街益记笔店的老板。不过，这个笔店，曾是中共地下组织的秘密联络点，接待和掩护过不少来大连开展工作的地下党员。

益记笔店不大，开业时是在西岗市场附近华春照相馆西侧，只是一间十几平方米的门头房，用货架间隔成前后屋。它的招牌是用一块四尺宽、七尺长的白布，用大抓笔竖写的"益记笔店"。每天早晨用竹竿子把招牌挑出去，随风飘荡，晚上收回来。前屋货架摆着各种各样的毛笔，有大小羊毫、大抓笔、龙虎榜套笔……店内后屋厨房有个吊铺，好多中共地下党员都在这个吊铺上开过会。小店门面不大，笔店生意并不景气，这也正好为接头、开会等地下工作创造了便利条件。后来益记笔店迁至大龙街的一座二层小楼，继续作为大连地下组织的联络站。牛向东的父亲是大连地区抗日战士，是隐秘战线的潜伏者。

一家人吃了一顿丰盛的午宴，休息了一会儿，魏来说想去看看周桐哥。顾中秋说，我也很长时间没见他了，很想和他掐几句，这哥俩见面就是针尖对麦芒。电话一问，果然在家。

说了几句家常话，掐了几句玩笑话，这哥俩还是谈到了各自的事业、国家的建设，他们谈了很多。

周桐说："你的歼-8很成功，为保卫祖国的蓝天添砖加瓦了。听说空军十分满意，要调你去空飞。我正在做5万吨级的补给船，但是，白手起家，千头万绪不知从何做起。"

顾中秋说："这次研发的歼-8，我们遇到了一个新的问题，翼面颤振问题，虽然有所突破，但性能还不够稳定，还不够完善。还有许多要改进的地方，这也是我的下一个课题，真不知从哪里下手。"

该怎么办呢？两人几乎同时想到，何不去找钱教授问个究竟，虽然他不是自己所从事的科研方面的专家，但隔行不隔理，聊一聊总会有所启发。

钱教授是我国计算力学工程结构优化设计的开拓者，著述颇多，培养了我国一代土木工程师。

第二天，他们预约了时间地点，在钱老家里，钱老很热情。二人作了自我介绍。钱老说："我已经知道你们俩，你们在航天和造船方面的贡献，我早有耳闻，付出很大，成绩斐然。多好的后生啊。说吧，找我有什么事，我一定会全力帮助你们。"

周桐和顾中秋说明了来意。

顾中秋说："钱老，我们现在的高空高速歼击机遇到了翼面颤振的问题，空气动力学方面，反复演算也没有发现问题，因为我们没有超声速风洞，所以只能从理论层面分析，我想请钱老帮我们分析一下原因。"钱老很谦虚地说："我不擅长流体力学，但是从结构力学上分析，问题可能出现在材料应力方面。我给你两个方程式，你回去对照材料参数和试验数据验算一下，看看能不能取得突破。"

钱老又对周桐说："还是先解决计算机吧，我们国家的电子计算机计算能力还不行。只有计算机水平上去了，我们才能取得更大的突破。千头万绪，计算机是头等大事。"

听君一席话，胜读十年书，从哪里抓起，周桐心中有数了。

顾中秋突然说："我们所最近搞到一台进口的计算机，的确好用。"

钱老说："为了救急，先进口几台，也是权宜之计。"

"从哪儿搞到的？"周桐问。

"保密，不能告诉你。"

钱老看他俩像孩子一样斗嘴，哈哈大笑起来，尔后，语重心长地说："现在，我们国家已意识到科学技术的重要，开始抓这方面工作，也意识到军队建设，军备力量。我们的航母建造，也会很快提到日程上来。你们俩，一个搞大船，一个搞飞机，中国的航母，中国的舰载机，就靠你们这一代了。"

两个新中国的第二代人，听了钱老的嘱托，顿感历史使命在肩。顾中秋对钱老说："老师，您放心，我们会为中国航海事业的发展鞠躬尽瘁，不负使命。"当然，现在说造航母，只是一种期待。

十一

周桐和顾中秋回到各自的单位，开始了他们新的征程。家事，他们又顾不过来了，完全交给了妻子，而妻子们也忙呀，于是孩子们就交给了爷爷奶奶。好在孙辈们长大了，也不用太操心，转眼周忆乙念了高中；顾婷婷上初二了；家栋的儿子张念周也上幼儿园了，是姥爷姥姥照看着，有时爷爷奶奶也来大连帮几天。

一个星期六，欧阳下班后去南山看看儿子。周忆乙长得越来越像爸爸了，学习成绩好，在学校表现也好，住在奶奶家，说南山环境好，离学校也近，能专心学习。爷爷奶奶也巴不得住在自己身边。

欧阳现在在引水工程第一线，已经是副总指挥，难得回家一趟，于是和婆婆唠起了家常。孙悦衣问欧阳这几年是不是很辛苦，"引碧入连"项目进行得怎么样了。欧阳便打开了话匣子。

"几年前，大连的人口就已经超百万了，不算工业用水，居民的饮用水就已经供应不上，经常是停水限水。这几年，老天爷也不正经下雨，水库也没有多少水，西山水库黄泥川水库几乎干涸。老百姓意见很大，怨言不少。

"经过讨论，专家们都认为，大连市区及附近农村没有较大的江河，只能从边远地区引水，从根本上解决居民用水、工农业用水问题。但是从哪里引水呢？经过考察调研，基本上确定引碧流河水入连，但是在哪里建水库，专家们的意见不太统一。在这关键时候，工程副总指挥又病倒了。总指挥三思再三思，让我当副总指挥，直接在他麾下。

"总指挥对我说，'我点你的将，其一，你是水利建设方面的行家里手，很有口碑；其二，你是欧阳老首长的千金，不是搞关系，而是你身上有老首长的那种革命精神，敢打敢上的劲头；其三，你是局党委举荐的"穆桂英"。今天，你敢不敢领军令状？'我没担过这么大的责任，有点儿犹豫。可总指挥不由我推辞，让我回去跟我爸说。还说有他挂帅，有事就找他，他给我担着。结果我就这样'赶鸭子上架了'。

　　"实际上，工程设计人员对碧流河已经做了前期考察，初步确定在碧流河修建水库，也已做了前期准备，并且形成文字资料。只是'最后一米'的决断，谁都小心谨慎，谁都谨言慎行。我刚刚上任，更是难以定夺。总指挥抓全面，我专管设计施工，落槌定夺偏偏就落到了我身上。

　　"当时我请了清华大学水利系的于教授，在同行中他是佼佼者。于教授看过草拟的水库选址方案，和我交流了一些看法后，他建议召开了一次专家学者和技术人员的全体会议，听听大家的建议，总指挥也参加了会议。会议的宗旨很清楚，大家各抒己见，畅所欲言。于教授听得很仔细，还不时地记录了一些建言，他没有说更多，没有认可什么，也没有否定什么，但他却提出要到碧流河做一次实地考察。第二天我和几位行家里手陪同于教授一起上路了。经过几天的考察，尤其是对拟选地址的自然环境，诸如常年水流量、地形结构、天气状况、风力状况，做了确认。在返回的途中，我想问老师，但知道老师没有百分之百的把握，是不会轻言的。不过，老师看出我的心思，说，'欧阳，你干得不错，很有见地，很有气魄，我感到欣慰。'虽然没有提水库的名字，但是，我听出了老师的倾向性意见，八九不离十，我很高兴。

"回到指挥部，我赶紧给总指挥打电话，报告了这几天的考察情况。总指挥也很高兴。后来我又陪教授实地考察了碧流河水库的选址。经过反复研究，教授认为我们的水库选址，是一个理想之地。我和总指挥都很高兴。

"水库的选址终于定了下来，一份关于碧流河水库建设及引水工程的初步设计出笼，总指挥过目签字，报请中央、省有关部门再论证。经过研判，认为方案可行，批准施工，碧流河水库建设正式拉开帷幕。大连市政府举全市之力，保证资金足额到位，保证各种设备、运输、机械到位，保证技术人员、工人到位，保证后勤供给到位，保证各部门经理具有很强的执行力。总指挥说了，要人给人、要物给物、要钱给钱，保证工期，不得有误，违令者军法处置。看来还是军人风格。"

孙悦衣在一旁默默地听着，心里却不平静，理解了儿媳这两年为什么经常不在家，看到她操劳的样子真是心疼。不过自己是老革命，一想到是为大连市民解决大问题，作为婆婆必须全力支持和鼓励。

"水库建设走向正轨，可如果等到水库建成后再开工引水入连，那可是遥遥无期，大连人何时能吃上水，大连工农业的发展将会严重滞后。经过深思熟虑，我想水库建设和引水入连同步进行。我和总指挥汇报了自己的想法。总指挥一听，很高兴，说这是好事，让大连人早一天用上水，是有利于大连的好事。让我现在就开始筹备。

"其实我知道这又是一场硬仗，又得披星戴月，流血流汗，又得顾大家、舍小家。想想自己也不年轻了，在工地第一线摸爬滚打，弄得就像一个老太太。作为媳妇，自己顾不得公婆，没尽一点儿孝心；作为妻子，自己顾不得丈夫，周桐也忙啊，也是忙得不舍昼夜，自己谈不上相夫教子；作为母亲，自己顾不得孩子，几乎没有陪伴过他。有愧呀，失职呀。等大连人用上了水，我一定补偿你们。

　　"说做就做，我组织召开了专家工程师会议，说出了自己的想法，并且说，总指挥已报请市委、市政府，让我们拿出方案，要慎重，要成功。这些专家工程师们一听，也高兴啊，利国利民的事，大家都赞成。第二天我就组织开始考察，边考察边立项边出措施出方案。一个月过去了，各路人马汇聚到指挥部开碰头会。专家们各抒己见，有肯定，也有否定；有补充，也有删改；有建言，也有推翻；有大胆，也有谨慎。随后我去了一趟北京，征求于教授的意见。于教授也很兴奋，认为我们的想法很大胆，他把自己关在办公室里三天三夜，批阅我们的方案，又和我谈了两天两夜，最后说，我基本同意你们的两项工程同时进行的方案，又说，方案不可能十全十美，不可能一成不变。你们可以边干边改边总结。我又和总指挥汇报，他说，'你们大胆做吧，大方向没错就行，边做边改，允许你们犯错。'当然我们应该力求少犯错误，不犯错误。我最后加了一句'明知山有虎，偏向虎山行'。

　　"那几年，大连碧流河水库附近和引碧管线所经过的乡村镇县，热火朝天，红旗飘飘，口号震天，一片片战天斗地的场景，一场场下定决心、不怕牺牲、排除万难、争取胜利的大会战，让人感奋，让人憧憬。而大连市内，简直就是一个大工地，到处是机器轰鸣，到处是车来车往，到处是飞沙走石，不分昼夜，不分节假。老百姓没有怨言，他们知道，政府这是在为民造福，是绘画更美大连的蓝图，说实际点儿，这是在为老百姓能吃上水，能吃上好水在奋斗。"

"引碧入连"工程牵动了全市人民的心，欧阳的那些亲戚，东关街一家人也都没闲着，他们或直接或间接为"引碧入连"做着贡献。

魏来是医生，而且是全科医生，主任医师，医术精湛，医治救助的病人送来的锦旗挂满诊室。这样的全科医生正是碧流河水库施工现场急需的高手。所以当年欧阳动员自己的小姑子，到水库工地成立的临时医院行医，急工地之所急，为水库建设出把力。魏来答应了欧阳，说："你真行，竟然向小姑子开刀。我答应你，不过干不好，你兜着。""你大名鼎鼎，哪有什么干好干不好之说。总指挥说过，举全市之力，要人给人，要钱给钱。"工地成立了临时医院，魏来成了临时院长。这个临时医院成立得太及时，太给力。施工人员不可能不生病，不可能没有大大小小的伤亡事故，附近又没有别的医院，临时医院妙手回春，救死扶伤，治好多少病人，挽救了多少大伤小伤的伤员，抢回多少垂危者的生命。魏来也真不简单，临时医院里里外外一把手，院长嘛，要干行政，建立医院，招聘医护，置办设备；治病临床也得干，轻症有其他医生护士，重症她可就要亲自上阵了。没干过行政，硬着头皮也得上；各种疑难杂症，手到病除，神医是虚名，一切为病人倒是做得人人赞不绝口。

有一次，总指挥也来看病，虽然是小病，魏来自然也得亲自出马。"听说，你是魏和兴的闺女，这个老魏竟能生出这么漂亮的千金。他离休了，还好吧？"魏来没想到总指挥会认出自己，赶紧说："还好还好，谢谢总指挥挂念。"总指挥又说："你的口碑不错呀。"看来他挺了解情况，又说："有什么困难吗？有事找我。"

在临时医院一干就是好几年，水库竣工，回到医院，魏来被任命为副院长，才四十多岁。

张家栋也被欧阳动员上阵了，也在忙"引碧入连"工程。铺设涵管需要在150公里的暗渠设立70多个水站，水站要配备专门的水泵，水泵需要电机，电机机械性能要求不高，大连电机厂供货没有问题，可是，对电机有一个硬性要求，就是抗腐蚀性能要求极高，要求有水下工作50年的寿命。应该说大连电机厂生产的电机性能质量都有保障，但是抗腐蚀却是一个新课题。欧阳是专家，她深知电机保证水下50年不腐蚀是最起码的要求，而研制生产这种电机需要时间，而且不是一天半天的事，不是一蹴而就的事。大连电机厂领导也很重视，可是谁更适合领衔研制呢。这时欧阳想起了自己的小叔子张家栋，她了解家栋，知道他理论基础雄厚，经验丰富，又能吃苦耐劳。于是她举贤不避亲了，非常直接地举荐了家栋。

她对家栋说："'引碧入连'是造福一方的事，大连人盼水久矣，你帮帮嫂子的忙，给我研制出耐腐蚀50年的电机，怎么样，就算我求你了。"

家栋十分憨厚地说："什么求不求，都是公家的事，我端人家的饭碗，就得为人家出力。厂里派给我，我不也得做，嫂子，我答应你。"他对欧阳很敬重，这个嫂子，有大家闺秀的派头，却无养尊处优的大小姐做派。

"这个任务是很急的，我需要在极短的时间见货。家栋，我举荐你是因为我了解你，你有那股劲。说句私心话，这也是你脱颖而出的机会，你也该出出头了。"

　　家栋知道，这项研制不需大量的人员，三五个精兵强将组成一个小组即可。家栋决定先从电机线圈入手，材质是否需要更换？什么材质比现在的铜合金更耐腐蚀？他们试验比对了几十种材质，竟然发现纯金属线圈比含有杂质的或少量其他元素的合金属耐蚀性更强、绝缘性更强。家栋最终选择了改铜为铝。

　　接下来他们对线圈的绝缘重新做了一系列的单项试验，包括缠好的转子、定子做了浸漆、烘干、定型等，修改了不少数据，改变了一些工艺。最后也是最关键的试验——环境仿真破坏性试验，这个难度太大了，危险性也太大了。火烧试验，高温加热过程有大量有毒有害的气体，戴着防毒面具也不能百分之百的安全；水下试验，必须到安装现场来做，对材料使用所处的介质种类和条件，如空气的湿度，溶液的浓度、温度，水流水质等，进行反复测试。经过二十多天研制总算完成了。

　　大连电机厂生产能力不成问题，仅仅十天，欧阳需要的电机拉到了工地。

　　实际上，家栋的防腐蚀电机的成功，不仅解决了碧流河水库的问题，也为海军某国产型潜艇的建造解决了难题。随后，家栋被任命为试制车间主任。

　　如今，碧流河水库竣工了，终于"引碧入连"工程完成了。大连市政府为全体市民引来了"生命之水",大连市多年水荒问题得到了缓解。

在水库大坝东侧的一个山头上,矗立着一座"碧流河水库纪念碑",读着那碑文,令人感慨万千。这水库是历史的见证,是血汗的凝聚,是智慧的结晶,是人民力量的象征。

看看碧流河水库,一眼望不到边,碧波荡漾,清澈见底,十几处库中孤岛,宛如天眼,明眸善睐。荡舟绿水,好不惬意,不胜其乐。极目四周,青山绿树,奇花异草,大好河山,诗情画意。想想如能在这里挥竿垂钓,真是不亦乐乎。再想想,在这里乘坐旅游观光船,游弋在碧波荡漾的湖面上,饱览沿岸的青山绿树、奇花异草,这才算是真正领略到大自然的风光。

也有诗云:碧流水库,哺我滨城。军民共建,十易秋冬。艰苦奋战,风雨兼程。英烈献身,青史留名。水荒得除,物阜民丰。造福后代,功垂日星。江山万古,碧水长青。传之久远,勒石以铭。

饮水思源,大连人不会忘记碧流河水库建设的英雄们,不会忘记总指挥急老百姓之急,为民请命,造福一方;不会忘记欧阳尚文勇担重任,呕心沥血,泽被后世。

十二

竣工仪式后,欧阳急急忙忙赶回南山婆婆家,她要关心儿子的大事了。这几年忙着"引碧入连"的建设,对丈夫儿子关心照顾得太少,她懂相夫教子的古训，可是重任在身，无暇周全，孩子的教育、学习、成长只能依赖爷爷奶奶。好在老两口虽然年过古稀，但身体还硬朗，也愿意孩子们在眼前，周忆乙、顾婷婷就在南山长大。

这不，周忆乙已经是高三的学生了，也许继承了父母的基因，忆乙聪明异常，学习轻轻松松，成绩却总是名列前茅。马上就要高考了，周桐和欧阳希望他考清华或北大。班主任老师也认为周忆乙品学兼优，且多次参加省市，乃至全国的各种竞赛，成绩均名列前茅，报考"清北"十拿九稳，甚至可以保送。可是周忆乙却有自己的打算——就在紧张的备考时，两名空军军官来到学校，他们是来招飞的，周忆乙报了名，经过层层选拔，竟然被选中了。

他的选择有人赞成，有人反对。首先反对的是奶奶，她在海参崴时，目睹过战斗机失事惨案。也许孙悦衣老了，经不起惨烈的场面了，年轻时的飒爽英姿荡然无存，她知道空军飞行员很可能要上战场，她不希望孙子从事这样危险的事业，护犊心切。

第二个反对的是班主任老师，她自己读的是师范，可是却有强烈的"清北"情结，她希望周忆乙报考"清北"。自私一点说，她想让周忆乙圆一个自己的"清北"梦；从学生的实际出发，她认为周忆乙更适合"清北"。班主任老师认为周忆乙可以报考清华的航空研究专业，可以去研究飞机，干吗非得去开飞机。

周桐没有明确表态，他挺矛盾，再伟大的人物，到了子女的身上，也会优柔寡断，人之常情。不过，他表示还是尊重孩子的选择，毕竟孩子大了。

欧阳也犹豫，她面对千军万马可以指挥若定，可是她毕竟是母亲。

她和奶奶的想法一致，孩子是自己身上的肉，有个三长两短可怎么办，不过她还是赞同周桐的意见，尊重孩子的决定。

周忆乙看出来大人们的选择，他觉得他们的意见也是有道理的，他不能由着自己的性子来，他很矛盾，小小年纪，也面临着两难的选择了。招飞的军官慧眼识珠，认准周忆乙是个飞天的好苗子，不想忍痛割爱，便展开了强大的攻势。他们知道这是一个革命家庭，肯定会深明大义，肯定会以祖国的利益为上。两位军官三天两头往周忆乙家里跑，想做通家长的思想工作；往学校跑，想做通班主任的工作，他们认为老师都是眼光深远，以大局为重；他们也知道周忆乙正在犹豫，必须再加加温，拱拱火，让他狠下决心。他们成功了，周忆乙进了长春飞行学院预备班。

家栋当官了，更忙了。家，就扔给了高远，高远也忙啊，当上了教务处主任。这时中央又提出干部使用要"四化"：革命化、年轻化、知识化和专业化。高远觉得自己哪一化也不具备，革命化，自己有一个有历史问题的老爸，虽然立过功出过力，可是在人们心目中仍不被认可；年轻化，自己四十多岁了，重用老一代时自己还年轻，强调年轻化时，自己已是中年人了；知识化，自己的学历低，没有上过大学，仅仅是高中毕业；专业化，自己不是师范专业，当上中学教师纯属偶然的机会。显然自己没有前景啊，从教务处主任的位置上"下野"是迟早的事。她还要提高，于是就准备再考本科学历，考研究生，可是底子薄，眼光浅，需要回炉上学呀。校长不同意，既不同意高远参加高考，也不同意她辞职，倒是给了一个机会，利用业余时间、寒暑假到省里进修。就是说，主任还要做，学生的课还要上，不做班主任。既然文凭好用，国家认可，学校承认，高远就决心好好学习，天天向上，提高自己的文化知识，拿到文凭。自己不光要用功，还得伺候孩子呀，想送给老爸老妈，可是高峰老两口年龄大了，身体也越来越差，高峰还病得不轻，也看不动了。张秀水老两口虽然身体还好，可是远水不解近渴。话传到了张秀水那里，张秀水说："我们去大连，张念周是我们的孩子，爷爷奶奶带孩子是天经地义的。"他打电话，告诉张家栋自己的打算，还说谢谢欧阳，你们有个好嫂子。高远一听，好高兴，好啊，问题说解决就解决了。

实际上，张秀水这些日子正在考虑，现在的形势已经很明确了，已不是"以阶级斗争为纲"了，而是"要把经济建设当作中心"，而且是"不管白猫黑猫，抓住老鼠就是好猫"。是否应该回大连做买卖，正举棋不定，有了这事反倒让他拿定了主意。很快，他就又变卖了城子坦的房、地、鸡鸭鹅狗、菜园果树，卖了不少钱，再加上之前他变卖的城子坦的商场，那笔钱也没怎么花，回大连做个小买卖绰绰有余。

张秀水又折腾回到大连，在东关街南头租了一处日本房，挺大的，安置好后就把张念周接了过来，老两口对孩子关爱备至，爷孙天生的亲近，孩子很喜欢爷爷家。

张秀水对东关街考察了几天，他发现东关街现在还挺热闹，一副欣欣向荣的样子，但内行看门道，外行看热闹，现在的东关街就是外强中干。因为他发现，东关街现在的商铺比"文革"前虽说少不了多少，但都是原来的商铺，原来的经营项目，原来的格局，原来的老板。找了好几天，竟然没有一家新开的商铺，都是旧瓶装新酒，自己原来经营的那个铺子也是干一天算一天的。原来的小老板，现在已成了老老板，胡子拉碴。两人都还认识，说起原来的东关街，真是做生意的宝地，可现在为什么会没有发展？老老板说，你有没有看到原来的大点儿的买卖，先后都迁走了，去了西安路，去了天津街。又说，现在的年轻人谁还守着肚脐眼儿大小的小铺子，都想干大的，来快钱，挣大钱，守着铺子的都是些七老八十的老头老太太，哪会有发展？还有，你再看着除了原来的铺子还有新开的铺子吗？还有，还在勉强开张的铺子，不都是破破烂烂的，哪有几家修修补补的，没有投入，哪有产出？你再看，那些"黄"了的店铺，都租给人家当住房了。即使像老顾家的永丰茶庄，虽然除旧出新，闺女在张罗，弄得热热闹闹的，不是也没有扩大摊面，维持原来的格局，能支撑多久，还真不好说。

张秀水在东关街走了几个来回，果如那个老板说的，康德记药房、华春照相馆、四云楼酒店、物华照相馆、中西理发铺、交通旅馆、王麻子锅贴、杨家吊炉饼、日新饭店、三八馄饨馆、东关理发社等著名老字号，都相继迁走了。原来商铺一家挨着一家，现在是稀稀拉拉，有一家没一家的。

就是说，东关街已不是"中国商业第一街"了，它已名不副实了。

他又到西岗市场转转，心想，国营商场也许会好一些，但是，张秀水也很失望，商场原本有百八十个商铺，现在有三四十个就不错了，闲置的商铺成了仓库，成了杂物间，有的就空置在那里。看看还在经营的铺子，也是冷冷清清，货架上也没有多少商品，看样子也是有今天没明天。售货员倒很清闲，喝着茶，唠着嗑，懒得吆喝，反正是公家的买卖，卖多卖少都是那些工资。看看商场设施，破烂不堪，东西南北四个门，原本漂亮大气，尤其是西大门，是东关街近代建筑群里最大的门头，现在也已面目全非。

张秀水原本想在东关街重打鼓另开张，可看看东关街现在这个样子，还是另谋出路吧。后来他又考察了天津街、西安路，觉得这两条商业街逐渐兴旺起来，比之以前更繁荣，更洋气，更有人气，更有前景，更有商机。他决定先在天津街起步。

做什么生意呢？仅仅经营杂货，小打小闹，肯定没有"钱"景。他还是认为，民以食为天，还是多种经营吧，以饮食为主，兼营瓜果蔬菜生鲜。他租了一个带大院子的二层楼。楼房开饭馆，中档标准，以馄饨、饺子为主；大院子做露天市场，经营蔬菜、水果、海鲜等。这种经营模式还挺招人，进来买点儿东西，顺便吃口饭；或者吃点儿饭，顺便买点儿东西，一举两得，方便顾客。饭馆饭菜可口，诚信为本；市场东西鲜嫩便宜，童叟无欺。张秀水很快就做出了名声，生意兴隆，财源茂盛。

他开店时没搞庆典，没请亲朋好友，只是放了几挂鞭炮。现在有了点儿眉目，得请请七大姑八大姨了。沾亲带故的一个都不能少，老的少的，能落一村不落一个，生意人就是活络，该请的都请了，该来的都来了。张秀水两口子好不展扬，自己咸鱼翻身，有了身份，有了地位，有了票子，也有了人缘，更有了尊严。他说了几句开场白："今天是我们东关街一家人的一次聚会，来的都是七大姑八大姨。我张秀水从小就跟着老爹做生意，很有点儿体会，长大了，自己开了个小买卖，总想做大，做出点儿名堂，可经常是生不逢时，几起几落。现在政策允许了，我想我也应该干起来了。可是东关街回不去了，天津街现在发展得不错，我选择在这里东山再起，开业半年，生意还算红火，赚了一些钱，我想，我的生意还会有发展，还会再做大做好。只是我也老了，还能蹦跶个三两年，我想物色一个接班的，家栋跟着我，耳濡目染，也会做买卖，也有商业头脑，可是他不想做，我不勉强他，慢慢看吧。孩子们，你们谁愿意跟我干？"大家一个劲地喊"愿意愿意愿意"，大家哄堂大笑，纷纷表示祝贺。

介绍几个新人。

欧阳尚武，欧阳尚文的哥哥，周忆乙的舅舅。老爸去世后，他来到了大连，看到大连洋气的风格，干净的市区，良好的发展趋势，他不走了，决定在大连干一番事业。他学的是金融，凭他的实力、他的背景，很快就进了银行。欧阳建议他从部门经理做起，他不同意，说丢不起那个脸。不过，他见多识广、有门路、有关系，做了几笔长脸的业务，高调得不行了，不可小觑。

高行，高峰的儿子，高远的哥哥，张念周的舅舅，也是近亲呀。他在大连机车厂，受父亲历史问题的影响，一开始当组装车间工人，"文革"后高行迎来了转机。当时，为了取得突破，工厂成立了研发中心，迫切需要有能力、有专业、有经验、有技术的人员加入队伍。这对高行来说，是一个难得的机遇。不久，高行被抽调到研发中心。他如鱼得水，先是以技术员的身份参与研发一些项目，因有头脑、有成绩，被提升为工程师。后来，因为援建铁路同行企业，他被任命为援建队队长，带队三年，赢得口碑，回厂后担任了研发中心副主任。现在，在机车领域，他可是有名有姓有成绩，享誉业界的响当当的人物。

十三

"引碧入连"工程的成功，让欧阳一战成名，大连人民喝上了水，敞开喝。吃水不忘挖井人，那几年，一喝上优质的甜水，大街小巷，街谈巷语，就赞扬总指挥，赞扬欧阳。总指挥更是对欧阳赞不绝口，夸欧阳有魄力、有担当、有水平、有能力，巾帼不让须眉。巧的是，那时市政府正打算提拔年轻干部，担任副市长。总指挥不假思索地向市长推荐了欧阳尚文，说："这个女同志不简单，会是你的左膀右臂。"市长说："我也听说了一些，见过几次，印象挺深。我再听听市委的意见，也听听她自己的意见。"

做副市长对欧阳来说，对她的小家庭来说，甚至对她的大家庭东关街一家人来说，都是一件大事，突如其来的大事。欧阳举棋不定，搞专业，经过几年的历练，她已经驾轻就熟，她也感兴趣，愿意为国家、为家乡的水利建设再贡献力量。搞行政管理，有点儿勉为其难，再说，自己不再年轻，体力精力都已是夕阳西下，又是个女人，还是以家庭为主，相夫教子吧，所以她推辞了。

周桐也不太赞成，他觉得欧阳年龄不小了，体力精力也不济了。

做父母官，就要为老百姓忙乎吃喝拉撒睡、油盐酱醋茶，这可不是小事。再说，自己也是重任在身，要顾大家，可小家也得有人顾啊。

孙悦衣也不太赞成，生活经验告诉她，名声、地位、金钱都是过眼烟云。人生，平平安安就是福，平平常常最长久。看着儿子、儿媳妇顾大家没小家的日子，真是心有不舍。她的意思，还是算了吧。

老魏虽然已经远离官场，但还是清楚"个人必须服从组织"的原则，他知道上级的意志是必须服从的。他的意见是把个人的想法反映上去，并表示愿意服从组织的决定，这样才是两全其美的。

支持欧阳做副市长的是欧阳尚武。他想得很多，自己在大连工作，现在才五十出头，还只是一个分行的副行长，想要再"进步"，恐怕难上加难。老爹的庇荫已经化为乌有，欧阳当了副市长，自己可是"大有前程"，说不定还会"光宗耀祖"，自己的老婆孩子也会跟着沾光。

欧阳采纳了老魏的意见，提交了一份陈述报告，详细地说明了自己的想法，并表示愿意服从组织安排。

总指挥找她谈了一次话，他已卸任，完全以一个朋友的身份聊天，没有主题，也没有专门谈出任还是不出任副市长的事。说到自己，说到老首长，说到老魏和孙悦衣，说到周桐，说到大连市，说到"引碧入连"工程，也说到欧阳。说她的学识、她的专业、她的为人、她的魄力、她的品质。又说："欧阳，我知道你不求名、不求利，但是国家需要你，大连人民需要你，我觉得你还是应该挺身而出，于国于民于家于你自己都是应该的。"最后说了一句："我没有强压于你的意思，作为长辈，只是说几句推心置腹的话，机不可失，时不再来。"欧阳有些触动，觉得总指挥的话有理有据有温情。

市长也和她谈了一次话，言之切切，情之殷殷，并且设身处地，替她着想。他说："大连市的领导班子现在有些偏老，需要年富力强的新鲜血液振兴大连。不管怎么说，你都算年轻的一代，我确实需要一个像你这样的帮手，为大连的建设，再立新功。"又说："我为你想好了，你只干一届，满打满算也就五年，届时由你，你可以辞职，我不拦你。"她知道，市长为人朴实、做事实干，他也需要朴实勤奋的帮手。她不好意思拒绝这样一个市长。又想，能在这样的领导手下工作，也是难得的机遇。

　　在新一届政府班子换届选举会上，欧阳被选为副市长，她主抓城市改造、民生改善、妇女儿童等方面的工作。

　　上任伊始欧阳就和市长说了自己的想法："大连的环境很美很漂亮，但是我们的环境还有很多不尽如人意的地方。我想，我们该好好整顿建设这些地方了。"

　　市长说："我和你的想法一样。你先考察，看看先在哪些区域动手，也做个预案。"

　　欧阳经过考察，决定对"四大贫民窟"进行再改造，对住在贫民窟里的老百姓的生活条件再提高，争取旧貌换新颜。所谓的"四大贫民窟"是指大连解放前，沙俄、日本殖民者为修建商港、城街、铁路到山东、河南、河北招来许多民工，大批"海南丢儿"就聚集在这些地方，租住在一些简易房里。后来，工人越聚越多，工人又自己动手，打造了一些油毡纸压顶的偏厦子，逐渐形成了"四大贫民窟"，包括香炉礁贫民窟、寺儿沟红房子贫民窟、昆明街"小车大院"贫民窟、石道街贫民窟。那时有顺口溜：茅草屋，泥土路，贫民穷汉这里住。

欧阳在方案里提到的是"再改造""再提高",她的意图很明白,就是这四个地方的环境改造必须再上一个台阶。过去那种修修补补、小打小闹的改造方式,不能从根本上解决问题。现在全国各地都采纳成片改造,住宅、教育、医疗、消费一条龙改造的策略,大连也必须拆旧出新,大兴土木,一步到位,使贫民窟彻底旧貌换新颜。

欧阳也明白,贫民窟的改造绝不是一朝一夕就能完成的,在自己的任内能初见成效就不错了。所以她的设计方案是整个工程分三个阶段完成,第一阶段,用三至四年的时间建成一批楼群,解决还住在偏厦子里、自搭自建的简易房里、危房险房里的居民的居住问题。由政府出资,产权谁建归谁,采用租赁形式的福利房。

欧阳的方案得到政府的批准,但市政府一下子也拿不出那么多的钱,决定分期分批推进,首先从寺儿沟开始。

市长很关心欧阳,毕竟是个女同志,推心置腹地对欧阳说:"你的规划方案给大连人民绘画了一幅美丽的蓝图,解决了这四个地方的改造工作,大连的城建会再上一层楼,大连人民的幸福指数会更高。我知道你的呕心沥血,但是不能累垮自己,不能不顾家庭,一些事情虽然要争朝夕,但也得一步一步往前走,有时确实是欲速则不达。我认为能先解决了寺儿沟的改造就很不错,你也可以减轻点儿负担。说不定中央还会有更进一步的政策,新的政策,新的干法。我们就一边干,一边等。"欧阳说:"谢谢市长的关心,我觉得班子会的决定很好,实事求是,脚踏实地,可操作性强。"

寺儿沟,名字挺奇怪,关于名字的来历,有挺多的说法,一说源于区域内的日本神社。另一说是"寺儿沟"源于旅顺，旅顺水师营街道有一个村子，也叫寺儿沟。

寺儿沟有一片片的红房子。红房子，一个充满童话色彩的名字，然而，在日本殖民统治时期，红房子却是一个人间地狱。当时的名字叫"碧山庄华工宿舍"，也是一个挺有诗意的名字，里面挤满了来自全国各地为日本人扛活儿的苦难民工，由于这些房子是由清一色红砖建造的，所以人们便将这些房子称作"红房子"。主街东侧第二排房北半部的小洋房是日本头目、工头的据点——华工事务所，苦力们称它为"小衙门"。事务所对面是"三合盛"，掌管日用必需品的配给。第四排房的二层洋楼是碧山庄医院，这医院却被码头苦力们称作"阎王殿"。据说在日本殖民统治大连的几十年间，在碧山庄医院因得不到正常治疗而死亡的码头工人约5万人。欧阳来到红房子，看到一排排的红砖平房已经破烂不堪，到处垃圾成山。进到房里，有的还留有当年的遗迹，十几平方米，就是一张大通铺，一排杂物箱，再就是半米宽的过道，二三十人可怎么住啊。夏天热得不行，冬天冷得不行。隔几天，她又来到狼窝、穷汉岭、炮台山，看看这些名字，就可想见，这些地方的贫穷落后愚昧。都说不看不知道，一看吓一跳，果然，这些地方和红房子一样，满眼的破烂不堪，老百姓有一肚子的怨言。欧阳意识到："我们的工作没做好，我们欠账太多，尤其是下乡知识青年返城后，没有工作、没有住房，和父母挤在一起，有的挤也没地方挤，就私搭乱建，凑合着有个栖身之处。"

欧阳向市委、市政府做了考察报告，并提出了自己的看法，必须立即着手解决住房问题，否则各种隐患将会伺机爆发，这绝不是危言耸听。她强烈要求领导们当机立断，刻不容缓。

欧阳的大声疾呼，引起了省里市里的重视，也引起国务院的重视，并做了按语，指示加快解决。

寺儿沟贫民窟改造终于破土动工了，政府很努力，筹措资金，安排施工单位，动员有配套设施、有建设能力的有关单位积极配合。老百姓很配合，投亲靠友，拆房腾地。欧阳很敬业，和施工单位研究确定分片分期施工，盖一片分一片，分期上楼的原则，三年解决三个三分之一；同时还建议，招聘回城青年参加工地建设，既解决了用工不足的问题，又解决了知青的就业问题，还稳定了社会治安。这些知青毕竟是有一定文化的年轻人，还学习过建筑理论，他们成了建筑行业的主力军，成了管理者，并且涌现出一些建筑行业的领军人物，成了社会的正能量。

第一年，完成了计划的一半，30万平方米，十几栋五六层高楼平地而起，二分之一的原住民喜气洋洋地搬进了大楼。虽说是简易的预制板楼，可比起原来的住处，那已经是天壤之别。有住屋、有厨房、有卫生间、有电灯、有自来水，虽然简陋，但是老百姓却说，我们住进了高楼大厦了。

第二年，果然有了新政策，私人经济大发展，房地产公司纷纷登台。有的公司对寺儿沟的改造也产生了兴趣，要求参与后期的改造。欧阳制定了招标款项，考察了投标公司的资质。房地产公司积极性很高，这是因为政府给了许多优惠条件：廉价拿地，自主规划，安置原住民后，房源归己。同时规定中标的公司，适当提高原有标准的原则，承建剩余的一半，并完成配套设施，如学校、医院、商场、小区活动场地等。中标后,房地产公司自主经营,政府监督,质检验收。

又是一年,开发商完成了承包项目,政府改造计划的另一半和配套设施交付使用,至此,寺儿沟的改造彻底完成。寺儿沟的原住民提前一年全部搬进大楼,开始了美满的生活。不仅如此,开发商还利用剩地,开拓了新的项目,在红房子一带建起五栋现代化的摩天大楼,寺儿沟彻底实现了旧貌换新颜。

在验收时,欧阳还特意关注了保留的历史遗迹:东明电影院,这是大连历史上最早的电影院。但是,电影院夹在高楼大厦之间,显得那样格格不入,孑然独立。欧阳很遗憾的是红房子,竟然没有留下一砖一瓦,甚至,年轻人还以为红房子是一个美丽的童话故事,后人只能从影像中去感受这一段历史。

因为有了新政策,欧阳在改造寺儿沟的同时,也开始了对另外三个"贫民窟"的改造。新政策、新干法,招标投标承包监管,欧阳难得舒了一口气。

十四

欧阳总算轻松一点儿了,也有心思和周桐聊聊天了,聊聊忆乙和他的女朋友王爽了,也有心思去南山看看两位老人了。

周忆乙经过四年的学习,已从飞行学院毕业了。理论学科门门优良,飞行成绩令人刮目相看,他成了炙手可热的人物。很多部队点名邀请他,特别是海空雄鹰团,对周忆乙更是志在必得。他们讲雄鹰团的光荣历史，又讲雄鹰团的战斗英雄舒积成、王昆等的故事，又讲雄鹰团的发展前景。雄鹰团想要组建一支三代机"蓝军"分队，蓝军十几套训练科目，敢做蓝军，就敢啃硬骨头。周忆乙本来就有敢于挑战自我的个性，尤其是在这个激情燃烧的岁月，听到如此激动人心的挑战，他激动不已，决定成为海空雄鹰团的一员，做战斗英雄，报效祖国。

王爽，总政歌舞团歌舞演员。他们是在一次拥军爱民演出活动中认识的。当时，在军民同台演出时，周忆乙演唱《骏马奔驰保边疆》，王爽伴舞，两人配合默契，心有灵犀。他们建立了联系，节假日经常一起逛逛公园，看看电影，唱唱歌，跳跳舞，吃饭聊天，一来二去，两个人颇有好感，开始谈恋爱了。大家很羡慕他俩，说是郎才女貌，金童玉女，天生一对，地造一双。一开始，周桐和欧阳的意见几乎一样，不太同意儿子和演员接触，太招摇。可是看到一对小情人十分恩爱十分般配，再加上奶奶爷爷挺喜欢王爽，说，孩子还小，处处看看，来日方长，也就没再多管。

实际上，在欧阳没日没夜奔忙的这几年，东关街一家人的每一位成员都在忙，都在为祖国的振兴添砖加瓦，都在为大连的更美好做贡献。

在大连造船厂的周桐，已经是船厂的老人了，是总设计师，是担纲人物，是领军人物。八十年代初，造船厂陆续建造一些万吨级商船，并且已经打入了国际市场。周桐代表大连造船厂与外商签署了建造万吨散装货轮和100英尺自升式钻井平台的合同；号召全厂职工抱着"造好出口船为国争光"的心愿，拿出高质量、高水平的一流产品，为厂创誉，为国争光；带领技术部门的同志归纳了重大技术质量关键，召开了动员大会，吸引能工巧匠，群策群力，协作攻关，共同解决了重大关键核心技术，保证了建船的质量和进度。

此时，顾中秋忙的是，参与歼-7II制作团队，研发制造歼-7I型的改进型歼击机。较比I型，最大的变化是座舱盖，由向前打开，改为向后开启。

张家栋在做什么呢？八十年代初，私家车已进入我国，各种品牌的外国汽车，在中国的公路上纵横驰骋，耀武扬威。而中国的汽车却寥寥无几，唯一的独生子——红旗轿车，在性能、质量等方面，与国外比，差距较大，尤其是发动机更是中国汽车发展的瓶颈。大连电机厂根据国家的计划，决定开发YSPA系列变频调速电动机，这个使命又一次落到了张家栋的肩上。

张家栋接受任务后，将传统的鼠笼式电机改为独立出来的风机，并且成功研制变频调速电动机，为我国汽车发动机的制造奠定了基础。这是大连电机厂的贡献，也是张家栋等科技人员的贡献。

高行，大连机车厂总工程师，处事最低调，从不夸口。进入八十年代，高行总师和他的团队，先后试制成功东风4A、东风4B型柴油机内燃机车，并批量生产。

魏来已荣任医院院长，没有两把刷子，是不可能胜任这个职务的。医术、管理能力自然不必说，上级领导说她率先垂范、医术精湛；同行说她业界领军；患者说她治病救人、妙手回春；患者家属说她拒收红包、温暖如春。

高远现在忙着呢。自恢复高考以来，自己的学校成了重点校。

重点校追求升学率，教育局要升学率，要和省内其他市比；学校要升学率，要和其他学校比；毕业班要升学率，教师要争取政绩；家长要升学率，期盼孩子跳过龙门。总之，整个社会都在追求升学率，学校教育的目标除了升学率还是升学率，愈演愈烈。高远，重点校的教务处主任，能不抓升学率吗？从事教育已经二十多年的高远，不能置身事外，她也要"率"，这关乎着她的前途。

说一说欧阳尚武吧。这些日子，他果然进步很快，当了分行行长。他是学金融的，还懂得一点儿银行的经营，有了一点点政绩，就调到到总行，当了副行长，仗着会几句英语，开始主管国际业务。有钱有房有车了，出出进进，便有点儿张扬。欧阳多次提醒他，踏实做事，低调做人。可是豪横惯了的尚武，哪里听得进去。他的老婆黄凤英也是省委大院长大的，那种优越感，那种门缝里看人高人一等的架势，实在是盛气凌人。两口子都这个德行，能教育好自己的子女吗？这不，一严打，儿子欧阳大为就进去了，罪行是寻衅滋事、聚众斗殴、伤人毁物，被判了一年零六个月徒刑。欧阳大为二十出头，他就是一个小混混，仗着家里条件优越，不思进取，每天过着衣来伸手饭来张口的日子。老爸老妈这次想得开，没有找人托关系，也没找欧阳想办法。让孩子在里边好好改造，治一治他的臭毛病，老爹老妈治不了，监狱肯定能治好。所以，欧阳大为在狱中这段时间，两口子都没有去看过他。

不过，这件事让欧阳挺被动，至亲犯罪，自己脸上无光，这还怎么见市民。她向市委、市政府提出辞职。市长说："侄儿犯罪，和你有什么关系。市委的人没有异议，市政府的人更没有非议。这两年你大展拳脚，干得不错。市政大变样，贫民窟旧貌换新颜，老百姓日子一天比一天好，你在老百姓中颇有口碑。金杯银杯不如老百姓的口碑，你辞职，老百姓会答应吗？这事就到此为止，你该做什么还做什么，该怎么做还怎么做。"停了停，市长又问了香炉礁、石道街、昆明街的改造情况。欧阳汇报说，几家承包商都按规划设计有条不紊地推进，各路的监管也很到位，发现了一些问题，都按要求解决了。

张秀水自从回到大连，在天津街重操旧业之后，生意风生水起，发展很快，不说日进斗金，也差不多。资金回笼很快，有了钱，就想着把买卖再做大。他琢磨再三，决定在天津街买下一家大一点儿的铺子，就开始忙里忙外，看铺子、看位置、看环境、看人流、看商情、看口碑，一番考察，看好了一家铺子，还很满意。这家铺子在上海路和天津街的拐角处，这个位置也不错，是逛天津街的必经之地，客流量很大。

实际上，这个大楼是日本人在昭和初期建起的一座六层大楼。屋顶上有庭院式啤酒店，一楼、二楼是店铺，三楼以上是旅店。一、二两层，营业面积很大，适合多种经营，张秀水掂量了一下腰包，想买下整座大楼那是痴心妄想。不过卖掉现有的商店，再加上自己多年的积蓄，找银行再借贷一点儿，买下一二楼还是够用了。他决定买下，甚至规划好，一楼卖副食，油盐酱醋茶和土杂；二楼经营服装、布匹、帽子、鞋子。这是他开拓的新项目，他认为大连是开放城市，追求"北方香港"的建设，又大气又洋气。大连人也爱美爱打扮，不是说大连人是"料子裤子，苞米面肚子"嘛。大连的外国人也多，他们也喜欢买物美价廉的中国货。服装，既卖中国服装，汉服唐装，小衣中衣大衣，长袍马褂旗袍罗裙，绫罗绸缎，粗布麻布；又卖外国服装，西装革履，呢子大衣，和服，布拉吉，皮鞋帽子。

没承想，经过讨价还价，在签订合同的时候，张秀水经不起折腾累得病倒了，胸部疼痛，喘得厉害，家栋和高远赶紧把他送到医院。魏来和几个医生会诊，说是心脏血管堵塞三分之一，要住院稀释血黏度。魏来还说："二叔，你烟酒过量，加上劳累过度，再加上年龄偏大，经不起折腾，需要卧床休息。把烟戒了吧。"她还是那样厉害。又说："让家栋哥帮帮你。"

大家来看他，孙悦衣说，你都多大了，也快七十了，身子骨也不给力了，还折腾什么，回家看孩子吧，又不缺吃少穿，该和姜红叶一起享享清福了。张秀水说，我也觉得力不从心了。

老魏说："我知道，做大买卖是你的心愿，一辈子的情结，我不反对你做，但是得量力而行啊，你这个岁数，总得有个帮手，有个经理什么的。我建议你找个掌柜的，你当老板，现在叫经理、董事长。身体重要，我们都老了，干不动了，不服不行。"张秀水觉得老魏说得对，可是家栋是不会接班了，孙子还小指望不上。就对老魏说："可是找谁做帮手，总不能肥水流进外人田吧。"老魏说："我们再物色物色，你现在需要决定这个铺子还买不买，合同还签不签，让家栋先帮你把这件事办好。"张秀水说："他哪有时间，一天到晚忙得团团转。"

周桐和欧阳也来看他，说起家栋接班的事，周桐看了看床边的家栋，也觉得让家栋辞职接班不太合适，他现在已经是大连电机厂的副厂长，是电机技术业界的大拿，中国的发动机要赶上世界水平还需要他。欧阳说："看来二叔还是要把那个铺子盘下来，还是想干大买卖。我想是不是可以分几步走，第一，先找明白人帮着把铺子盘下来，了了这桩心思，然后再招聘一个经理，可心就留用，不可心就辞退，现在都是这样用人。第二，二叔休息一段时间，身体恢复后，觉得还可以，也可以参与经营。这第三，兑店资金，大家再想想办法，不够的部分先找银行贷款，现在都这样筹措资金，我哥还是能帮上忙的。"这实际是对张秀水的心理暗示，她看出张秀水还是不甘心就此罢手，让他有个指望，有利于养病。欧阳到底还是有大局观。家栋一听，这不就是两全其美的办法嘛，既解决了老爸的心思，又解决了自己的困境，赶紧说还是市长"局气"，高瞻远瞩。欧阳也开玩笑，一针见血地说："你心里的小九九我还不知道，给你解套了不是。"高远也开玩笑说："这样好啊，家栋要是去经商，还不得天天花天酒地，我可是要独守空房了。"

张秀水很赞同欧阳的建议，说："就按欧阳说的办，你和周桐见多识广，就帮我物色人吧。"

周桐说："二叔，我给你推荐一个人，先完成欧阳的第一步，把合同签下来。这个人，远在天边，近在眼前，知根知底，狡猾但可靠。"欧阳猜到了，周桐说的是顾中秋。"你说的是中秋？""知我者，老婆也。"家栋和高远赶紧说："对对对，中秋，再合适不过了，能说会道，能掐会算，有他老爸的天赋，可是他不是在沈阳吗？"周桐说："过两天就回来休假了，说是长假。谈个合同绰绰有余，包赚不赔，不知二叔怎样想。"

张秀水已经想好了，就是中秋了，这些晚辈们都是能人，有他们帮衬错不了。就跟周桐说，等中秋回来，你们先帮我说说。周桐说没问题，他能为二叔做点儿事，是他的荣幸。

没了一桩心思，张秀水也累了，高远安置他睡下了。

顾中秋完成了歼-8IIA后，有了一个较长的休假日，周桐跟他说了张秀水的事："我和家栋、高远、欧阳，还有魏来商量了，你在休假期间，帮助二叔把合同签了。你要是把这件事做好，可是做了一件大好事。"

中秋说："谈合同，小菜一碟，这里边的道道我清楚得很，尤其是买卖合同，弯弯绕可多了。你放心，我保证圆满完成任务。不过二叔放心我吗？"

"不放心你，可是放心魏来，你偷着乐吧。我明天有点儿时间，叫上家栋，我们一起去医院，把这个事定下来。"

在医院里，家栋和高远两口子，真是无微不至，张秀水享受到了儿子儿媳的孝敬。看到周桐他们来了，张秀水就坐了起来，精神头儿还好。

慰问了几句，言归正传，周桐说："二叔，我把中秋请来了，也把你的意思和他说了，他说保证完成任务。"

中秋赶紧说："二叔，我刚回大连，听说你病了就赶紧来看你。看你精神头儿挺好，哪像七十的人，你一定会福如东海，寿比南山，一定会生意兴隆，财源茂盛。"

"你快别贫了，谁不知道你，一句真的，九句假的。快听二叔说几句。"魏来挖苦了中秋几句，中秋不放声了。他们两口子，中秋是当家的，魏来是做主的。别看中秋总是嘻嘻哈哈，滔滔不绝，可在家里魏来说了算，中秋也乐得清闲。

张秀水看他俩挺有意思，也笑了起来，说："中秋，二叔这一病，不知会怎样，我不求长命百岁，只求能实现一辈子的心愿。周桐都和你说了吧，今天我就把谈合同的事交给你，耽误你休假了。"接着就把谈合同的一些细节告诉了中秋，又拿出一张授权书和一些文件交给他，就又躺下了。

家栋问魏来，我爸这几天为什么总是很疲倦，嗜睡。魏来说："很正常，是长时间用力过猛，疲劳过度，不要紧，休息一段时间就好了。"看到二叔又躺下了，几个人退出病房，来到走廊。家栋还是不放心，又问魏来到底怎么回事。魏来说："你连我也不放心了？我可是院长啊，没事，过个十天半个月就好了。"中秋又说上了："家栋，我老婆可是名医，扁鹊再生，仲景再现，没事，你放心。"家栋又对中秋说："我爸的事拜托你了。"周桐也说："上点儿心，别办砸了，否则让魏来收拾你。"中秋赶紧说："别别别，我真怕这个院长。"

回到家里，顾中秋仔细地看了这些文字材料，中规中矩，没看出多大的问题，但也发现了几个细节问题。如原经营者在财务往来过程中有无债务，如有，必须在签约前还清，并必须写明这之前的一切财务纠纷和接受经营者无关；交接前原经营者必须提交水电等缴费收据，必须写明在此之前发生的费用和新老板无关；签约前员工工资、用工和新老板无任何关联。纸面上的内容弄清楚后，顾中秋还想去这个店看看，他也发现几个问题：原老板急于脱手是因为债务问题，银行债务还不清，面临着法院拍卖的问题，说不定还会有牢狱之灾，拍卖就等于贱卖，贱卖还不如转让，说不定还能多赚不少。中秋百般打听，探知拍卖底价和转让价格相差很多，二叔可能会吃亏。他决定讨价还价，争取利益。又看了一下大楼，表面看挺光鲜，但是楼龄已经很长了，在光鲜的背后，有不少的隐患，原老板的出让价几乎就是一手价，不能接受，应争取折旧钱。地脚确实不错，客流量不会少，但交通不是太方便，东南西北，离站点都比较远，这应该也是讨价还价的筹码。

顾中秋这两天在琢磨怎样跟原老板谈判，他跟魏来商量，把自己考察的情况跟她说了："二叔还真是有眼光，选的商场还真不错，是个做买卖的好地方，就是有些细节没考虑周全，或许是年龄大了，考察的不够，但是细节决定成败。另外，买卖款项还有的谈，可以压价，可以省很多钱。"

魏来说："你可得上点儿心，这是二叔一辈子的心愿，他雄心再大，这也是他最后的一搏。你想怎样谈？"

顾中秋说："我想了，还是以退为进，就是说，我们先不主动找卖家，再拖几天。法院催急了，这个老板会主动找我们，他会让步一些，我们会争得一些利益。"

魏来说："行，我们不急，先撂撂他，不过，你得先和周桐哥、家栋哥商量一下。"

"对，得先告诉他们，还有欧阳，她很有眼光。"

周桐和家栋没提出更多的建议，只是说，先不用和老爷子说，免得一激动又容易犯病。倒是欧阳提到，谈判时的一些说辞要有根有据，先谈文本细节，再谈买卖价钱，适度就好，不要狮子大开口，能进则进，能退则退，前提是谈成功，别让二叔失望。另外，虽然是私人交易，但一定要有第三者，最好有官方背景的人。

　　果然，对方着急了，催着赶紧谈。按约定的时间地点，谈判开始了。顾中秋请的是商业局的一位副局长。对方也挺老辣，请了商会的会长。

　　首先，顾中秋拿出了张秀水的委托书，得到对方的认可。然后说："张秀水很看好这个商场，决意要买下，也提出了一些问题。我也做了一番考察，也确实发现了一些问题，在合同中必须体现出来。"他把问题一一指出，那个老板也一一作了回复，因为没有牵涉更多的利益，谈得虽然艰难，但还算顺利，然后写入了合同文本。最后谈到转让价位，那个老板坚持之前的报价，说自己很有诚意，价位已经很合理了。顾中秋说："之前的报价仅仅是报价，并不是成交价，议价、讨价、还价总是为商之道，做买卖总不能一口价，会长也在，您说是不是？"会长原本打算只是带着耳朵来，不想被顾中秋将了一军，便说是是是，应该议一议。老板说："你说吧，我听一听你的想法。"顾中秋说了楼龄太长，损坏严重，设施破旧，维修难度大，总应该有个折旧率吧。再说，地脚虽好，但交通不便，不是长远之策。你来我往，唇枪舌剑，老板让一步，中秋退一步。老板说你给个底价吧。中秋报价，这个底价，竟比张秀水的报价低了三分之一。老板鼻子都气歪了，实在谈不拢。中秋看出老板虽然坚持，但不想谈崩了，耗下去也没有意思，他决定亮出必杀器。就说："现在想买此商场的恐怕就我们一家，过了这个村就没有这个店了，我们的价位比法院的拍卖底价恐怕要高出不少吧。"中秋又问副局长，是不是。副局长只是笑了笑，没放声。老板一听，法院拍卖的事儿对方也知道了，他知道法院拍卖底价不会高于对方的报价。顾中秋在他犹豫的时候，又说了一句："要不，我们就等法院拍卖的时候再投标。"这时，中秋想起欧阳的话，要谈成功，于是又跟进说："这样，老板如有诚意，我再增加零点五个点，成就成，不成就另找买主吧。"权衡再三，老板同意了，成交，四人签字。

顾中秋赢了，为张秀水省了不少钱，而且没有后顾之忧。张秀水一高兴病好了一大半，感激的话说了不少。顾中秋说："我们这是谁跟谁，还用说谢字嘛。"魏来说："不用谢他，应该的，看把他嘚瑟的。"家栋说："我请大家吃饭吧，吃大餐。"魏来说："你们上走廊忽悠，二叔还得休息。"魏来让高远安置张秀水躺下休息，并嘱咐她，不能让二叔激动，让他睡一会儿，再醒来，他的情绪就会稳定下来。

已经是华灯初上的时刻，可东关街，这条"中国的第一商街"却是冷冷清清，寂静寥落，既无商业氛围，也无人间烟火。偶尔看到几家小商铺的灯笼一闪一灭，招徕着顾客；偶尔传出几声孩子的哭闹声，才知道东关街还有人家。东庆泉酒楼还在经营，勉强支撑。同样，往日的红火繁荣、觥筹交错的景象已不再，只是经营一些小吃，方便居民们的日常所需而已。唯独今天，东庆泉灯火辉煌，客人登门，传出欢笑声、酒令声。原来，家栋在这儿安排了一桌酒席，他提前和老板打了招呼，给收拾出一个像模像样的包间，老板亲自操办食材、掌勺。这家知名老字号，饭菜色香味形意俱全。

大家先后都来了，周桐和欧阳，顾中秋和魏来，高行两口子，欧阳尚武和黄凤英，中秋的哥嫂顾孟春两口子。家栋和高远招呼着大家，他们想得很周到，老一辈的人没请，小一辈的人没叫，今天就是东关街一家人的第二代人，一个不少。看看这一家人，现在，哪个不是国家的栋梁，哪个不是社会的中坚，哪个不是在为国家做出卓越的贡献，哪个不是舍小家为大家的楷模。即使是小人物也在为共和国的建设，为大连的繁荣兴旺添砖加瓦。

家栋让高远先说几句开场白，语文老师能说会道，高远说："今天是答谢会，虽然我们是亲戚，但感谢的话还是要说。各位帮忙，完成了老爸的夙愿，谢谢。我们平时走动不多，今天难得一聚，让我们举杯畅饮，聊一聊国事家事天下事。"说得好，不愧是重点高中的老师，大家举杯，干杯，一饮而尽。没有外人，没有老人，没有孩子，同龄人忘情地喝，不醉不归，醉了又何妨。

家栋好像有心事，喝了几杯，瞅空跟周桐和欧阳说了几句："老爸还有一个心事，就是嫂子说的找一个经理。他接触的都是些老人，年龄不合适，和年轻人没来往，找不到合适的，说找你们再商量一下，物色一个合适的人。"

实际上，欧阳心中有数，她提出建议后一直在物色，只是二叔没开口，也不好冒失提出。她物色的人是高行的儿子、高远的侄子高添福。家栋不会不知道高添福，大连财经学院毕业，学的就是商务管理，现在正在大连商场实习。欧阳从高远那儿得知高添福品学兼优，为人憨厚朴实，和他爹一样低调做人、踏实做事，靠得住。欧阳把自己的想法和家栋、高远说了。家栋说："对呀，怎么把眼前的人忘了，合适合适。"高远也想过，但是和高添福是近亲，反而难开口。欧阳一说，她也觉得合适，但也有顾虑，如果做不好，岂不是连亲戚也做不成了，她没表态。

周桐也认为合适，但担心他年轻、没有经商的阅历，再说年轻人愿不愿意到私营商场，心中也无底。不过他这些天也在考虑合适的人选，心里也已有数，他想到的是顾孟春，年龄经历合适。自父母去世后，顾孟春一直守着永丰茶庄，没有干大的雄心，迎来送往，小富即安，这些年东关街一年不如一年，他的茶庄也越来越不景气，女儿顾红虽然张罗得不错，但也只是维持个仨瓜俩枣，够吃的就行了，但不管何时他都是童叟无欺、诚信经营，还是颇有口碑的。周桐反而认为这种坚守的性格很难得，诚信厚道是经商的良心，也是可以放心聘用的根本。欧阳听后认为周桐想得更全面，顾孟春更合适。

家栋也认为合适，很高兴，一下子就有了两个合适的人，而且都是自己的亲戚，正迎合了老爸的意愿，肥水不流外人田。但又面临着两难的选择。顾中秋实际上也想过自己的哥哥是最合适的，但是碍于避嫌，反而无法开口，也不好多说。

倒是欧阳尚武说了几句让人茅塞顿开的话，这有什么难的，让二叔把两人都聘用了，一老一小，老少结合。我越俎代庖，二叔当老板董事长，掌管财政大权；孟春当经理，掌管全部经营业务；高添福做副经理，掌管理货兼"不管部"部长；再聘我当个"吃喝部"经理。大家开心地笑了，虽然是些玩笑话、酒话，但是不无道理，家栋和高远明白他的用意，心里有数了。

大家七嘴八舌时，顾孟春没有说话，大家逗他，让他说几句，实际上也是让他表个态。"按我的想法，守着永丰茶庄，再干几年，攒几个钱就歇业不干了，养老了。再说东关街现在这个样子，不死不活的，也没有干下去的意思。我没有大出息，不像你们，都是响当当的大人物。不过二叔有困难，能帮就帮，你们举荐我，我很高兴，要是二叔聘我，我不推辞，相信我也能做好。还有就是亲兄弟明算账，一切都按聘用合同来，干不好就辞退我，理所当然，不过我会尽力而为。家栋，你把我的意思告诉二叔。"

张秀水采纳了小字辈的意愿，聘用了顾孟春和高添福，签订了合同。三个人研究了一番，几经筹措，商场正式开业了，名字是秀水商场。

十五

在这次家宴上，欧阳看到了东关街的衰败，虽然政策支持、政府扶持，但是老板们没有了心气儿，只是维持而已。

身为主管城市建设的副市长，欧阳这几年鞠躬尽瘁、呕心沥血，和大连人民一道建设自己的家乡。看看几个贫民窟旧貌换新颜，老百姓交口称赞，她感到欣慰；看看蒸蒸日上的大连市政建设，被各地人民誉为全国最干净的城市，最有特色的城市，她感到骄傲；看看城市里林立的高楼大厦一天天地拔地而起；看看大连的夜景流星灿烂、五彩斑斓；看看万家灯火，张灯结彩，她感到自豪；看看大连的交通，四通八达、纵横交错，百姓安居乐业，餐桌丰盛，一片祥和，她感到欣慰。然而，面对东关街这个百年老街的凄惨，面对"中国的第一条商街"的没落，欧阳感到十分无力十分内疚十分无奈。

老魏和孙悦衣已是高龄老人,孙子们也已长大,不在身边了,老两口也需要照顾了。周桐和欧阳商量,在南山租一套或者买一套房,方便照顾一下二老。按他俩的级别,早就应该是四居室了,再加上他们的卓著贡献,市政府和大连造船厂商量,决定分配给他们一处别墅,他们提出的唯一要求是距离二老近一点儿,那就是南山一带了。

别墅是一栋旧居,周桐带着老婆孩子去看了几次,虽然已经破旧,但维修一下,应该还是不错,一家人都挺满意。关键是走五六分钟的路,就到了老妈那里。孙悦衣和老魏也来看过,孙悦衣说:"你们应该知足满意。"这栋别墅建于二十世纪二三十年代,两层五室,和风欧式,采用不对称布局。屋顶结合巧妙,错落有序;窗户形式多样,双联矩形窗、正圆形窗、单矩形窗相间叠置,既便于采光,又作为修饰点缀,使建筑显得比较活泼。雨棚式阳台简洁朴素,入口处使用少见的方形石柱,厚重且坚实。同时建有很大的院落,阳春三月来这里,会有"昼长庭院夜深深,春柔一枕流霞醉"的感觉。周忆乙没回大连,王爽来了,她很喜欢这里,尤其喜欢大院子。一棵枣树、两棵柿子树都已果实累累,小凉亭别致惬意,小花坛正是姹紫嫣红的时候,她不由自主地在院子里看来看去,还摘了几颗大枣吃。坐在小亭子里,面对着蓝天白云和风,圆窗阳台坡顶,绿树红果黄橙,思绪无涯。政府出钱出工维修装修,周桐和欧阳都说钱自己出。政府说应该的,这是政策规定的,都一样,你们就别闹特殊了。

有了舒适的房子,有了惬意的生活。可是,一想到东关街欧阳就揪心,她还是感到自己任重而道远,她向市委、市政府建议重振东关街,让东关街起死回生。

市里批准了她的计划，她带着一班人开始了重建征程。然而，她没有想到重建工作举步维艰。计划很理想，现实很骨感。首先，维修改造十分困难，仅有的商铺小老板们无意也无钱，他们认为东关街已无力回天，迟早灰飞烟灭，维修重修那可是竹篮打水一场空。欧阳亲自出马，亲自演讲，商贩们听听而已，反而跟欧阳说："你的好意，我们领了，客流走了，大老板走了，心气儿没有了，东关街的命运也注定了。"其次，招商更是困难，投资商都很精明，都会算计，他们认定东关街一蹶不振，投资是肉包子打狗有去无回。再次，动员商铺回迁，这个难度更大，谁愿意再走回头路。最后，商铺都成了出租屋、危房，已被改造得面目皆非，再恢复，难上加难。

　　半年过去了，欧阳寸步难行，几乎没有任何进展，一地鸡毛。该怎么办，欧阳为难了，她这还是第一次。欧阳改造了四个贫民窟，把市政建设搞得轰轰烈烈，让大连跻身全国旅游城市，可是面对在自己眼皮子底下，曾经繁荣昌盛的东关街，自己竟束手无策、一筹莫展。

　　屋漏偏逢连夜雨，这时，东关街竟又遭遇了一场大火。火源是西岗市场的一家仓库，火势迅速蔓延，因房屋是砖木结构，且货物大多是易燃物品，再加上消防设备落后，整个西岗市场火海一片。欧阳赶来时大火正熊熊燃烧，火势已难以控制。面对大火，欧阳心急如焚，几乎乱了方寸，她的临场指挥，只能是催促消防车快快快，调动方方面面尽快到位，动员附近居民商铺赶紧撤离，快快快。消防车来后，奋战了几个小时，大火总算压了下去，可是西岗市场已是满目疮痍，面目皆非，到处是残垣断壁。欧阳的心碎了，她几乎呼天抢地，几乎捶胸顿足，可是她不能发作，她没有呼风唤雨的本事，让老天爷下一场大雨，浇灭这场大火，也没有点石成金的神通，让东关街起死回生。

这场大火，毁掉了西岗市场这个红砖青瓦的土木建筑的世界，四门洞开，只有西门还留有几分原本的样子，诉说着昔日的丰采，几乎所有的商铺都只剩下了砖瓦一堆。谁能看出，这里曾是被建筑大师们称为中西结合的经典的文化珍品；谁能看出，这里曾是买卖交易繁荣昌盛的地方。房盖没有了，只剩下横七竖八的铁架子，似乎还能解读出东关街的顽强和挣扎；四周低矮的小平房也受到波及，灰烬和尘埃落满了屋顶，有的门窗也已脱落，老百姓正在默默地清理，没有埋怨，没有牢骚，像东关街一样，只能认命。总之，东关街，这条具有百年历史的老街，这个占地6000多平方米的市场，这个养活百十家店铺的西岗市场，从此化作一片废墟。

欧阳考察灾后破坏情况时，在东关街遇到了许多老住户，也遇到了一些关心东关街的有识之士。他们围着欧阳议论纷纷，沸反盈天，听得出他们没有抱怨，没有愤怒，也没有讨说法，没有胡搅蛮缠；反而很理解很支持欧阳，对这场大火，对东关街的衰落，说了很多中肯的话。欧阳想，这是一次多么难得的民意民情恳谈会，何不借此让大家坐下来聊聊。她跟顾孟春沟通，让大家到永丰茶庄坐坐。顾红赶紧看座上茶，永丰茶庄成了临时的恳谈会会场。

欧阳看大家坐定了，茶也上桌了，就让大家先喝茶。自己先抿了一口，说好茶。顾红笑了笑，就忙别的去了。接下来，欧阳又说："今天偶遇大家，和大家曾是左邻右舍，但也难得一见。西岗市场这场大火,给大家造成了损失,我有责任,向大家道歉。"大家七嘴八舌,不外乎说,"欧阳副市长,这是哪里话呀,你有什么责任呀,你是好市长呀,你可别上火呀,你做得够好的了"。欧阳听了很感动,很暖心。但不能这样说下去,就又赶紧说:"谢谢大家的理解。不过,我想听听大家对东关街,尤其是对这场大火的原因分析,东关街命运的分析,或者说有关东关街的兴衰问题,我都想听听。"大家很热烈、很踊跃,没把欧阳当外人。有的切中主题,提建议想办法,很接地气;有的就离题万里,不过也是离不开东关街的老王家、老李家;有的还是安慰欧阳,总觉得欧阳就是自己人。

一位古稀老者拄着拐杖远远地站在一边,欧阳认识他,是东关街最老一代的见证人,也是一位德高望重的有识之士,为东关街的命运摇旗呐喊过,出谋划策过,期待憧憬过,也曾无望灰心过,他斟酌再三,说了一段长长的挺有哲理的话:"欧阳市长,你也别太焦虑,太自责。东关街的衰败,不是哪一个人的事,这要看国运,看时运,看造化,看天意,也就是所谓天时地利人和,也就是三十年河东三十年河西,也就是舞榭歌台,风流总被雨打风吹去。东关街应运而生,几度繁荣,虽说是日本侵略者歧视中国人的孽债,但是又何尝不是中国人获得了发愤图强的契机,给了中国人发挥自己的聪明才智的机会。中国人抓住了这一契机,才打造了东关街,才有了第一商业街。再说大连的市政建设,能够得到迅速发展,有一个因素,就是它的基础比较好,这个基础就是运数。现在,大连已有了好几个商圈,位置好,人流多,设施好,商品多,条件好,顾客逛街,谁不想逛得舒服一点儿,开心一点儿,东西便宜一点儿,东关街已经不具备这些优势。"老爷子说得有点儿累，喝了口茶，顾红赶紧给他续上。欧阳赶紧说："您累了，歇歇吧。"老爷子好像意犹未尽，又接着说："东关街怎么办，任它自生自灭不行，刻意地去打造也不行，没有天意，只靠人为也不行。欧阳副市长，我觉得待合适之时，顺应时势，再图复兴，应该是一个思路。"欧阳觉得老爷子说得有道理，东关街的改造也许在天时地利人和的时候，会顺应潮流，涅槃重生。

欧阳回到家里，仔细琢磨分析了走访的记录，学习了领导的讲话，写了一份东关街失火调查报告。她检讨了自己工作的失误，报告了失火原因，分析了东关街改造受阻的原因，并提出了自己的建议。在建议里，欧阳提到保护性搁置的思路。她写到，东关街是"中国人的第一条商街"，具有百年的历史，岁月沧桑，有过繁荣，有过坎坷，有过抗争，有过衰落，现在，因种种原因，昔日繁荣不再，昌盛难现，虽然几经艰难努力，几经勠力改造，始终没有恢复生气，没有枯木逢春。这场大火，烧掉了西岗市场，也烧掉了东关街百姓的心气儿，想浴火重生，几乎难于上青天。因此，她建议，东关街是一处难得的不可移动的文化街区，是中国民族工商业发展的见证，也是大连人民同日本统治者抗争的见证，必须加以保护，必须加以改造，必须加以开发。但是由于许多历史的和现实的原因，东关街的修复和开发时机尚不成熟，所以可以将东关街的改造开发计划暂时搁置起来，同时必须加以保护，维持现状。

欧阳把写好的报告拿给周桐看，让他谈谈意见。周桐看罢，沉思良久，叹了一口气，说也只能搁置起来，没有别的办法。按说周桐也是东关街的老人了，九岁来到东关街，那时很小，只是感到很稀奇，很热闹，很繁华，有好吃的，好玩的，好看的。他没有忘记，来大连的第二天，就迫不及待地逛了东关街，解放后的大连回到祖国的怀抱，东关街也逐渐焕发了生机，街区锃亮起来，商铺吆喝起来，货物丰富起来，人气儿喧嚣起来，烟火兴旺起来，顾客摩肩接踵起来，真是生机繁荣。他也知道，东关街开街近百年来，艰难坎坷，兴衰交替，几起几落。东关街人，在一次次衰败中挣扎，奋斗，崛起；在一次次的兴盛中看到希望、前景。

自从搬到南山后，周桐已经很少光顾东关街，但东关街的命运他还是很在意的。东关街一次次死里逃生，他感到兴奋庆幸；东关街一次次奄奄一息，他感到忧伤无奈。这次的大火，又一次牵动他的心，欧阳的建议，他虽有同感，但还是心有不甘。

小时候的记忆总是难以忘怀，西岗市场一把火还能留下多少儿时的记忆，周桐要去东关街看看。星期天，难得都休息，欧阳就陪着周桐来到了东关街。睹物生情，往事如烟，沉思感叹，无以名状。无意逗留，打道回府吧。路过高峰家的时候，周桐告诉欧阳，家栋来电话说高峰前几天过世了。欧阳说："高远不是说挺好吗？真是天有不测风云，人有旦夕祸福。"正要离开上车时，他们居然遇到了魏来和顾中秋，原来他俩也是来找儿时的记忆，来寻找不变的影像。东庆泉还在，但已没有多少生意，这是一家老店，二十年代就有了，单层结构，砖木混合，面积不大，但环境挺好。他们点了几个小菜，就喝起酒来了。说起东关街的往事烟云，说起东关街的几起几落，说起东关街的昨天、今天和明天。周桐说起欧阳起草的调查报告，应该说，顾中秋最有发言权，最能代表东关街的民意，从小玩到大，从大走到老，这里有父辈的生活气息，有同辈的创业足迹，有晚辈的成长记录，他对东关街有割舍不了的爱与恨，他希望东关街能够保留下来，作为大连人民缅怀先辈筚路蓝缕的创业道路，作为大连人民生活图景的打卡胜地。所以，他强烈建议欧阳在调查报告中写进东关街百姓的心愿。

欧阳搜集了方方面面的意见，在调查报告中又写进了这样一段话：一条东关街，半部大连史。保留东关街，一部活历史。老房子留存了历史的记忆，才使我们有了乡愁，我们要留住乡愁，才能留住我们的文化。建筑是物质和非物质文化的载体，保护我们共同的城市文化遗产，就是保护我们的中华文化。

周忆乙随部队轮战转场回到大连，抽空看看爸妈和爷爷奶奶。当然更要会会王爽。

王爽是来大连参加服装节文艺晚会演出的，演出很成功，王爽独舞《嫦娥》，故事凄美，主题积极，舞者画中人，似凡女升仙，似天造神女。舞者舞台上，似仙女下凡，广袖舒展，动作优美，造型悦目；随着音乐的节拍，一会儿天上，一会儿人间，一会儿阳刚，一会儿阴柔。观众鸦雀无声，全神贯注，突然又掌声雷动，啧啧赞美。

老魏、孙悦衣也相互搀扶来看演出，说实话，他们哪有心思看演出，他们是要看孙媳妇，真人没看够，还要看看舞台上的孙媳妇，当然舞者孙媳妇更好看，更像神女、天人。那天，周忆乙拿着孔雀DF-2 型照相机，咔嚓咔嚓照个没完没了，未来的老婆如此光彩照人，怎能不心花怒放。

周忆乙跟家人讲了很多自己在部队的事，但也有抱怨，他吐槽最多的是他们的装备，他是部队的飞行尖子，可是现在还在飞歼-6。周忆乙转头问周桐："爸，我听说国产两侧进气的高空高速歼击机研发成功，要装备部队了，不知我能不能开上这款飞机。"周桐说："放心吧，你姑夫说了，新飞机已定型，首先紧着你们海空雄鹰团。还说了，他们正在研讨歼击机上舰的问题，看来航母的建造也已经提到日程上来了。"不过，周桐也知道，现在造航母，还有些问题没有解决，技术方面，国外还对我们严密封锁，靠我们自己摸索，简直是太难了。不过，他没有说，不想影响孩子的情绪。

王爽这个孩子，在舞台上生机盎然、激情勃发，可是生活中却是低调内向，寡言讷语，知书达理，举止得体，是一个好孩子。父母都是搞技术的，不是文艺世家。周桐两口子，很满意这个儿媳妇。

庆典完后，市长对欧阳说："欧阳，你辛苦了。这几年，你为大连的市政建设，为大连老百姓的福祉，做出了卓越贡献，我感谢你，大连人民感谢你。"欧阳知道市长说的都是客套话，不是谈话的主题，她很想知道市长下面要说的，对于自己的辞职请求的答复。果然市长又说了："东关街的没落和这次大火不是你一个人的责任，我同意你在报告中分析的意见。不过市委、市政府不同意你的辞职请求，我也不同意，老百姓也不会答应。干满这一届吧，再说，看着大连的日新月异，你不感到骄傲和自豪吗？这都是你的杰作啊，你不感到重任在肩吗？再说，星海湾的建设已经拉开了帷幕，你已经上马挥戈，此时，你能忍心撒手不管。星海湾的建设需要你，大连百姓需要你，我和市委领导也需要你。留下来吧，我们一起好好干，把星海湾拿下来，让大连城市更上一层楼，给大连人民再开辟一处美景。欧阳，说实话，我也干得很累很累很难很难，大连要建设，大连又没钱，国家也没钱，财政也很困难，你能甩手不干吗？在'引碧入连'的建设过程中，在'贫民窟'的改造中，你已经积累了经验，建立了广泛的人脉关系，相信你一定会把星海湾建设好，等到那时，我们这一届政府班子也会完成自己的使命，让我们一起退下来，不好吗？"

市长不善言谈，欧阳从未听过他讲这么长的话，讲这么多的话，也真难为他了。看着市长，欧阳想起了高远讲过的市长参加学校教师节庆祝活动，尊师重教的故事，更加感到市长的情真意切，话都说到这个份上了，自己再坚持辞职，那可就是矫情了，那可就令人生厌了。欧阳不会不懂，不会听不懂弦外之音，她答应了市长，只说了一句话："我听你的。"

市长没有再说什么，他觉得对欧阳来说，自己不必嘱咐再三，明白人知道自己该怎么做。

周末，一家人难得聚在一起，周桐问顾中秋："你的歼-8有谱没有，忆乙可是盼望开上你的歼-8，上次回来时还问起。"顾中秋说："这臭小子回来也不来看我，听说天天和爽爽腻在一起。告诉他，姑夫不会让他失望，过不久他就能开上歼-8了。这可是可以和国外三代机媲美的飞机呀。"

周忆乙终于飞上了歼-8而且是歼-8D，他给顾中秋打来电话："谢谢姑夫，我很自豪，我等待着飞你的四代舰载机。"

顾中秋完成了歼-8D后，马不停蹄又开始研制歼-8系列其他机型。不久，该系列各种型号陆续升空。

周桐给顾中秋打来电话，表示了祝贺。

顾中秋说："我们这一代恐怕是廉颇老矣，看下一代了。看来你有了接班人，陈益朋跟你干得不错吧？"

"挺好，这小子有一股狠劲，是个好材料。"顾中秋说的陈益朋是顾婷婷的男朋友。

"是个好苗子。对了，在电视上看到嫂子了，说句实话，嫂子见老，也瘦了不少，没有了光彩照人，她该休息了。"

"谁不说呢，可是下不来呀。星海湾工程上马了，她是主管副市长，又是总指挥，总不能半途而废吧。"

"雇个保姆吧，老爹老妈都已是高龄，身边没个人怎么行，你和嫂子也能轻松点儿，不是有这一笔补助吗？"

"我也想了，但欧阳不同意，说影响不好，再等等。"

"等什么等，你们能靠得起，老头老太太能靠得起？我叫魏来办这个事。"一说魏来，周桐便不再说什么，他知道拗不过魏来。两个人一会儿是国事，一会儿是家事，好像还没谈够。俩人约好，赶上国庆节聚一聚。

十六

欧阳确实有点儿老，确实有点儿瘦，她现在正在忙星海湾的改造，这可是一个大手笔。

星海广场地处大连沙河口区南部沿海中部，位于星海湾畔。星海广场的设计理念是，集旅游景观、文化历史、建筑艺术、经济中心、城市象征、游乐实用为一体。既是古代文明的象征，又是现代文明的体现，更是未来世界的展望。这里原来是一个废弃的盐场，大连市政府利用建筑垃圾进行填海造地。前期工程填海，已经如火如荼地开展起来了。欧阳抓得很紧，几乎每天都到工地看一看，催一催进度。

前期工程紧锣密鼓地完成后，广场建设揭幕仪式轰轰烈烈地开始了。工程建设按设计方案有条不紊地进行。眼前虽然还看不到雏形，但是，各部门的指挥长、技术人员已经到位了，上千工人队伍也到位了，工棚搭起来了；各种机器设备也已矗立在工地，轰鸣起来了，大车小车川流不息，各种建设材料堆积如山。总之，星海广场建设开工了，而且如期进行。

国庆节全家聚一聚。三号那天，老老少少三十几口都来了，一个也没少，三大桌。聚到一起，少不了谈论刚刚结束的大阅兵转播情景，大阅兵展示了捍卫国防和维护世界和平的强大实力。

这时欧阳看似无意地说了一句："我怎么看到观礼台上有一个熟悉的身影。"大家问是谁，在哪里？欧阳说在东台右侧，等重播时你们再好好看看。大家又说，你先告诉我们是谁。在大家的追问下，欧阳说："是周桐啊。"大家一下子沸腾起来。周桐去观礼，没有告诉大家，他不想张罗。上观礼台是很高的荣誉，是对周桐为国家为人民无私奉献的最高奖赏。周桐却认为上观礼台不仅仅是一种荣誉，更是一种使命，一种责任，一种担当，一种信任。回馈祖国和人民的就应该是更好地工作，更好地奉献。因此，这次家宴的第一个节目就成了热烈祝贺周桐观礼载誉归来，大家敬酒，碰杯，要周桐讲话。周桐说了几句："在观礼台上，近距离看到了人民群众对祖国的热爱、对祖国日益强大的自豪，特别是对我国军事装备实力现代化感到振奋。我很受鼓舞、很受教育。来，让我们一起举杯，庆祝我们伟大祖国的生日，祝福我们伟大祖国的繁荣昌盛。"大家鼓掌，接着又欢迎欧阳副市长讲话，欧阳也讲了几句，说："大家不知道周桐参加了观礼，我不会不知道。实际上我也没看到他在哪里，但今天我说破这个秘密，不是要展扬展扬，而是想说，周桐能上观礼台，不仅仅是他一个人的荣耀，更是我们东关街这个大家庭的光荣，更是激励我们东关街这一家人为祖国做贡献的斗志。"大家又鼓掌，吵吵说："副市长讲得好"。

东关街一家人的第三代长大了，个个多才多艺。议论完国事，哥们爷们开始潇洒走一回了，边吃边玩，唱歌跳舞卡拉 OK 起来。卡拉 OK 盛行全国，大酒店更是张灯结彩，迷幻炫目，歌舞升平，纸醉金迷。会唱不会唱的都要嚎上几句，都要喊上几声。

东关街这一家人也不能免俗，欢唱起来了。王爽来了，论歌舞她可是核心，于是就第一个边唱边舞起来。周忆乙来了，小字辈们自然是饶不了他，起哄来一个男女对唱。周忆乙也不推辞，巴不得和王爽唱一曲《敖包相会》，边唱边舞，不逊色于专业的王爽。此时周忆乙已是海空飞行中队长了，驾机技术娴熟，理论坚实，胆大心细，几次立功。

老魏、孙悦衣，张秀水、姜红叶笑眯眯地看着这些孙辈，看到他们长大了，也都成才了，心里别提多高兴了。来看看东关街这一家人的小辈们吧。

顾婷婷学的是行政管理，是顾中秋的选择，当然也是婷婷所爱，北京大学光华管理学院硕士毕业。她的男朋友陈益朋也来参加聚会了，小伙子很不错，帅气、阳光，面由心生，一看就是那种敦厚、朴实、循规蹈矩的人。他也是高远的学生，高远是他的班主任，他是班长，与老师接触自然多一些，顾婷婷也在这所中学，经常来找舅妈帮助修改作文，两人就有机会认识了，他们在学校就有了来往。陈益朋在学校以高考第二名的成绩考入上海交通大学船舶与建筑系，流体力学与造船专业。本科毕业后，他原本要留校读硕士，但是周桐看好这个小伙子，就商量着把他要进了大连造船厂，专业对口，工作积极，头脑灵光。于是周桐说："跟着我干吧。"陈益朋成了周桐得力的助手，陈益朋父母求之不得，上哪找这样的好师傅。

张念周升学考试时成绩也很不错，但这成绩很难进清华北大等一流大学，高远也很为难，指导别人填报志愿时头头是道，指导自己的儿子却没有了主见。顾中秋说，去大连理工大学吧，我的母校，听说新成立了一个大飞机计划培训班，本硕连读，今年刚招生，很多家长还不知道，竞争不会太激烈。就这样念周念了飞机制造专业。

欧阳的哥嫂也来了，侄子欧阳大为和侄媳妇也少不了。欧阳大为刑满出狱后改邪归正了。欧阳尚武把儿子送出国门，在国外就读法学专业，专攻企业法律，大为想自己开一家律师事务所。硕士毕业后就留在了实习的一家生产电子产品的公司，这家公司投资方是中国温州的一个老板，董事长很看好这个年轻人，聘请他担任公司法律顾问，还有意把女儿嫁给他，说自己虽然在异国他乡打拼，但是还是不习惯国外生活，不忘记自己的根，总是想叶落归根，有意回国内发展。又说自己没文化，当初温州很多人都抱着去国外发财的念头出来，自己那时年富力强，有一股闯劲，稀里糊涂地带着老婆孩子随大流来到这里，吃了苦，受了罪，总算干出了一点儿名堂。看到这个年轻的中国人，有头脑有学识有能力，就想留住。自己的千金对他也有眼缘，一来二去两人便坠入了爱河。大为女朋友叫柳叶青，虽然算不上漂亮，但娇小可人，温州人吃苦耐劳的劲头一点儿不少。欧阳尚武告诉大为，国庆节有个家宴，难得一聚，回来见见大家吧。别说别人没见过儿媳妇，就是自己两口子也没见过。欧阳大为和柳叶青一说，柳叶青特高兴，她也想家，想念孩提时在清清小河玩水的情景，想念"鱼米之乡"的美丽田园，想念家人和同学，她也真想回家。她爹妈也说："该回去看看了，你们先回，我们安置一下再回去看看。"柳叶青看到这一大家子人和睦融洽、欢乐美满、尊老扶幼，大家对自己又是热情友善，很是兴奋，也和大家一起歌舞起来。

高添福做了秀水商场的副总经理后，和总经理顾孟春一起同心协力，把商场打理得很不错。顾孟春经商驾轻就熟，经营之道，醇熟于心，两年的工夫，秀水商场利润翻番，扩张有序，兼并了附近的商铺，成立了公司。大小店铺纷纷入股，秀水商场成了天津街最大的百货市场。高添福更是干劲十足，他比顾孟春更胜一筹的是，他懂得资本的挪移运转，让钱生钱，借鸡生蛋。他建议，不能只做百货，应多种经营，投资其他领域，比如房地产、日用家电、酒楼。顾孟春挺稳健，或者说挺保守，在大潮涌动全民经商的热潮中，他主张慢半拍，不急于随大流一起鼓噪，董事长张秀水也说先等等。

西岗市场的那场大火后，东关街一蹶不振，永丰茶庄也偃旗息鼓。这几年顾红在大连商场当了一名售货员，仍然卖茶叶，顾红真不简单，发扬在永丰茶庄的特色，一边卖茶叶，一边做茶道表演，带火了生意。逛商场的人都驻足看热闹、喝壶茶，也算是逛累了歇歇脚。这时讲究茶道，在大连还是挺新鲜的事情，顾客少不了买几两茶叶回去，她的营业额直线上升，很快当了一个小经理。

牛向东下岗了，夫妻二人一商量，何不自谋生路开一个茶楼。顾红办理了停薪留职的手续，夫妻俩在大连商场附近开了一家茶楼，规模不大，但挺有特色，顾红卖茶，牛向东进茶。许多商人都想找个地方洽谈生意，饭馆太闹腾，茶楼正好，一边喝茶，一边谈生意，于是茶楼兴旺起来了。夫妻二人挣了钱，首先想到的是扩大经营，租下了二楼的房子，面积扩大了一倍，成了有名气的茶楼。顾红、牛向东两口子的日子也好过一些了。

东关街一家人的第三代都是朝气蓬勃的年龄，他们的父辈，都是知天命，近花甲之年了，终究要退出历史舞台。大连发展的动力，大连的繁荣昌盛，中国梦的实现，已经落到了这些接班人的身上，他们的使命担当会是怎样的呢？在改革开放的大势下，他们会交出一份怎样的答卷呢？

十七

　　市政府换届组建了新班子，市长连任。说好了欧阳只干一届，但是她却以全票通过连任新一届班子成员。市长不能食言，又不能违背民意，他想了一个折中的方案，让欧阳仍然挂衔副市长，但只负责星海广场的建设，并且让她自己组建一个十人班子，给钱给权给人给政策，还可以不坐班，在家办公。欧阳十分无奈，原本打算换届选举，自己光荣退休，好张罗张罗周忆乙和王爽的婚礼，也该升级当奶奶了。周桐指望不上，忆乙一年也见不上几面，更是指望不上。当妻子，自己不合格，当妈妈，自己也不合格，现在当婆婆也不合格，总不能当奶奶也不合格吧。可是欧阳就是欧阳，她想既然选上了，那就应该好好地为人民服务，不搞什么特殊，正常上班，正常履职。她对市长说："老百姓选举了我，是对我的信任。我回报他们的就是好好工作，为他们谋利益。"她只提了一个要求，自己五十出头了，身体条件已经力不从心，不能胜任工作的需要了，所以，星海广场竣工之后，自己就此卸任。就这样，欧阳仍然主管城建和卫生教育。就这样，欧阳副市长又走马上任了，任何时候，欧阳都是以工作的需要为先，赢得老百姓的口碑。可是，她确实是顾了大家，却顾不了小家。

　　东关街一家人，第二代每一个人都干得轰轰烈烈，还在为国家为大连鞠躬尽瘁。而东关街一家人的第一代却已尽耄耋之年，虽说夕阳无限好，可无奈近黄昏。

　　老魏这几年住院几次，都不是什么大病，虽然是老年病，但也是病起来不得了，好在有魏来守在身边。魏来知道老爹就是老年病，加强点儿营养，好好陪护，没什么大问题。好在孙悦衣虽说年龄大了，可身体没啥毛病，头脑还清晰，说话也蛮利索。

老两口现在整日"腻"在一起，互相搀扶着，在院子里坐坐，看着这个日式的小别墅，别致优雅。在这里住了半个世纪，偶尔想起，当年住在这里的那个耀武扬威的日本军官如今何在，他不会想到，萧瑟秋风今又是，换了人间。

看看葱葱郁郁的绿树，早已挺拔参天，看看万紫千红竞相开放的花朵，不由得感叹岁岁年年花相似，年年岁岁人不同。一转眼，孩子长大了，成家了，自己也变老了，光阴故事还没有讲够，怎么就人生百年了呢？

老人家总是爱回忆往事，总是爱说说子女的糗事；说说当年在东北打鬼子的一些事，也算为抗日流过血，立过功；说说在大连公安局的一些往事，抓特务，造大炮，买粮食，平息黑社会等，历历在目，也算为大连的建设出过力，做过贡献；说说自己的子女，个个都有出息，做大事，佼佼者，中坚者，他们感到自豪感到骄傲；说说孙子孙女们也都长大了，也都该成家立业了，想想四世同堂的日子，含饴弄孙的乐趣，也算没枉活一世；说说大连翻天覆地的变化，虽然走不动了，但还真想让孩子们开车带着自己兜兜风。有时也说说张秀水和姜红叶的事，这些年，他们一直张罗着买房，买大房，买别墅，物色了几年，最后还是选中了南山一带。除了房子好环境好，关键的是家栋也在这里买房了，而且周桐、顾中秋也先后都在这里住下了。东关街一家人，好像相约进驻南山一条街了。

都住在南山一带，见面就容易一些了，张秀水腿脚还行，有时也来看看老魏，四个老人凑在一起，也是回忆往事。孙悦衣一直到现在，一说到张秀水两口子，开口闭口就是感激，为了家栋东躲西藏、颠沛流离、赌上身家性命、赔上青春时光。对家栋，他们倾尽心血，给了他父母的爱，家栋成长的每一步都是在他们的怀抱中温暖前行，没有他们就没有家栋，真是没有血缘的养父养母的爱胜似有血缘关系的亲生父母的爱。好人好报，上天有眼，张秀水夫妻虽然没有亲生子女，却不缺子女的孝顺，不缺天伦之乐，不缺阖家幸福，也算人生的圆满吧。现在老两口，虽说也病病恹恹，但耳不聋眼不花，头脑清醒。张秀水还是秀水商场的董事长，有顾孟春和高添福精心打理，商场井井有条。他可以放心当甩手掌柜的了，但偶尔也过问一下，顾孟春向他请示汇报时，他也像模像样地指点几句，并且切中要害。这天，四个老人又凑到一起，山南海北地聊，说去北京上海看看，一辈子没去，总归是个遗憾，又说回长春看看。这一说，四个人几乎同样想到他们都是长春人，都不是正宗的大连人。这些年他们扎根大连，为大连的建设添砖加瓦，开口闭口老家大连，没把自己当外人，虽说他们住在南山，却总说自己是东关街人，一说起东关街总是有唠不完的嗑。

实际上，东关街有些商铺还在做买卖，但寥寥无几，街道也不像个样子，连路灯都没有了。不过破破烂烂的房子里还是住满了人，他们是来自四面八方的打工仔。尽管夏天外边大雨，屋里小雨；尽管冬天外边能冻死人，屋里也没热乎气，全靠捡破木头、烧便宜煤取暖，但租金便宜，也算有了一个安身落脚之处。因为有了这些人的到来，东关街还有了点儿人气。老住民能搬走的都搬走了，房子能卖的都卖了，能租的都租了，不过有一个大户人家却始终没有搬走，生意关张了，人还住在这里，他们是顾孟春一家。

按说，顾孟春在秀水商场的薪资，如果在南山买处房子绰绰有余。可是他没有买，他不想离开东关街，虽然房子破旧、低矮、潮湿、阴冷暗淡，但有一个小院子，院子里收拾得挺有格调、挺整洁，屋子宽敞干净，还挂着几幅字画，关上屋门，关上院门，这里竟成了东关街的"独立王国"。

顾孟春之所以留恋这里，是因为这里有童年的记忆，有发小和同学的光阴故事。每天放学之后，他在前街后街房前屋后到处穿梭瞎逛，一会儿听听南腔北调的叫卖声吆喝声，一会儿看看琳琅满目的五颜六色的牌匾幌子，一会儿闻闻远处近处飘来的各种美食的香味，一会儿站在耍把式卖艺卖唱的圈子里，看看表演，跟着大人一起鼓掌叫好，有时还能免费品尝到各家的美食特色，在东关街转了一圈，也品尝得饱饱的了，回家都不用吃饭了。每当夜幕来临的时候，各个商家张灯结彩，灯火虽不及现在的霓虹闪烁，但是每个商铺门前，都是大红灯笼高高挂，典型的中国元素。一天二十四小时开张，夜晚才是高潮。大大小小的酒楼家家客满，觥筹交错，吃的喝的虽不及当今的珍馐佳肴，倒也是八盘四碗，令人垂涎。经营各种物品的商铺，老板伙计们可着劲儿地兜售叫卖，那叫卖声，简直就是街头艺术展示，朗朗上口，合辙押韵。你听听：臭豆腐，闻着臭；臭豆腐，吃着香，吃这块，想那块；想烧烤，炭火起；想油炸，油锅响；吃一块，想两块；三块四块快品尝。来来往往的人们摩肩接踵，看看穿戴，破旧邋遢，当然也有西装革履，长袍短卦，中西结合的。这里也有大烟馆、妓院，那些有钱人酒足饭饱后也常到这里消遣、找乐子。现在，这一切都几乎销声匿迹，眼前的东关街经历了一次次的沧桑巨变，除了那些破旧的房子还东倒西歪地坐在那里，人已经换了一茬又一茬，真是"萧瑟秋风今又是，换了人间"。

　　这里有东关街的老房子，有自家的老房子；这里有东关街的老味道，有自己祖辈父辈兄弟辈子孙辈的老味道；这里有东关街兴替的故事，也有自家盛衰的轨迹。顾孟春睹物思人，不知什么时候，也就想起了爷爷的音容笑貌，虽然模糊，但可追忆；不知什么时候，也就想起了父母的殷勤操劳，谆谆教诲，情真意切，历历在目；也不知什么时候就想起了顾中秋，哥俩一起调皮捣蛋，一起上学，一起成长，一起长大的样子；也不知什么时候、什么原因，想起了自己结婚生子，想起了帮老爹做生意、自己做生意的过往，悲喜苦乐。有时候又想起孩子呱呱坠地、牙牙学语、上学读书，现在顾红也长大了，也不经常在身边了，还好，混得不错。想家，不就是想这些嘛，不愿离开东关街，不就是因为东关街有这些想头儿嘛。

　　虽然已经物是人非，老街坊老邻居或已作古地下，或已远走他乡，可是顾孟春就是舍不得这里，好像还很愿意和这些南来北往的谋生者聊天。东关街经历了从开街，发展，繁荣，挫折，重生，没落，可是在顾孟春的心目中，这何尝不是另一种形式的重生。由于这些人的到来，东关街又有了人气，又有了烟火气，又有了生的希望。尽管失去了"中国商业第一街"的美誉，尽管没有了熙熙攘攘的繁荣，尽管不知明天的东关街的命运，但最起码眼前的东关街有了这些新人才得以延续，最起码这条街的名字保存了下来。闲暇时，顾孟春在各条街走走，看着这些人上班下班来去匆匆，也是尽职尽责，有谁能说大连建设发展没有他们的功劳；大连再美再好，没有他们的付出，行吗？早晨晚上看着他们生火做饭，虽然是粗茶淡饭，但一家人围坐在一起，吃得香，吃得饱，吃得开心，这不就是生活嘛，是他们使大连人还没有忘记东关街。看着那些天真无邪的孩子在坑洼不平的街道嬉戏玩耍：玩推圈，玩玻璃球，玩跳绳、跳皮筋，藏猫猫，你跑我追不亦乐乎。顾孟春想起自己小时候的玩乐比他们可丰富多了。说东关街死去了，顾孟春不信，但东关街向何处去，他也不知道，但他有一个信念，东关街总有一天会得到重生。

顾孟春还喜欢在东关街一带到处走走看看，今天走这里，明天走那里，虽说物是人非，但毕竟还有昔日辉煌时的影子。他尤其对有历史有故事的老房子、老建筑很感兴趣，站在它们面前，欣赏那些形态不一、风格不同的老建筑，缅怀在这里发生过的故事，追忆造访过的人物命运，也在感叹东关街的昨天、今天和明天，心有戚戚焉。为什么？因为这些老房子老建筑正在一天天消失，正在从年轻一点儿的大连人心中消失，甚至从古稀老人的心中消失。在大连，如果说胜利桥北是俄式风情的尘埃，南山是日式风情的点缀，那么东关街就是中华文化深深的烙印。无论是回望历史，还是漫步大连，人们都能找到一街一景一世界的中国味。

十八

　　一天晚饭后，顾孟春溜溜达达，不知不觉来到一所医院，牌子上写着第二人民医院，它的前身叫博爱医院，这所医院是台湾人孟天成创建。大楼挺大，但已破旧，可是有点儿年头了，不过挺有中国味。回到家，老伴说："婷婷过来了，送来一些长春山货，没说什么，就赶紧回市政府了，说一会儿陪欧阳去视察星海广场建设工地。"市政府离东关街很近，十分八分的路。顾婷婷现在在市政府上班，是市长办公室的秘书，欧阳副市长的专职秘书。市政府招收公务员，婷婷参加了考试，笔试第一，面试第二，入选了，从此走上了从政的道路。来到市政府报到，先培训，学习了公务员法则，明白了公务员的权利义务。因为她的专业是行政管理，和欧阳副市长的分管工作很对口，于是就分配到欧阳名下。

　　报到这天，秘书长领着顾婷婷来到欧阳办公室。顾婷婷心中有数，欧阳却心中无数，一进门，婷婷习惯地叫了一声舅妈好。欧阳愣了，秘书长也愣了，欧阳说："婷婷，你怎么来了，家里有事？""家里没有事，我是来向你报到的。"欧阳说："报到？你分配到市政府了？"秘书长缓过神来："欧阳副市长，是这样，顾婷婷是经过公务员考试入选的。市长说您需要一名专职秘书，就把她分配到你这里来了。"然后又问："你们是亲戚？""我外甥女，正宗的，这真是无巧不成书。"随后，她意识到自己的话有失，赶忙又说在单位就是工作关系。秘书长又对婷婷说，今后你就是欧阳副市长的秘书，对欧阳副市长负责，然后就离开办公室了。

欧阳对婷婷说:"听说,你参加了公务员考试,没想到考我这里来了。"问了一些家务事,然后又说:"我们的亲戚关系别人不知道吧,以后在工作中就叫副市长,做些什么听我安排。工作时不能搞特殊。"欧阳说这些,显然是要避嫌,不想让别人知道,以免人言,说三道四。

婷婷很乖巧,说:"副市长,你放心,我知道该怎样做。工作是工作,亲戚是亲戚,在市政府你是副市长,在家里是舅妈,我说的对吗,副市长舅妈?""小东西,和你妈一样,伶牙俐齿。"

婷婷确实很像母亲魏来,长得像,都很漂亮,人见人爱;性格像,快人快语,对人心地敞亮;处事像,快刀斩乱麻,热心爽快。不同的是,婷婷比魏来的冷艳多了几分温柔,更让人愿意当作闺蜜;比魏来的快人快语多了几分诙谐幽默,更让人愿意当成"开心果";比魏来大家闺秀的做派多了几分小家碧玉的随和,更让人愿意当作邻家女孩。所以,在同学发小之中,在社交活动中,在同事圈中,婷婷的性格奠定了她能够走向高峰的基础。入职不到两年,顾婷婷对上级对同级对下级的处事门道已了然于心,应对各种工作也已游刃有余,再加上所学专业的理论指导,不到而立之年的她,在工作上前进了一大步。欧阳也很满意,也刻意培养她,在星海广场建设中,任命她为财务总监兼任后勤供应总调度。

星海广场的建设,已经走过了三年,这三年欧阳几乎每天都在工地指挥,岁月的痕迹已经刻在了她的脸上,她的秀发之中已有了几缕白发了,眼神也不是那样的犀利了,走起路来也不再是大步流星。但是,凭着一个共产党员的使命担当,凭着一股子革命的干劲,凭着为大连的建设贡献力量的信念,她自始至终坚持在星海广场建设的第一线。不过，现在有了顾婷婷，她用得很顺手，很多事情，现场指挥的事、应急处理的事、财务管理的事、人员调动的事、整理材料的事、上传下达的事、吃喝拉撒的事，很多具体的事都已由顾婷婷代劳。

顾婷婷，年轻，有头脑，有热情，有魄力，几乎一整天一整天泡在工地，换上工作服，戴上安全帽，好像工地上的一个女工，好像有使不完的劲。工地上的小姐妹还真拿她当贴心人，有什么要求，有什么悄悄话，都愿意跟她说，有什么难心事，也愿意求她帮忙，父母的事、两口子的事、孩子的事，只要开口，她也是有求必应，只要不违反规定，她都热情地帮助解决，姐妹们拿她当闺蜜。她一个小丫头训起老爷们，头头是道，有理有据，谁敢不服。有些小年轻看小丫头长得漂亮，待人亲，就想套套近乎，调侃几句："你可是穆桂英挂帅呀，杨宗保是哪个帅哥呀，你那么漂亮，佘太君舍得让你上阵呀。"顾婷婷也不生气，知道他们没有恶意，知道年轻人的社交方式，所以，有时还说几句应付调侃的话，狠狠地回击："没有三头六臂，我也不敢挂帅呀"，大家哈哈一笑了之。顾婷婷把许多事情处理得井井有条，有板有眼。对欧阳也是，虽然是舅妈，但更是领导，勤请示勤汇报，领导安排坚决执行，多做少说。不过在欧阳面前有时也抱怨几句，撒娇说太累了、太难了。她知道舅妈也不会责备自己，有时还会表扬几句、安慰几句，有时还会抱一抱哄一哄，满足了自己的虚荣心，满足了自己的依赖感。欧阳很满意婷婷，自从婷婷能独当一面，她感觉担子减轻了不少，能有个喘息的时间了，有时还能和亲朋好友聊上几句了。她经常跟魏来说婷婷不简单，是个当官的材料，假以时日，定能出人头地。

这一天，婷婷陪同欧阳视察工地，在审查财务报表时发现一笔500万元的资金去向不明。她立刻向欧阳副市长汇报，欧阳指示立即审查，不管是谁，一查到底，追回资金。

顾婷婷带着几个人开始工作，大家称她顾处，因为她现在相当于正处级。查账工作包括：谁申请的钱，谁批的钱，批了多少钱，谁经手的钱，入账多少，差额多少，购物多少，到货多少，余额多少，去向哪里，账面记录，发票规范。据分析了解，申请人是一名项目经理，他核算了买设备、材料、运输、工本、职工工资等开支，数额没有错，批准签字的财务处也没有错。正在大家准备放弃时，顾婷婷从发票上发现了端倪，有一张发票竟然是两份，同样的物品、同样的数量、同样的日期、同样的发货单位、同样的收货单位、同样的发货人、同样的接货人；只有两项不同，货品的单价不同、总款不同，两张发票竟然相差几百万。顾婷婷认为这单交易是阴阳发票，是报销人一时疏忽，把真假发票都交上来，而会计也没仔细核对就封存了。那么，其他发票呢？顾婷婷赶紧汇报给欧阳副市长，几个人一合计，觉得此事重大，应向市委、市政府汇报，并建议报请司法部门介入。政法委书记认为这是一起重大的经济犯罪，立即着手侦查。公安局经侦队介入后，很快发现那个经理在发票上作假不止这一单，在他经手的发票上都有作弊。不光发票，在工人的工资单上也作弊。每当发工资时，他指派工头收上工人的身份证和印戳，说节省时间，由工头代领，阴阳两张工资单，多报少发，既克扣了工人工资，又冒领了国家资金。经核算，他仅在这两项上就贪污上百万元。审讯中，他供认不讳，还牵涉大大小小人物十几人，可恶至极。针对这一情况，欧阳还建议，开展一次星海广场建设资金使用大检查，对调用人员做一次大整顿，发现问题，解决问题。这些问题得以解决后，星海广场的建设走上正轨，加快了速度。

隔了十几天，午休时，婷婷突然问欧阳："这几天总有人说我立了功，市委要表彰我，你知道吧？"原来，在两委班子会上，市领导在讨论星海广场的建设时，对发生的经济犯罪问题很重视，特意安排欧阳作了专题报告。欧阳报告了这个案子的发现，追查，报案，侦查，破案，定性，处理，善后，整改的全过程，特别提到了顾婷婷的表现。婷婷听人议论，当然很高兴，就盼着这一天，可是十几天过去了，市委没有表示，舅妈就好像不知道似的，压根就没有说，想问秘书长，又不敢。顾婷婷实在心中没数又挺着急，就想还是问舅妈吧，不是真的也没有啥，是真的，舅妈总会透露点儿消息，也不会违反原则。

市领导很满意这件事的处理过程，的确表扬了顾婷婷。

市委书记说："这个年轻的同志有觉悟、有眼光、有能力，应该好好表扬，好好培养。"市长也说："是个好苗子。"

市委书记又接过话说："对，我们应该有一批这样的后备干部，顾婷婷应该是很合适的人选。"市长又说："顾婷婷还很年轻，还有孩子气，有时还挺任性。她是欧阳的秘书，欧阳负责培养，带好，带上路，当仁不让啊。"

与会者又都七嘴八舌地议论了一番——大家对这个女孩子不太熟悉，但都有好感，年轻漂亮阳光可人，再加上嘴甜热情好客懂事，给市政府大楼里带来一路春风。现在又知道了这次事件能圆满解决，她的功劳首屈一指，自然十分赞同书记和市长的提议。欧阳为了避嫌只是简单夸赞了几句，最后市长责成秘书长把会议记录形成文件，存档。秘书长也很喜欢婷婷，她不仅是邻家女孩，更是认真踏实工作的好同事，现在只有他知道欧阳和婷婷是亲戚，他没有食言，和谁也没说，当然适当的关照还是不可少的。

欧阳告诉婷婷是有这么回事，但只是会议记录，没有明确说法。虽然只是轻描淡写地说了这么几句，但听到舅妈这样说也就够了。婷婷自然也就明白了，高兴得不得了，本想矜持几天，等上级有个明确说法再张罗张罗，但还是忍不住了，给家里挂了电话，让家人为自己祝贺。

星期天，顾中秋和魏来都在家，顾中秋接电话，那边是女儿的声音。一听是爸爸，婷婷便哆哆地说："爸，我有好事告诉你，你猜什么事？""猜不着，我闺女天天有好事。""真没有情调，我告诉你，我立功了，你猜什么功？""猜不着，俺闺女天天都立功。""越来越不好玩了，不跟你讲了，晚上做好吃的，犒劳我。老妈呢？""在家里，跟老妈说几句？"魏来接过电话，还没等婷婷开口，就说："我知道你立功了，发现了一个大案，市长表扬你了。""你怎么知道的？真神了。"魏来说："你舅妈前天就告诉我了，让我嘱咐你几句，只是会议记录，没有形成公文，不要太张罗，要低调。""我也没在单位张罗啊，看来老爹老妈还是不了解你们的闺女，我是那样不知轻重、轻狂嘚瑟的人吗？""不是不是，俺闺女大方稳重，人见人爱，行了吧。晚上给你做好吃的，把陈益朋也叫来吧。""这还差不多，谢谢老妈，今天破例了。"顾中秋接了一句："是破例了，今天天气阴转晴"。
与中秋对婷婷的娇惯相比，魏来对婷婷的要求更严格，几乎没有笑
脸，可是今天不同啊，听嫂子说婷婷立功了，说明她的表现确实不错，
此时不鼓励，更待何时。

　　陈益朋和婷婷正忙着登记结婚。现在结婚用不着自己操办，交
给婚庆公司就行，一条龙服务，包你满意。买房不成问题，两人决
定也在南山一带买，双方父母都同意。晚上，魏来还真做了几个好菜，
女婿上门，不能待慢。顾中秋少不了好酒好茶。家里烟没有，酒不
多，茶不少。魏来严格限制，中秋乖乖遵守，好在益朋也不怎么喝酒。
开饭了，爹妈首先还是祝贺了婷婷，满足了婷婷的虚荣心。聊了几句，
话题就转向了婚礼的事。益朋、婷婷说了婚礼酒楼、婚庆规模、程序、
婚纱照的事儿。听一听，没头没脑，也没听出准备好了没有，婚期
只剩半个月，魏来有些着急，中秋说："准备的挺好呀，这种事，说
不上怎样才算准备好了，不到婚礼开始，永远准备不好。""对呀对
呀，老爸说得对。老妈说还有哪些没准备，益朋，你赶紧拿笔记下来，
坚决执行，毫不动摇。"婷婷又虚张声势逗起老妈。魏来一下子还真
没想起什么，就说："你们自己准备吧，低调就好。""谢谢老妈，你
总算不管了，别忘了，把钱准备好，还有老爸。"婷婷半真半假地又
调侃起老两口。

　　陈益朋和顾婷婷的婚礼如期举行。和预期的一样，隆重热烈，
高朋满座，觥筹交错，郎才女貌，光彩照人。一切程序，一切习俗，
一切传统，一切祝福，既高贵又典雅，既传统又新潮。

十九

婚礼结束后魏来问欧阳："忆乙和王爽什么时候办？小辈的都办得差不多了，就忆乙和王爽，念周和甜妹还没办了。"

欧阳说："照理说也该办了。不过，王爽在团里是个台柱子，而且这个职业，一结婚就会影响事业发展，恐怕得等等，他们俩也是这样想的。"

孔甜妹，念周的女朋友，像她的名字一样，人美歌甜。他的父亲是房地产老板，家境不错。高考时她却报了机车制造专业，毕业后进了大连机车厂，做技术员。老爸也不在乎考了哪个大学，也不在乎学什么专业，也不在乎去哪个单位，在他看来念大学就是一段人生经历，反正将来要进自己的公司，接班做房地产。甜妹很低调，在厂里也从不说家里的事。上班工作服，下班牛仔裤，干活肯出力，吃饭工作餐，待人挺真诚，从不耍脾气，大家挺喜欢，领导挺满意。

张念周和孔甜妹，还是高行拉的线。暑假，念周到厂里找舅舅办事，在办公室，孔甜妹也在，高行出于礼节，介绍二人。没想到两人一见倾心，很快就好上了。高行无意中多了一个外甥媳妇。

张念周在大连理工大学，以优秀的成绩毕业，原本学校要他留校做教师。又是姑父顾中秋，四年前他主张念周报考大连理工大学，现在也是他坚持念周到建造飞机第一线。张家栋和高远也同意，不过，念周很想听一听大爷和大婶的意见。周桐来电话说："念周，你长大了，是留校还是去第一线完全由你自己决定，我们这一辈已经老了，也不太了解你们的想法。要问我，我还是同意姑父的想法，现在国家需要造大飞机的人才，理工大学不缺一名教师，而造军机却缺优秀的人才，造大飞机需要你。"周桐的话，既表达了自己的意见，又鼓励了念周献身航空事业的信心，"对了，你大婶和我的意见一样，她说，男儿要有担当，祖国需要的，就应该是自己所要奋斗的。"听了这些话，念周觉得他们说得对，不再犹豫了，当即决定到第一线。

沈飞集团接到了一份材料，材料中举荐了一名大连理工大学的毕业生，张念周，本科，为人忠厚，学业优秀，毕业论文颇有见地。沈飞通过背调，决定引进这一优秀的人才。这天，念周接到了沈飞集团的电话，问他是否有意到沈飞，并说随后沈飞集团的资料会送到，欢迎他能加入沈飞。

从资料中，念周了解到沈飞集团建于建国之初，是中国航空发祥地之一，被誉为"中国歼击机的摇篮"，毛泽东等几代领导人先后亲临视察，对公司发展给予了高度重视和亲切关怀……看着资料上的沈飞的标志：一架飞机好像要昂首起飞，象征着沈飞集团公司强劲的发展气势，又似凝神的眼睛，寓意沈飞放眼世界，憧憬美好未来。SAC几个字母，是沈飞集团公司英文名称缩写。底线似无垠的大地，寓意沈飞在激烈的竞争中，脚踏实地，搏击奋进，永无止境。蓝色，寓意蓝天，象征着沈飞人"航空报国"的博大胸怀；红色，寓意朝霞，象征着沈飞充满勃勃生机。红蓝相映，似蓝天彩虹，喻示沈飞两个文明建设绚丽多姿，前程似锦。看到这个标志，念周越看越激动，这个标志说出了自己的心里话，说出了自己的理想与奋斗。

念周决定就去沈飞，施展自己的才华，造飞机，造军机，造大飞机。他赶紧给老爸老妈打电话，老两口当然支持儿子的选择。可是高远却想到了另外一个问题，沈飞在沈阳，孩子婚后是不是就得两地生活，这可是个大事。家栋也觉得这是大事。念周想不到，爹妈不能不想到。高远回电话说，挺好，是好事。但有个问题，回家后我们再商量。念周不知道要商量什么，也不太在意，随后就把这件大事告诉自己的女朋友孔甜妹。

高行正在研制东风 4D 型客运机车。为适应铁路干线旅客列车提速的要求，在东风 4B 型和东风 4C 型机车基础上，东风 4D 型客运机车要做适当的改进。在这一研制过程中，高行可没少敲打孔甜妹，科室、车间、车上、车下，让她在第一线锤炼。还好，孔甜妹经得起摔打，每天跟着一些大老爷们，水里油里爬上爬下，手变粗了，脸变花了，也没怎么在乎，大家开她的心，"清水出芙蓉，天然去雕饰"嘛。不过，在高行的提点下，孔甜妹进步得也很快，现在也可以独当一面了。东风 4D 型客运机车研制成功了，孔甜妹出徒了。

晚上，孔甜妹也来了。高远说："能上沈飞固然好，可是沈飞在沈阳，你们以后就要两地生活，多不方便。"念周一听，说："我以为是多大的事呢，两地生活挺好的，现在交通很方便。"家栋问："那你们在哪里买房，是在大连还是在沈阳。"孔甜妹说："买房不用愁，让我爸给两套房，大连一套，沈阳一套。"家栋说："不可，千万不可，我们要自己买。"高远也说："对，自己买。"孔甜妹说："这不算什么，大连沈阳他都有楼盘，批一套两套房算什么。他早就说过，房子是给女儿的嫁妆，嫁妆总得给吧，叔叔阿姨就放心吧。"她还没改口。家栋两口子无言以对，就算默认了。

很快，念周去沈飞报到了。人事处让他去总设计师办公室，担任助理工程师，在沈阳的住处已安置好。念周想总师不会是姑父吧，他知道姑父就是沈飞设计师。一开门，果然是姑父，说了一声"顾总好"。顾中秋哈哈大笑，说："你小子还挺会来事，你可知道你是我要来的。"念周说："我猜也是，要不沈飞怎么会知道我。"顾中秋说："也不全是，公司到大连理工大学做了了解，认为你是难得的人才，才要了你。你好好干，咱爷俩干出点儿成绩。你大爷和益朋说了争取做航母，我们爷俩争取做舰载机。当然这得看你们这一代，我快退休了，带你几年没问题，但亲自动手恐怕赶不上了。对了，还有忆乙。你做舰载机，忆乙开你做的舰载机，起降益朋的航母，这是多么美妙的场景，多么炫目的中国梦。我们东关街一家人在航母下水之时，团聚在航母上，东关街一家人的凤愿一定会实现。"

顾中秋又说："目前还没有着手研制舰载机。改革开放以来，沈飞集团公司实施'军转民'战略，走出了一条'军民结合''内外结合'的成功之路。公司充分发挥航空技术优势，大力开发民用产品，已形成了汽车系列、轻金属结构系列等六大系列，现在波音737-700飞机尾段的项目正在进行。你就从这里入手，学习波音737的有关技术，全面的技术，只要和大飞机有关的内容都要学，宏观的、微观的都要学，积累造飞机、造舰载机的资料。"

不过——顾中秋没有往下说，他想说的是上飞研制的运-10下马的事。顾中秋心中有些块垒，他是总师，怎能不知个中缘由，但这些话，他不能跟念周说，他毕竟还是初出茅庐，还是多给他点儿正能量吧。

二十

张秀水身体一直不好，有老伴伺候着，有魏来精心治疗着，虽然不见好转，但也没有坏到哪里去。头脑还挺清楚，有时还过问一下秀水商场的事，他很满意顾孟春和高添福这一老一小，说他们有经商头脑，诚实可靠，商场交给他们让人放心。顾孟春这几年也见老，有时候也力不从心了，也到了该退休的年龄，只是私营公司也不存在退休不退休一说。他看老板病病恹恹的，觉得自己一时半会儿也退不下来，就打算好好带一带高添福。这小子年轻有为，肯下力气，再过几年，向董事长举荐，让他来做总经理，应该能胜任。

不过，这几年，天津街已经大不如前了，客流量减少，市场萧条，生意难做，也开始衰落。秀水商场也不景气，每天进门的顾客少之又少，每天的营业额少之又少，所赚利润还不够交水电费的。顾、高二人使出浑身解数，也不能扭亏为盈。

不止秀水商场一家，几乎整条街都差不多。白天，街上寥寥的几个行人看来也不是逛街买东西的，倒像是匆匆过客。偶尔有几位老人，慢条斯理地溜溜逛逛，在一座座高大的现代化的大楼前指指点点，像是在寻找以往的影子。好像在说，这个地方原来是群英楼、山水楼、苏扬饭店、狗不理包子、糯米香、杨家吊炉饼、四云楼烧鸡。好像还在说，那时这些老店名店就是街头小吃店，平平常常，门头装潢也不是那样富丽堂皇，就是一个幌子一副对联而已。店伙计很亲民，进门吆喝一声感到很温暖，走累了走饿了就进去吃一顿，几个老哥或许还喝点儿小酒，用不了几个钱就能吃饱喝足。或许还可以到健民浴池泡个澡，小憩一会儿，花两角钱就够了。现在可叫桑拿了，老人家还不知是什么意思，不过服务项目可多了，洗头洗脚按摩、日本浴、土耳其浴……现在的高楼大厦美轮美奂，确实洋气、大气，看那字号就令人生畏，什么世界呀、世纪呀、九州呀、皇朝呀、富丽华呀。好像还在说，天津街已经面目全非，都不认得了。几个老汉，说了一通，抱怨了一通，始终不敢走进这些厚重的大门，何况还有保安守着，威风凛凛，还有门童，给你开门，送上微笑，可是人家是收小费的呀，不给小费，能好意思吗？看看中午了，拍拍屁股，拿着马扎各自回家了。

其实，老大连人都很留恋天津街，一说逛"街里"，天津街肯定少不了，从这头走到那头，又从那头走回这头。逛了商店，逛了百货公司，看了电影，吃了各种小吃，买了可心的东西，有时还上趟饭馆，花不了几个钱，满足了眼福口福耳福，这才兴冲冲地回家，有时间还来。

商场已经亏损几个月了，顾孟春和高添福商量是否向董事长汇报。他们担心董事长的病情，一旦听到亏损会吃不消，他们决定先跟张家栋说一下，商讨一下出路。

张家栋已是大连电机厂副厂长，主管生产和技术改造。听完顾孟春的汇报，一时也没有办法。他知道老爹病重，不宜跟他讲，但又拿不出办法，只好说："你们先想想办法，做好做坏，努力了就行了。我也再想想。"回到家里，他跟高远商量。高远说："要不，你提前退休吧，反正也快'到站'了。""我也想过，可是我接手商场就能妙手回春？现在天津街不是我们一家在亏损，谁接手都是一个样子。再说，我估计厂长也不会同意，电机厂还需要我，技术革新这一块是我一手带过来的，找一个能全面接手的人还是很困难，即使有，交接也得一年半载。另外，我还有四五年的时间，这也太提前了。要不你退吧，你还有一年半载，不过等你正式退休也行。"高远听出家栋的意思："你不会是想让我接班，当董事长吧？你可真敢想。"家栋笑了笑，说："我还就是这个意思。"实际上张家栋压根就没有退休的意思，他现在干得很顺手，打算退休前再推出一款电机，已提交了书面意向，也得到公司的批准，正在筹备之中。整个电机厂都寄希望于这款电机，厂长说了，这款新型电机试制成功后，将会誉满全国，走向世界，公司的利润将翻番，几倍的翻番，员工的福利将会大大提高。全厂员工无不翘首以盼，在这个时候，自己提前走人，岂不是太不仗义，自己一辈子的美好形象破坏殆尽，岂不成了众矢之的。

高远说："也是，你真不能提前退，可我对经商一窍不通，做买卖，还不是四五六不知，七八九不晓，反而让员工无所适从。我看，还是让孟春大哥一肩挑吧，董事长兼总经理，反正摊子也不大。"

家栋说："我也考虑过，但我一直没说，是因为现在商场不景气，入不敷出，这样一个烂摊子，在这个时候交给人家，干好了好，干不好岂不是让人家左右不是。"

高远说："可以找周桐哥嫂做个证，让孟春哥放心。他也知道我们不是耍赖不讲理的人。"家栋说："行，就找哥嫂。"家栋对哥嫂一直是信赖有加，现在老了也是，一有事就愿意找他们商量。

周桐同意顾孟春来做，并说："交给人家做就必须充分放手，完全不干预商场事务。不过，秀水商场是股份制，顾孟春做董事长，必须董事们同意，必须占有足够的股份，你们考虑转让股份的事了吗？顾孟春有那么多资金买进股份吗？"

家栋和高远还真没考虑过这些，怎么办？

周桐叹了口气，又说："我考虑了，请孟春做只能是转让股份，如果没钱，只能是空转。也就是说孟春拿股份，分红仍是你们拿钱。但这个分红，孟春必须占一定的份额，不能亏了人家，这必须落实在白纸黑字，但我还不知道这样操作合不合乎法律程序。"

欧阳考虑的是，与其硬撑到破产，还不如趁还有人要收购把它转让，收拢回来的钱不会是一个小数目，够用了。只是自己的这些想法该怎样和他们讲，跟周桐讲过，周桐觉得有理，是一个出路，但他不愿意伤了张秀水的心，毕竟是一辈子的心血，所以周桐说："还是暂时别刺激老爷子了，看看再说。"欧阳觉得也对，不能操之过急，先按周桐说的办。

大家找来顾孟春，把想法和他谈了一下。顾孟春说："行，先这样。股份转让到我名下，如有分红，全部是老掌柜的，我拿已有的那份就够了。但这也只是一个权宜之计，问题是能不能转亏为盈，现在这样勉强维持能走多远？"几个人都没有作声。

这时魏来来了电话，说张秀水进 ICU 了，已昏迷不醒，正在抢救。几个人赶到了医院，守在 ICU 门前。一会儿，护士出来叫家栋进去，又一会儿，魏来出来了说准备后事吧。张秀水走了，东关街一家人都来送他最后一程。孙悦衣，被大家搀着扶着也来了，老魏没有来，他也卧床不起了。姜红叶勉强支持着，也是颤颤巍巍的，老姐俩坐在休息椅上，拉着手，擦拭着眼泪。

掌柜的一走，原本还在观望的股东坐不住了，原来都是冲着张秀水入股的，现在商场也不景气，盈利无望，趁股份还值几个钱，一些股东就要求退出，挽留无果，顾孟春也就答应了。

股东撤资了，秀水商场更困难了。周桐、欧阳和家栋、高远，还有孟春商量。顾孟春先说了："秀水商场现在这个样子不死不活的，长此下去股东都走了，股份制有名无实。说实话，硬撑下去没有什么意义。"他问欧阳："关于天津街市政府有什么打算吗？"欧阳说："有是有，每天都想方设法振兴，但收效甚微。"顾孟春半天没说话，最后说："与其等着破产，不如现在变卖了。"大家没有太吃惊，实际上这一方案，都在几人心中过过电影，只是现在由顾孟春说出似乎更加合情合理。顾孟春看大家都没放声，就接着说："我算了一笔账，买家不会看好我们的商场，他买的是这个地脚。这里现在寸土寸金，比当初买进时已经翻了几番；我们这幢大楼是老建筑，有历史有故事，买家肯定会挪作他用，有朝一日，天津街大发展了，他也可以大挣一笔；还有，这个买家肯定资金雄厚，他不在乎一时的得失，也就是说，这样的买家是好谈判的。家栋，我的意思已经说清楚了，你说呢？"家栋心中有数，商场转让也是他考虑的出路方法之一，这之前拿不定主意，是因为老爹还在，照顾他的感受，现在老爹走了，他觉得顾孟春分析得有道理，只挣不赔，何乐而不为？他说："行，就这么办。不过，还得你出头谈这事。"欧阳听他俩的谈话，基本上和自己的想法一致，便直接问是否有合适的买家。顾孟春倒是胸有成竹地说："有，而且还挺合适，这个人大家都认识。""谁？""欧阳大为。""大为？怎么回事？"最吃惊的竟然是欧阳。

顾孟春说一个多月前，大为来过商场，对商场的地脚、大楼很感兴趣。在孟春办公室，俩人喝茶聊天，天南地北，后来又叫来了高添福。大为说他老丈人在国外打拼二三十年了，公司很大，资金非常雄厚，兼并了好几家公司，分公司也开遍了欧美和东南亚，已经是多种经营。不过老泰山始终没有融入外国的上流社会，不是没有资格，而是不喜欢那种社交方式，到现在，他都不会英语，不是学不会，而是不想学。老泰山在外边待得时间太长了，他想家了，想温州小城了，想叶落归根。他决定把公司迁回到温州作为总公司，在全国各地开办分公司。他知道大为是辽宁人，还知道大为有很多朋友在沿海城市大连开公司；还知道天津街曾经的繁华和如今衰败的一些言传。他准备回国后到大连考察，有投资大连的意向。大为这次回大连就是为他打前站。大为认为大连太美了，得天独厚的自然环境，四季分明的气候条件，城市格局的大气狂放，美轮美奂的高楼大厦，风姿绰约的街道布局，比起一些国外的城市有过之而无不及。大为考察了天津街，认为天津街完全可以和一些大城市媲美，对天津街充满了信心，认为天津街是一块宝地，假以时日，一定会扭转颓势，一定会重振雄风。大为又说，秀水商场没有雄厚的资金支持很难维持下去，与其倒闭不如转让给他，肥水不流外人田，保证以最合理的条件进行最满意的交易。

欧阳本来不赞成转让给大为，但听孟春介绍后，她想大为应该是认真的，实际上是他"老泰山"的意思。再看家栋的意思，好像已认可这桩买卖，她也就不反对了，因牵涉到自家的人，她也不便多说，只说了一句："家栋，卖不卖你自己定吧，也好让孟春哥心中有数。"家栋说："我看还是转让吧，就和大为谈吧，就由孟春哥和添福来谈。"三句话，三个意思，很明确，很到位，应该说，这是酝酿成熟了的三句话。兄弟姊妹几个人都没有再多说。欧阳对大为一直有些不放心，总觉得有些不实在。这些年，他在国外帮助老丈人打理生意，走南闯北，听说赚得多赔得少，见识多了，历练成熟了，经验攒多了，成了一个名副其实的商人，商人重利轻离别，少不了"五陵年少争缠头，一曲红绡不知数。钿头银篦击节碎，血色罗裙翻酒污"的荒唐事。如果大为把事情办砸了，对死去的秀水老爷子、对家栋两口子那可是罪过呀。所以她给哥哥打了个电话，说："大为要买家栋的商场，你知道吧？""知道，他跟我说过。你有些担心了吧，放心，这孩子有时虽然不着调，但对朋友还是两肋插刀，更何况是亲戚。我保证买卖公平公正，还能让家栋多赚点儿。再说了，转让一旦成功，钱到手，那就是各自走人，一锤子的买卖，你担心什么。再说我这个行长也不是吃干饭的，我给家栋把关，保他多赚不赔。"还没等欧阳说什么，欧阳尚武就说了这么多，想问的人家说了，没想问的人家也说了，一时间自己倒没话讲了。不过，欧阳尚武还是有两把刷子，揽储放贷颇有成效，几年的工夫，银行建设换旧出新，大楼越盖越大，员工福利令人垂涎。

欧阳说："哥，现在有人说你的升迁是我为你铺的路，我想问你这是不是真的？"

欧阳尚武说："我听到了一些闲言碎语，一些捕风捉影的事纯属无稽之谈。我的学历、我的履历、我的业绩、我的能力，在银行系统恐怕没有几个能赶得上我。在银行工作了二十多年，论资排辈也应该轮到我了。这些年，我为银行拉进了十几亿、上百亿的资金，人家为什么要存到你的银行，利息是国家统一的。就算我吃喝送礼，花了银行的钱，可那也是实报实销，得到董事局的同意，我问心无愧，没有一分钱进了我的腰包。就冲着这些，我为什么不应该提升。"

欧阳叹了口气，说："哥，大为买商场的事你上点儿心，不能亏了家栋。那是老爷子一辈子的心血，也让他安心地下。"

欧阳尚武说："你放心，我会和大为说。对了，刚才我还没说，我还有个把月就退休了，我也算安全落地了。你也快到站了，能不干就不干吧，你已经够意思了，对得起大连人了。"

欧阳说："是该退了，我准备星海广场竣工后立即就退。"

顾孟春和高添福一起代表秀水商场，为甲方；欧阳大为带了一个人，可能是秘书，为乙方，请了公证处的人为中间人。谈判开始，甲乙双方虽说是亲戚朋友，但也是唇枪舌剑，斤斤计较，寸土不让。甲方报价挺高，阐明理由如下：一、地脚好，寸土寸金；二、大楼好，已列为大连市市级保护文物；三、大楼维修保养好，寿命长；四、大楼可塑性强，改做什么都可以，等等。乙方提出：一、地脚虽好，但交通不便；二、大楼使用时间较长，应适当折旧；三、天津街当前不景气，客流量很少；四、商场员工安置需要一大笔开支。双方经过几个回合，各让一步达成协议，又谈拢了员工的安置，现有员工全部留用等问题，签订合同。合同规定，顾孟春辞去总经理的职务，这显然是孟春自己提出的要求，家栋同意并表示把转让资金的百分之十打到他的名下，孟春婉拒，最后只同意了百分之五，这已经是不菲的报酬了。虽然大为也多次挽留，但孟春已是花甲之年了，决意退休，告老还乡，大为表示将会为他提供一份养老金。高添福留用，担任大为集团秀水商场总经理，现暂时留守大楼，处理善后事宜。这次转让应该说甲乙双方双赢，秀水商场获得了比底线还高的转让金，孟春明白这是大为有意为之；大为集团获得了心仪的商场，为大为集团在大连开创事业奠定了第一步。家栋也为老爹一辈子的心愿画上了圆满的句号。

听说了这个双赢的结果，欧阳感到欣慰，她对大为有了新的认识，认为大为虽然有时有些不着调，但这和他的走南闯北的经历、和他的商人做派分不开。他也是不惑之年了，对老爹、对妻儿、对亲朋还是有情有义、有责任有担当；在经商方面，他懂经商之道，讲诚信讲契约，讲一诺千金。老丈人很看好他，很欣赏，很满意，很信任，很放心；老婆柳叶青对他也感情深笃、依赖，婚姻幸福美满，当然也因他有时拈花惹草，大闹一场。这次，大为来大连，柳叶青和孩子也来了，柳叶青很喜欢大连，喜欢四季分明的气候、自然风光、城市街道。她想在大连买房子，在大连安家，老爸老妈也可来大连养老。这里有大为的那些好亲戚，她虽然只接触了一次，但非常喜欢这一大家子，觉得和他们有一种天生的亲近感，热情真诚交心开朗。说这些是因为欧阳产生了一个想法：大为的老丈人有雄厚的资金，又有意投资大连，何不抓住这一机遇，争取他们的投资，所以她想把大为引荐给市政府。不过，她没有立即操作，一是想再观察一下大为，二是毕竟自己快退休卸任了，等下一届班子选举完再说。

很快，大为和柳叶青在大连安家了，柳叶青父母也搬过来了，孩子也在大连上学了，一家人恐怕以后就要以大连为中心了。

没过多久，翁婿俩经过一番考察、一番操作决定在三八广场一带发展。

为什么选择三八广场，老爷子给出的结论也很简单：三八广场地理位置好、环境交通好、人口密度好、人员构成好、顾客流动好、各种营生行当配合好、高中低消费结合好、经营项目多样化，关键是出货快、见利快、回笼快，而且三八广场还会有大发展。

翁婿一商量，决定在这附近建一个多种经营的商场，既有商住开发，又有写字间出租；既有豪华的高档餐饮酒楼，又有快餐小吃一条街；既有批发，又有零售；既有高大上的奢侈品，又有亲民廉价的低档商品；既有中国的民族的，又有外国的欧亚的；既有传统的，又有现代的。

二十一

欧阳现在只负责星海广场的建设，顾婷婷一直陪同着，忙前忙后，虽然怀孕了，但从没影响过工作。欧阳看了看婷婷的肚子，已是"大腹便便"了，就关心地问，"快生了吧。孕检怎么样？"

"快了，就这几天了吧，孕检正常。老妈说雇个月嫂。"婷婷说。

"行，有你妈护航，一切都会顺顺利利。你就休息吧。明天开始休产假，别来烦我，我叫车送你走。"欧阳知道婷婷需要休息了，太累了。

"两天不见，你就会想我的，你会感到寂寞的。一日不见如隔三秋，我也会想你。"婷婷没大没小了。

婷婷生了一个男孩，一切顺利。只休了半个月就上班了。

"产假不是一个月嘛，你来干什么？不好好休息，到处嘚瑟什么。"欧阳关心地问这问那，"孩子好吗？像谁，像你就好了，你还没发胖，挺好，可得注意保养。益朋高兴了吧，你爸妈升级当姥爷姥姥了，能合格？还不够他们忙的，我看够呛，请月嫂了吗？爷爷奶奶高兴了吧，老陈家有后了。"

这一通问，问得婷婷不知说什么，应付了几句，埋怨说："你怎么像个老太太，烦不烦。"觉得说得不合适，赶紧又说："谢谢副市长的关心，都挺好。"

停了停，看了看欧阳，看到了她头上的白发，看到了她脸上的皱纹，婷婷转了话题，说："舅妈，你也老了，岁月不饶人啊，你可真是钢铁战士，克难攻坚，为大连的建设呕心沥血，有功之臣啊。舅舅也忙，听说要筹备造航母了，够他忙的。忆乙哥哥快结婚了吧？"

欧阳说："我忙，你舅也忙，忆乙也忙，王爽的事还没有解决，再说吧。"欧阳叹了口气，好像十分无奈。

经过一段时间的工作，星海广场工程的推进一切顺利。周一，欧阳和婷婷一起向市长汇报，市长很高兴，说："你们俩辛苦了，为星海广场的建设操心上火，现在总算有眉目了，真应该好好谢谢你们。"

欧阳说："都是顾婷婷他们这些年轻人的功劳，真是长江后浪推前浪，看来，我真该退休了。"

市长也说："'廉颇老矣，尚能饭否？'顾婷婷，你好好干，前途不可限量。"又对欧阳说："欧阳，有件事和你商量一下。"婷婷一听赶紧退出。

市长说："私事。前些日子，我说了帮你解决王爽的事，我办得差不多了，就听你的意见了。你看，把王爽调回大连，去大连歌舞团，还做她的舞蹈演员，孩子愿意跳舞，就遂了她的心愿，同时做歌舞团办公室副主任，老主任也快退休了，这样她的干部编制就解决了。你看怎么样？"

这个安排相当不错了，欧阳很是高兴，但转念又想，做副主任，是不是资历不够。

市长说："你还是不了解，这个孩子虽然年轻，但资历不浅。"他把了解的情况告诉了欧阳："从专业角度说，在团里她可是首屈一指，歌舞团一次在国外演出，大获成功，国外的媒体报道中还特意赞扬了中国小姑娘的舞蹈炉火纯青，演绎独特。她已经是一级演员了，这个职称在演艺界已是很高的了。另外她可是立过功受过奖的，一次二等功、两次三等功。在这几年发生的地震洪水等自然灾害中，她都参加了慰问演出，跋山涉水，总是到最危险的地方演出，得到救灾战士和当地群众的热烈欢迎，鼓舞了士气。在一次抗洪救灾慰问活动中，为了抵达演出地，演员们需要蹚过很深且水流很急的河水，几个队员都不会游泳，又没有当地百姓，有人提出拉一根绳子，牵绳过河。王爽会游泳，便主动领了任务，冒着生命危险，几次被水冲走，几次挣扎回来，终于，游到了河对岸，找了一棵大树把绳子捆好。然后她自己瘫倒在了地上。队员们蹚过河，围在这个瘦弱的小姑娘面前，流泪顿足，王爽也是眼泪汪汪的。好在，一切平安，演出成功，王爽获得二等功。"市长说到这里，问欧阳："你说这个资历够不够格，你也太循规蹈矩了，比我还死性。总政文工团已同意放人，办回来吧，儿子也该结婚了。"欧阳说："我还真不知道王爽这孩子有这么多故事，看来我关心得太少了。"又说："谢谢市长，您每天忙大连这个大家，还要忙我们这个小家，给我们解决了难心的事。忆乙和王爽一定不会忘记市长的大恩大德。"

二十二

经过几年的打拼，星海广场终于竣工了。剪彩当然少不了，顾婷婷是竣工仪式的主持人，自己要好好打扮一下，自己的这个身材，天生就是旗袍模特，可是自己是工作人员，不能穿旗袍，很遗憾。她只能穿正装，一套绛紫色的西装，白色的衬衣，半高跟皮鞋，照照镜子，还行，自己就是浓妆淡抹总相宜。她让老妈给参谋参谋，这次，魏来挺认真，说化淡妆吧，我帮你。理头发，打粉底，描细眉，贴睫毛，涂口红，清淡低调不张扬，似妆没妆，恰到好处。婷婷相当满意，说："老妈，你也会化妆啊，深藏不露啊。"

仪式上，顾婷婷举止得体、措辞得当、应付自如；会场主题明确、场面惊艳、气氛热烈。顾婷婷又一次展现了自己的能力水平。竣工仪式结束，来宾们由市长、欧阳副市长陪同，在顾婷婷的带领下参观了广场。他们来到会展中心顶楼，俯瞰了广场全貌，顾婷婷做了介绍，来宾们对广场的美轮美奂、富丽堂皇、洋洋大观赞不绝口。顾婷婷不忘在适当的时候隆重介绍欧阳副市长，说没有欧阳副市长的身体力行，就没有星海广场。来宾们对广场印象颇深，对这个主持人更是颇有好感，赞不绝口。参观完广场，来宾们直接来到四楼宴会厅，午宴在这里举行。

大连市政府班子又要换届了，市长、欧阳副市长，都已干满两届，不再参与选举，都自然退休了。新一届市政府班子诞生，秘书长荣升副市长。在任命新的秘书长时，新市长征求了他的意见，他不假思索，脱口而出，顾婷婷。新市长对顾婷婷早有耳闻，也有意提拔她，知道她会是自己的得力助手。他又征求了欧阳的意见，欧阳不便多说，只说了两个字"还行"。她觉得，这些年，顾婷婷文的武的、泥里水里、苦的甜的、大事小情都做得头头是道，上下满意，论水平有水平，论能力有能力，论品德有品德，论政绩有政绩，论责任尽职尽责，论资历更不用多说，大家自有公论。新市长自然要征求老市长的意见，也是两个字"胜任"。新市长心中有数了，报市委通过，公示一周。

做秘书长，正局级，这可是真正的做官了。这一次，婷婷很沉得住气，没有急于张扬，做官得有做官的样子，她说不出应该是什么样子，但有样学样，舅妈就是榜样，像她那样做准错不了。再说，仅仅是公示而已，还是悄悄等吧。公示一周了，还是没有消息，这一次是老娘坐不住了，魏来赶紧问欧阳，欧阳说："我已退下了，不应该过问人事安排的事。不过按惯例，既已公示了，除了发现有重大问题，就不会有多大变化。婷婷也没有什么问题，应该会正常任命。别着急，安心等待。"听了欧阳的话，魏来有数了，但还是不安，不停地挂电话给婷婷，询问情况。婷婷一回家，魏来就察言观色，她知道，好坏事，婷婷总是挂在脸上。这一天下班，婷婷满脸是笑，魏来一看就知道任命下来了。果然，婷婷抱起孩子，大声说："孩子，你老娘当官了，我是市政府办公室秘书长了。"魏来说，快告诉你舅妈，快告诉你爸，快告诉姥姥姥爷。婷婷说："舅妈知道了，她有通报，老爸也知道了，打过电话了，现在就挂电话告诉姥姥姥爷。"魏来说："快挂，一会儿我们去看看他们，和他们一起高兴。"

老魏，九十岁了，病得挺厉害，虽然有魏来精心治疗，恐怕也是妙手难以回春。不过头脑还很清醒，听说婷婷当上秘书长了，他知道这个位置的重要性，也知道这个位置意味着什么，就跟婷婷说："好好干——不搞歪门邪道——有前途。"孙悦衣也八十多岁了，身体还挺硬朗、头脑很清醒、说话还挺利索，看着婷婷，拉着她的手说："你跟舅妈好几年了，应该学到了她的为官之道。记住立党为公，不忘初心，为官一任，造福百姓。我建议你不要搞庆贺宴，低调处理。"

顾婷婷走马上任了，同事们都表示祝贺，都说实至名归，看起来都很善意，婷婷人缘不错。

欧阳退休了，她要做的第一件事就是，帮助王爽调回大连。征得王爽父母同意，她来到北京，王爽高兴极了，带着婆婆逛北京城，大街小巷胡同逛了个遍，特色小吃吃了个遍。欧阳以前也经常来北京，但不是开会就是办事，也只去过天安门、故宫、八达岭长城等名胜古迹，走马观花，看一遍。

晚上，在总政招待所，本来有两张大床，可王爽这孩子偏要和婆婆挤在一张床上，这才胆虚虚地问："阿姨，您怎么来了？听说您退休了，星海广场建成了？婷婷姐当秘书长了？叔叔要造航母了？问这问那，毫无顾忌，毫无陌生感，就好像和自己的亲妈一样。"欧阳问："爽儿，想回大连吗？""想回，想爸爸妈妈了。""我是说调回大连。""能行吗，我的关系都在总政。""我就是来办这件事的，调到大连歌舞团，你愿意吗？""愿意愿意，不过我舍不得战友，舍不得军籍，舍不得跳舞。""调回大连歌舞团继续做舞蹈演员，做办公室副主任。""做演员行，做副主任恐怕不行，人家会说闲话的。"看来，王爽还真是个孩子，不谙世事。"爽儿，你应知道，你的资历已经完全合乎要求。我问了，现在的办公室主任除了工龄优势外，其他方面都不如你，也能说服大家，你不要顾虑太多。"

王爽的调动很顺利，总政歌舞团、大连歌舞团都开了绿灯，总政还根据王爽的一贯表现，晋升王爽为歌舞团副团长，够级别了，免得回大连后遇到麻烦。首长还说了，王爽完全有资格晋升。

来到大连歌舞团，王爽成了台柱子，还兼做了教练。十来岁的小演员叽叽喳喳地，一会儿教练，一会儿老师，一会儿又变成了大姐姐。办公室主任很热情："看了你的履历，你真是小小年纪就已军功卓著了。好好干，准备接我的班吧，我也快退休了。我们一个办公室，有什么事就开口，别客气。"王爽说谢谢主任。看来主任挺喜欢这个小丫头，阅人无数的主任一看王爽就知道是个懂事、知书达理的孩子，面由心生嘛。

王爽调回大连，第二天就和欧阳去看望爷爷奶奶。孙悦衣拉着王爽的手，一会儿问这一会儿问那，怎么看都看不够，絮絮叨叨，王爽也依偎着老奶奶，祖孙情深，隔辈情深。爷爷没在家，欧阳告诉她爷爷住院了,在 ICU。王爽说快去医院看望他。欧阳说,不急,先和奶奶说会儿话。欧阳告诉婆婆,王爽调回大连了。孙悦衣听了很高兴,说:"那就快结婚吧。"王爽答应得很痛快,欧阳知道,王爽这是让奶奶高兴。又问,忆乙什么时候回来。欧阳说,忆乙正在军演,难以脱身,好像已经打了报告,申请回大连结婚。孙悦衣又问,桐儿可好?她记得,好像又有半个多月没来了。欧阳说去北京了,听说是研究做航母的事。一听做航母,孙悦衣也挺高兴。保姆做了午饭,大家一起吃起来,孙悦衣牙口还行,吃得慢,但完全自理。

吃完午饭,娘俩就去医院了。魏来说,ICU 不准家属进去,老爸现在已是弥留之际,进去也说不出什么了,在窗口看看吧。王爽在窗口看到爷爷,她哭了。魏来告诉欧阳,大连、北京的专家会诊了几次,已经无能为力,可能就这几天了。魏来看惯了生老病死,也还是流下了眼泪。这时,护士跑出来说,魏院长,老爷子醒了。魏来拉着王爽的手,说跟我来。护士赶紧给王爽一件白大褂,说快穿上。老魏醒了,好像要看看王爽,好像是心灵感应,看着王爽,含糊不清地说:"和忆乙——结婚——好好——过日子。"王爽好像听明白了,流着泪说:"我知道了。"魏来说:"好了,你出去吧。"过了一会儿,魏来出来了。欧阳赶紧问怎么样了,魏来说让他休息吧。又对王爽说,你回大连就好,赶紧操办结婚吧,东关街一家人第三代人就忆乙和念周还没办,要不,你们一起办吧。欧阳说馊主意,哪有一起办的,别瞎操心了。我跟王爽爸妈商量好了,现在就准备,等忆乙回来探亲,一便就办了。

前不久年轻的周忆乙和师副参谋长驾驶一架歼-6战机进行训练飞行，飞机突然发生故障起火，为避免伤及地面群众和重要设施，两人操纵着随时都可能爆炸的飞机，一直坚持到离地面只有500米才跳伞。所幸周忆乙没有受伤，副参谋长也只是腰部受轻伤。

有的人在经历过这种险情之后，会在心理上产生阴影，不愿再从事飞行职业，甚至一听到飞机的轰鸣声就会两腿发抖，而周忆乙作为年轻飞行员，并没有因为遭遇险情而胆怯，反而在后来的飞行中显得更成熟更稳重了。鉴于此，海军司令部要求把周忆乙调来改飞歼-15战机。

结婚的一切准备工作都已停当，万事俱备，只欠东风。虽然忆乙的归期一改再改，但终于还是回来了。小伙子真精神，穿着一套军装，大校军衔，勇武刚毅帅气伟岸。和王爽一起走在街上，那简直就是一道亮丽的风景，谁不驻足，爱美之心，人皆有之。说是金童玉女，已属老套，说是郎才女貌，已见俗气，说是神仙眷属，已落窠臼。总之，没词来形容。两人照了婚纱照，定制了衣服。欧阳大为把该准备的，全都准备好了。之所以让大为操办，是因为不久前欧阳尚武的推荐。欧阳说："行，就他时间灵活。"大为说："放心吧，他们是谁呀，老弟老妹呀，我会滴水不漏，保证都是一流的水准。婚礼的一切费用我都包了，叶青也是这个意思，她还说一定包一个大红包，她老爸说也要随礼。"周桐一家原本是要低调节俭办婚事，可是叫大为一折腾竟成了高规格，周桐、欧阳也不好阻拦，随大为去折腾吧。大为确实不含糊，他甚至要自己做婚礼的主持人，他要把婚礼办成高规格的一流的世纪婚礼。

婚宴是在富丽华大酒店举办的。大连人都知道富丽华，听名字就知道酒楼富丽奢华，美轮美奂。婚宴自然是礼炮齐鸣，彩缎飘飞，拱门雄浑；来宾自然是高朋满座，其中还真有几位东关街的老人，是欧阳邀请的；菜品自然是珍馐佳肴，山珍海味，色香味俱佳；气氛自然是热烈奔放，觥筹交错，欢歌笑语。

　　婚礼开始，主持人宣布请新郎新娘入场，喧嚣的宴会厅突然静了下来，鸦雀无声。一些来宾竟然站了起来，甚至围在 T 台两侧，伸长了脖子，瞪大了眼睛，都要先睹为快。有些来宾没有见过新郎新娘，但早已耳闻，新郎似潘安，新娘像貂蝉。新郎身着黑色的西装，高大俊朗挺拔伟岸，站在 T 台中央，拿着一束鲜花，等待新娘的到来。新娘身披洁白的婚纱，拉着父亲的手，在父亲的带领下，也走到 T 台中央，那身材，高矮适中，凹凸分明；那走姿，凌波漫步，轻飘沉稳；那站姿，风吹不动，地动不晃，比模特还模特；那模样，削肩细腰，长挑身材，鸭蛋脸面，俊眼修眉，顾盼神飞，见之忘俗。来宾们惊呼仙女下凡、神女如画。在舞台中央，新郎单膝下跪，把鲜花献给新娘，新娘父亲把女儿交给了她心仪的男人，一对情人默默相对，完成了人生之大事。

　　这个婚礼，东关街一家人该来的都来了，遗憾的是老魏没有来。和忆乙这个孙子虽没有血缘，但也是自己看着长大的，也是隔辈亲得不得了。魏来看着侄儿侄媳大婚告成，喝了一杯喜酒就和顾中秋匆匆回了医院。孙悦衣一定要来，尽管需要保姆搀扶着，看到孙儿孙媳，神仙眷属，高兴得抿了一口酒。孙儿们说，祝福奶奶福如东海，寿比南山。孙悦衣说，举案齐眉，早生贵子。姜红叶是坐轮椅来的，她也是一定要来，也抿了一口酒，还让高远送上了一个大红包，对新郎新娘说了一句很实在的话："你爸你妈做了大官，却没挣几个钱，你们俩挺荣光，也没有几个钱，这些钱拿去用吧。"王爽接过红包，竟然流泪了。周桐的话很简单，一是祝福，二是期待，三是报恩。王爽的爸爸讲话也很简单，感谢，赞扬，希望。新郎本想也简单说几句，无奈，那些小年轻的早就坐不住了，开始起哄了，亲一个，抱一个，跳一个，唱一个，主持人大为竟也跟着起哄，宴会厅掌声雷动，喊声如潮，会场"大乱"，大家就想看看新娘舞蹈。柳叶青急坏了，竟跑到后台跟大为发急，你还不安抚一下。大为想也是，赶紧说大家静一下，新郎新娘表演节目肯定少不了，大家看乐队都准备好了。现在请新郎讲话。大家立刻静了下来，忆乙先开了一句玩笑，说："等一会儿我一定献丑，别影响大家喝酒就好。然后说，感谢父母，感谢来宾，感谢同志同事亲朋好友，特别要感谢我们的老市长，特别要感谢两位九十岁高龄的奶奶。"大家共鸣，把掌声送给了二老。大为赶紧宣布酒宴开始。酒过三巡，来宾又开始起哄。原本歌舞团来了几个演员，以备为宴会助兴，可是来宾非要看新娘表演，王爽也没有推辞，很大方地开始演出，久经沙场，胸有成竹。她换了演出服，一套红，又是一番风味。音乐起，她献出的是芭蕾舞《九儿》，正红的一首歌。王爽表演得真不错，舞技一招一式炉火纯青，故事诠释得贴切真实。来宾叫好不断，又叫嚷着，新郎官来一个。忆乙知道逃不过去了，就大方地唱了一首《在那遥远的地方》，也赢得了叫好声、掌声。大家还想让他俩唱《夫妻双双把家还》，没等来宾继续喧闹，大为赶紧宣布请歌舞团演出。歌舞团赶紧出场，音乐响起，来宾安静了下来，总算解了围。歌舞团演出时，周忆乙和王爽开始给来宾敬酒，来到老市长桌前，欧阳和周桐也特意赶了过来，特意说："老市长是你们的恩人，是我的好上级，我们一家人没齿不忘。"

傍晚时分，来宾们都逐渐散去。忆乙和王爽卸了妆，赶紧跑去了医院，他们要来告诉爷爷，他们结婚了，让爷爷也高兴起来，好起来，在他们心中还有一种期望，"冲冲喜"，爷爷会好起来。老魏已经回到了病房，魏来说在ICU已经没有意义了，回到病房家属还能守在眼前。也许是听到了忆乙的声音，也许是真的冲到了喜，也许是一直想想念念的孩子的终身大事办完了，也许是自己该给孩子一个祝福，老魏又醒过来了，还认出了孙子和孙媳，拉着二人的手，还笑了，还说了祝福你们。魏来说："爸，你休息吧。"暗示忆乙可以了。在走廊，王爽又哭了。魏来说去看看奶奶吧。

又过了三五天，老魏一直昏睡，魏来和中秋一直守在眼前，他再没有苏醒过来，他走了，很安详。老魏戎马一生为抗日战争的胜利，为解放战争的胜利，为大连政权的建立，为维护大连的社会治安，为保卫大连的和平久安，奉献了一生，他是大连人民的骄傲，是东关街一家人的第一代，是这一家人的楷模。

老魏是市局级干部，追悼会由局里操办。但魏来的意思是让老爸安静地走，不搞什么仪式了，孙悦衣也同意。老魏安静地走了，只有东关街一家人为他送行，一路走好。

周忆乙的家安置在明泽湖一带的一个小区，环境相当不错，湖水荡漾，泛舟起桨，绿树层叠，白毛浮绿水，红掌拨清波。周边有植物园、儿童公园、海军广场、南山日本风情一条街，交通也发达，有十多条线路，四通八达。忆乙的这套房子好是好，可真不便宜，买房这一大笔钱还真是七拼八凑。欧阳大为自掏腰包操办了婚宴，省下了一笔钱；姜老太太的大红包不少，这也是一笔钱；卖掉了东关街附近的小楼，也不少；七大姑八大姨随份子，这一笔钱，说多也不多，说少也不少，交首付绰绰有余，要全款买下还差不少。孔甜妹说不够的那部分，让老爸给优惠了，那个楼盘是他的，老爸很看重东关街这一家人，很爽快地答应下来。于是，小两口就全款买下了这处房。忆乙的婚假只有半个月，转瞬即逝。小两口抓紧时间恩爱，整天腻在一起，亲不够，抱不够，爱不够。忆乙的同龄人都有了孩子，自己老大不小了，他和王爽商量还是要个孩子吧，双方父母也说抓紧吧，王爽也同意了。

二十三

忆乙的婚礼，欧阳为什么请了几位东关街的老人。原来，欧阳退休后反思自己对大连的建设有所贡献，可是她不能释怀的却是东关街，她甚至觉得愧对东关街的老百姓，愧对东关街"中国商业第一街"的称谓。尤其对那场大火，她一直耿耿于怀甚至自责，自己没有管理好，没有造福东关街的百姓，甚至让一场大火把东关街的商业特性烧没了，把老百姓生活的心气儿烧没了，各具特色的房屋建筑烧没了。

欧阳想现在卸任了，有时间了，可以再到东关街看看。现在有不少有识之士多方呼吁，并且提出了中肯的建议：既然东关街是大连的半部现代史，那么它就应是一本教育后人的教科书，就不应该让地产开发商把它毁于一旦。既然东关街是大连民族工商业的发祥地，那么就应该让它发扬光大，就不应该让它自生自灭。如今，东关街老了，老城区破败不堪。但就是这么一个破败的老城区却镌刻着大连近代城市的历史。她相信随着东关街调研的不断深入和东关街历史文化街区改造的不断推进，东关街一定会焕发出旧有的光芒与色彩。

那天欧阳信步来到东关街，在永丰茶庄附近，几个还没有搬走的已经头发斑白的老人认出了欧阳，围了上来，问候她、感谢她。欧阳说东关街的事自己没做好，没有给老人家们安置好。老人们说这哪里是你的责任，一切都是天意。欧阳问大伙怎么还没搬走。大家说在这里住惯了，再说，也没有钱买房。这些老人家大多数都是原来小商铺的老板，生意不能做了，年龄也大了，干活也干不动了，靠救助金勉强度日而已，好在儿女大了，再贴补一些。欧阳说自己的儿子也快结婚了，邀请他们参加婚礼，就这样，这些"海南丢儿"也不见外，答应了，人也来了，礼轻情意重。

顾孟春还住在东关街，听到门口有不少人在说话就出来看看，见是欧阳便上前打招呼，大家知道他们是亲戚就都散开了。快进屋，孟春赶紧把欧阳让进屋里。欧阳看了看房子说："也破旧得不成样子了。"孟春说："是啊，冬天冷得厉害，夏天热得不行，还漏雨进风。"欧阳说："买个房搬走吧，老了，也经不起折腾了。"孟春说："顾红他们也吵吵让我买房，可我一个人在哪里不是住，再说，在这里习惯了。老爹老妈老伴也都是在这里待了一辈子，也都是从这里走的。看看屋子，看看桌椅板凳，总觉得他们还在，还有个念想。"欧阳说："你还挺怀旧，你不想想，白天黑夜一个人待着，顾红他们能放心吗？能搬就搬吧。走，带我看看，二三十年了，一直没有深入了解过东关街，你是东关街的活地图。"

出了门，走不远，顾孟春指着一座三层的小楼说，这座楼当年是东关街华春照相馆。老楼不大，共400平方米，红砖黑瓦，砖木混合，看得出门窗还雕刻着花纹。小楼不大，历史却久远，是东关街鼎盛时期众多照相馆建筑的典范，建筑立面风格特点明显，具有重要的艺术价值。华春照相馆是金州人邱玉阶所建，取名"华春"，意为"华人的春天来临"。为了让中国人在中国人自己开的照相馆里留下美好记忆，邱玉阶先是重金拜师学艺，然后在日本人开的照相馆内当了两年助手，默默地苦练技艺，终于开办了自己的照相馆。

在另一个三层小楼前，顾孟春介绍说："这是老字号'康德记'德记西栈，也是东关街的活化石。看样子也已破败不堪，不过还可以看出小楼也不大，300平方米左右，砖木混合，建筑立面装饰精细精美，极具代表性，是在大连经营的第一家药店。康德记诞生在金州，当时取字号为'德记号'，后人称为'康德记'。康家第二代有五人经营'德记'老号或分号。康家第三代时，其分号遍布金州、大连、普兰店、瓦房店等地，大连的'德记'主要集中在西岗东关街一带。'康德记'药房被中华人民共和国国内贸易部认定为中华老字号单位。"

在小岗子派出所附近，顾孟春介绍，小岗子是大连人由东区进入西区的必由之路。小岗子派出所就是一座院中有院、自带天井的三层建筑，300平方米左右，砖木混合。它也是日本殖民大连时期检查过往行人的"东关"关卡所在地。从派出所大门进入后，即见一个狭小房间。穿过房间顺着台阶缓步而行，能看到院子中间的天井，木制的外部楼梯直通楼上，这样的风格在大连其他地方并不多见。站在天井中间抬头仰望，天空蔚蓝、阳光灿烂；天井四周是围合过来的三层建筑。

从小岗子派出所往西走不远，在街区重要区位的一处二层楼，局部是半地下室，也是砖木混合，也已破败不堪，周围有几棵古树，相得益彰。那是一座比较高档的妓院，是这条街最为著名的风月场所，在灯红酒绿中，那些穿着花衣服的窑姐永远是这条街的焦点。这栋楼现在还住着一些人，成了大杂院，操着不同的口音，山东的、河南的、安徽的，一看就知道是外来打工人。看着这些人，看着这栋楼，欧阳说这样的房子还住人，会有危险的。顾孟春说没办法呀，总得活着，总得有个栖身之所。俩人还进了院子，看到木制的天井式走廊、水泥磨花地面、质地考究的彩色瓷砖，仍可见旧时的豪华。这栋楼当年虽然是风月场所，但历史文化信息清晰，对研究日本殖民统治时期大连地区社会状况有一定的价值。

欧阳的手机响了，是周桐的电话，周桐说自己要去北京开会，益朋也去，不太清楚什么事，估计是造航母的事，让她去老妈家。

自从老魏走后，家里的保姆每天陪伴着孙悦衣。儿子们孙子们亲戚们你来我往，倒也不是太寂寞。孙悦衣身体还挺好，大家祝福她向百岁进军。可是，姜红叶来不了了，身体越来越差，也雇了个保姆陪伴。忆乙回部队后，王爽一个人在家也没有意思，就和孙悦衣住到了一起，一是陪奶奶说说话，让奶奶高兴；二是蹭饭，反正保姆做一个人的饭和做两个人的饭都一样，自己一个人懒得做。保姆也很喜欢她，夸她漂亮，夸她没架子，夸她随和，还说了，要是怀孕生孩子，自己保证能带好。王爽终于怀孕了，还没显怀，老奶奶高兴得不得了，天天叮嘱吃好的，加强营养，小心别磕着碰着。王爽倒是不怎么在意，照常上班、照常当教练，只是不怎么敢做大动作了。王爽人缘很不错，没脾气，又和善，不矫情；技术在，水平在，功劳在，履历在，大家挺服气，做办公室主任实至名归，在大连歌舞团站稳了脚跟。欧阳回来后，孙悦衣又念叨了几遍，要好好照顾王爽，吃好的，吃清淡一点儿的。欧阳说我知道，我懂，你放心吧。

周桐去北京是常事，也无须多准备。孙悦衣看他们说完了公事，就又说起念周，说："家栋和高远也没有时间来，你们说说他们，让念周和甜妹也结婚吧，什么也不缺，就是个选日子的事，让红叶也高兴高兴。她现在就一个心思，抱孙子。"孙悦衣说得对，就是一个黄道吉日的事，可这个日子很难选，主要是念周现在正和姑父在研制舰载机，顾中秋和周桐一样，也是差前差后接到通知到北京开会，念周也去。他们敏感地意识到，要造航母了。有了航母，没有舰载机也不行，看来研制航母和研制舰载机要同时进行。念周不是不想尽快办婚礼，可办婚礼不是一天两天的事，十天半个月，那自己会耽误多少事啊。他和姑父商量，等设计图纸有眉目时再说。这些，周桐、张家栋都知道，也赞同他的想法。周桐就和老妈说念周有任务，这个任务完成后就办婚礼。孙悦衣虽然老了，但是也深明大义，一听说有任务，家里天大的事也会放下，自己不就是这样过来的吗？

二十四

周桐和益朋到了北京，厂长、书记早几天就到了，看来不是开大会。厂长告诉他："我们要造航母了，而且造航母的任务就交给了大连造船厂，不过，这次造航母不是研制，而是改造。你已经听说了，我国海军购买乌克兰瓦良格号航母的事，经过许许多多的波折，航母交予中国军方，很快就会来到我们造船厂。"书记接着说："中央军委很重视，点名要你来做总设计师，今天，海军首长要接见你，下达命令。考虑到你年龄偏大，就让陈益朋担任副总设计师，做你的助手。"传达完，海军司令员来了，说："改造瓦良格号的任务交给你们造船厂，是经过多次考察的。认为你们厂无论是技术力量的储备，还是各种设备都完全胜任这项任务；当然，这也是对你们的信任，希望你们集中力量完成任务，让中国的航母早日走向深海。"又对周桐说："早就听说你了，为海军造了不少舰艇，出了力，你可是我们海军的朋友呀。瓦良格号交给你，我们放心。"看了看陈益朋，说："真年轻，好好干。"益朋说："请首长放心。"又对厂长和书记说："你们挂帅，做总指挥，我们海军会配合你们，我们会派一个工作组常驻你们船厂，我是联络人，有事找我。"厂长和书记因为要接船，随后就回大连了。周桐、陈益朋和军方技术人员接洽，研究改造方案，军方提出了设计的要求、达到的指标、质量的标准，他们在北京又待了将近一周。

这几天周桐很兴奋，像个小孩子似的，自己的航母梦终于可以实现了。

他跟益朋说："建造航母是我一辈子的心愿。你知道，我国海洋面积辽阔无垠，没有国之重器，没有航母怎能更好地维护我们的海洋利益，怎能更好地维护好海洋国土。你不知道吧，我和你岳父有个约定，我造航母，他做舰载机，现在我们终于可以和航母结缘了。"

益朋说："你们俩还有一个这样美好的约定呢，现在终于可以圆梦了。"

周桐说："谈何容易，造航母不是小事，没有技术，没有经验，没有专门的队伍，一切都是空白，所以，建成航母也不是一蹴而就的，而且我也要到退休的年龄了。这次船厂领导和海军首长给你委以重任，是对你的认可，你真应该好好回报，你懂得我的意思吧。"他又说："很高兴的是，现在我还能亲自上马，亲自打造自己心仪的航母，'廉颇老矣，尚能饭否'。只是，有时也觉得力不从心，就指望你们年青一代了，不过，能参与航母的研制，能看到在你们这一代人手上研制出我们国家的航空母舰，我这辈子也无憾了。"

"我懂我懂，舅舅，你放心，我一定会接好你的班。这些年，你手把手指点，我已心领神会，以后，我一定更加努力，争取早日成熟。"益朋挺激动，自己一步步走过来，已经可以独当一面，都是舅舅的栽培，他不无感激之情，"我不会忘记，没有您的培养就没有我现在的成就，我会全身心地投入建造航母，让我们的航母梦早日实现。"

周桐听说中秋和念周也来北京了,就给中秋打电话。很激动地说,自己接到了任务,做改造瓦良格号的总设计师。中秋说:"哈哈,海军空军首长也是单独接见了我,也交代了任务,建造舰载机。"又说念周也来了,和自己一起建造舰载机,也得到了任命,做舰载机设计师,协助我工作。

周桐回大连后,瓦良格号已停靠到大连造船厂的干船坞。

周桐赶紧来到船坞,看着瓦良格号这个大家伙,安安静静地卧在那里,虽然锈迹斑斑,但是骨架子还好。周桐很高兴,毕竟它是中国航母的起步,相信通过团队的努力,瓦良格号一定会凤凰涅槃,浴火重生。他和陈益朋,还有几个人,不管不顾地进到舱里,结果大失所望,里面乱七八糟什么都有,啤酒瓶、罐头瓶、垃圾污物,机器设备也破坏得差不多了。实际上,瓦良格号就是一个长长的空壳子。看来,要把它设计成一艘航空母舰,困难之大难以想象。

这些年,国家虽然没有启动航母的研制,可周桐却早有预感,造航母是早早晚晚的事。他知道,研制航母是一个非常复杂的、周期非常长的工程,而且一定是一个国家的综合国力、工业制造水平的体现,是科学技术发展水平以及这个大系统的集成能力发展到一定阶段的体现和产物。所以,他早早地就备课了,一直在了解研究建造航母的有关事宜,查阅了大量资料,一有机会就登上航母。这里说的航母,实际上是我国购买的四艘退役航母中的两艘,即苏联研制的明斯克号和基辅号两艘航母,这是苏联用来与美国进行海上较量的产物。不得不说,作为最先有能力建造出航母的国家之一,苏联这两艘航母的技术在当时已是非常先进。周桐对这两艘航母做了实地观察了解，一登上这两艘航母就是一两个月下不了船，吃在船上、睡在船上，眼也累花了，头发也累白了，长时间见不着太阳，身子骨也垮了。除此之外一有机会，他就跟不少外国同行，友好专家学习交流，所以，他已经积累了大量资料，头脑中已经有了中国航母的蓝图。他也知道，一艘航空母舰的部件量级需要千万甚至更多，设备的系统数也非常之多。这么庞大的系统，涉及的所有信息都要汇总到设计师团队中来，从而解决系统与系统之间，设备与系统之间，小系统与小系统之间可能存在的问题，因为它们是一个有机的整体。

　　周桐建议，必须组建一支优秀的特别能战斗的设计师团队。这个团队，不仅仅需要大连造船厂的人才、军方人才，还要从全国招聘人才，并立即着手操作。招聘很顺利，很快50多人的设计师团队就组建起来。周桐带领大家讨论的第一个问题就是如何改造瓦良格号。大家讨论得很热烈，争论得也很激烈，一方认为，我们没有经验没有做过，既然有现成的资料，在此基础上，加以整改，既解决了没有资料的难题，又可以缩短建造周期。另一方认为，瓦良格号实际上就是一个空壳子，而且已经是十几年前的设计资料了，严重落后，也已不适用当今的航母升级的需要。周桐心中有数，他主张，我们的航母，虽然用的是瓦良格号的船体，但是内脏必须是我们自己的，就是说船上的装备必须由我们自主设计，自主装备，自主升级，符合当今航母的级别，一经问世，就必须是先进的一流的。他的想法得到了军方工作组的赞同，得到了总指挥的首肯。当然，周桐的主张不是凭空想象，而是基于这些年来对建造航母的理论钻研、资料积累，以及对其他舰船的建造经验。团队分成了五个组，对总师负责，由总师协调。

一天，他带领设计师团队又登上了瓦良格号，他要全面勘验一下瓦良格号的设备究竟有没有可以利用的价值，要知道，改造瓦良格号将会是一笔极大的费用。这时航母已经清理完毕，各种杂物废弃物浊物垃圾等全部清除，简直就是一次改天换地的大扫除。这个大扫除，近百人参加，他们居然干了近一个月，才让"庐山"露出真容。这次勘验，他们发现舰体所使用的外部钢板几乎是完好的，这艘航母没有受到过结构性损伤，整体质量极为优秀。另外，他们发现航母的动力系统并没有被完全拆毁。

经过几次勘验，周桐团队认为瓦良格号完全可以进行改造，并和军方工作组沟通，军方也认可了改造的理由。

在经过了多次讨论后，中央最终决定，开始对瓦良格号进行改造，中国终于踏出了发展航母事业的第一步。

在瓦良格号刚刚进行改造的时候，大家对此舰的动力系统一筹莫展。因为除了锅炉本体完好无损外，要想将瓦良格舰的动力系统还原，必须对其做一次大手术。陈益朋提出，按照实物还原的手法将瓦良格号动力系统一步一步进行反推，进而设计出一套完整的动力系统。先是陆地试验，经过一年的时间，舰艇动力系统陆地点火试验成功。接下来就要将动力系统移植到舰艇上，又经过一年的时间，舰艇上的动力系统没有出现什么异样，但是在高负荷运转状态下，动力系统开始出现裂缝以及生锈处出现抛锚滴漏的状况。不过还好，这种状况周桐等科研人员早已经预料到了，于是在边试验边修补的过程中解决了一个又一个问题。动力设计组重新部署了供电系统、照明系统、通风系统的安装，船体维修组给瓦良格号重新上漆。这些最基础的工作完成后，瓦良格号从无法运转的废弃船只，变成了一艘可以运转的正常船只。在保证瓦良格号能够正常运转后，周桐决定接下来要为瓦良格号安装极为重要的作战系统。

与航空母舰同时研制的是舰载机，也就是顾中秋和张念周研制的歼-15。顾中秋是总设计师，张念周是副总设计师，他俩知道周桐的瓦良格号改装速度很快，现在已经可以正常运转了，自己也不能落后。顾中秋和周桐一样，年龄也偏大了，也快退休了，也有点儿力不从心了，好在有像念周这样的一批小伙子，都是硕士、博士，有理论有水平，又有干劲有热情，缺的就是经验。念周有优势，跟姑父这么多年了，近水楼台先得月，各种型号的飞机、军机造了不少、修了不少，可以说既有理论又有经验。再加上，这小子竟痴迷舰载机的研制，没有忘记刚进厂时姑父的嘱咐，研究了不少国内外的三代机、四代机，积累了不少资料，所以，顾中秋有了念周，有了这些小伙子，就好像刘备有了五虎猛将。

实际上，几年前，顾中秋就接到设计生产航母舰载机的任务，只是，那时关于是否建造航母还处于大讨论的阶段，不断讨论，不断否定，没有明确的说法。所以，顾中秋的研制也就始终没有上马，现在，随着航母的研制，歼-15也正式开始研制。顾中秋和团队清楚地知道舰载机研制是一场必须打赢的硬仗。

顾中秋面临的第一个难题就是设计手段、设计方法的重大改变。发达国家早已开始在电脑上用软件设计飞机，而我们还停留在用笔画图的阶段，所以顾中秋团队决定要在歼-15上尝试全新的数字化设计方法。既然是全数字化操作系统，那么无论在什么条件下都必须保持网络畅通，成了舰载机必须攻克的头等技术难题。设计师们围绕航母周围的复杂电磁环境，开始各种设计和试验。顾中秋决定将这项任务交由张念周完成。念周毫不含糊，立马组织了一个攻关小组，通宵达旦，夜以继日，半年不到，交出了一份令人满意的答卷。

顾中秋对念周的方案做了细致严谨的审视，认为方案可行。

紧接着，又过去一年，顾中秋团队经过反复计算、反复设计、反复模拟、反复试验，终于确定了歼-15舰载战斗机的多项数据。

不负众望，经过几年的拼搏，歼-15终于定型！

二十五

歼-15设计定型后，报请中央批准。在等待批复的时候，念周回了一趟家，他这次回大连首要任务是结婚。

念周的老爹老妈都退休了。老妈是重点学校的名师，又是副校长，一些私立学校赶紧来"抢"。老妈本来打算在家里好好照看一下婆婆，但是架不住熟人的热情相邀，架不住朋友的三顾茅庐，还有对教育事业的情有独钟。她决定退而不休，发挥余热，不过她拒绝了校外机构的邀请，答应了校长的邀请，返聘回学校，继续做她的语文老师。姜红叶奶奶一直病病恹恹，没有大病，就是老了，老年病。这些年好好坏坏，治疗能保证，营养不缺乏，家人的陪伴也不少。姜红叶没有什么遗憾，只盼着孙子快结婚，抱曾孙子。和孙子一般大的孩子都结婚了，都有孩子了，所以念周这次回来无论如何要把婚事办了，让奶奶高兴。

实际上，亲戚朋友一直在忙，东关街一家人早已经做了准备。忆乙办喜事，是欧阳大为张罗的，大家交口称赞。现在，大为在国外，远水不解近渴，高添福说："我来吧，反正我也只是留守总经理，有的是时间。"几个月前，他就开始张罗。先装修布置婚房，这不难，孔甜妹老爸承包了。高添福原本想自己来做婚礼的主持人，可孔甜妹老爸说还是请电视台的主持人吧，人家是专业的，马虎不得。高添福觉得也对，就聘请了电视台著名主持人，并且一起议定了婚礼议程。和影楼也联系好了，新郎时间紧，而且定不下来，但老板一听是舰载机的设计师，立刻说放心，随到随拍，到时候我亲自上阵，保证拍出最漂亮的才子佳人。至于新郎新娘的服装，高添福也落实好了定制服装店，老板也表示，有功之臣，披星戴月也要如期完成。高添福把一切安排都告知了孔甜妹，孔甜妹十分满意。高添福还问沈阳的房子装修得怎么样，需不需要去看一下。孔甜妹说不用了，老爸说这边怎样那边就怎样，一模一样，甚至家具家电也一模一样。高添福又征求了双方父母的意见，也是十分满意，顺便请两位父亲做好讲话的准备。也是万事俱备，只欠东风。

念周这次回大连只请了半个月的假。婚礼如期举办，万事如意，东关街一家人都到了，也是难得一聚。姜红叶和孙悦衣两位老人高兴得合不拢嘴。姜红叶心满意足，了了心愿，一辈子没有孩子却儿孙满堂，很快就会四世同堂，一辈子没儿没女却享尽了儿孙的福。

孙悦衣更是心满意足，儿子儿媳孝顺体贴、事业有成，孙子孙媳出类拔萃、乖巧听话，四世同堂了，含饴弄孙，夫复何求。家栋是自己的亲骨肉，对自己关爱有加，对养父母也倍加呵护，懂得事理，事业有成；媳妇也是百里挑一。现在儿孙满堂，自己应该是最幸福的老太太了。不过她有遗憾，就是周洪涛没有看到这一切。她嘱咐儿孙，有时间一定去长春看看，扫扫墓。今天能看到孙子念周孙媳甜妹大婚告成，幸福美满，一切顺遂，也是了无牵挂了。婚后三天，新郎新娘回门，老丈人又摆了一大桌。

顾中秋也赶回来参加了婚礼，和亲朋寒暄后，就和周桐聊起了航母和舰载机的事。说了益朋和念周的情况，称赞他们是可塑之才。然后，中秋说自己明天就回沈阳，不能两个人都不在。周桐也说，他和益朋也是换着班盯在航母上，不过，我现在也只是顾问了，还能盯几年。现在是益朋在一线，他能力水平都能堪大用。中秋说："看来，我也得争取当个顾问了，把念周再推一推。对了，嫂子现在干什么？"

欧阳退休后，原本想在家里待一阵子，准备看孙子了。可是，她有一个心结，总是惦念着东关街，总是有一种内疚感，总是觉得东关街的没落是因为自己在任上没有搞好。时不时地去东关街看看，和东关街的老人聊这聊那，这些老人家也盼着东关街有朝一日再热闹起来。顾孟春还在东关街住着，守着永丰茶庄那个破烂不堪的房子，说总归有个念想。欧阳每次去东关街都找顾孟春聊聊，听他讲讲东关街的故事，讲讲那些老建筑的过往和今生。尽管东关街的故事不是那样精彩离奇，引人入胜，却是书写了大连的半部历史；尽管东关街的老建筑不是那样恢宏壮观、历史悠久，甚至有些逼仄小气，但它却是中国文化的符号，是中西结合的起始。今天，顾孟春带着欧阳看了几处名不见经传的"小庙"。

东关理发社，二十年代的建筑，一百平方米左右，砖木混合，小是小了点儿，但它却是东关街最早的理发店，是鼎盛时期服务型商业功能建筑的典范，也是国内现存的最早的理发社。每逢过年过节，屋里屋外都会坐满了排队的人。西岗一带要出嫁的女孩儿，也都会来此做头发。询问老"海南丢儿"才知道理发馆的师傅叫秦老四。旧时，穷人家为了省钱，孩子们都剃光头，所以满街都是"小马蛋"。学徒工没有道具，一开始竟是拿师傅的脑袋练手。这个不大的理发店，还有一段光荣的历史。孙中山的儿子孙科在交通宾馆住过几天，曾到这里理过发，秦老四亲自"操刀"，边理边聊，聊了些什么，秦老四一激动一句也没有记得。解放后，秦老四搬去了马栏子，理发店便转卖给一个湖北人，店名也改为中西理发铺。公私合营后，中西理发铺又更名为东关理发社，并改个体私营为集体国营。

转过理发社，顾孟春又指着不远处一栋二层楼说："那栋楼曾叫幸福大院，还算挺大，将近三千平方米，也是砖木混合。穿过大门是一个挺大的院子，正中是天井式的楼梯，楼梯下有两管自来水，通往二楼，在梯台处又向东西两旁分开；拾级上二楼，木制的回廊通向各自的家门，看得出，当年这个二层楼还是很讲究的，木质的楼梯扶手还雕有简单的花饰，回廊的栏杆也是圆柱造型。这栋楼共三四十户住户，有一门两窗的、一门一窗的，看来这是一个大杂院。可以想见，住在这里的人们的生活百态，就像电影《七十二家房客》中家家户户的生活状态，左邻右舍楼上楼下形形色色市井人们的相处哲学以及房客的人间烟火还历历在目。不过，眼前的一幕，却令人心寒。楼房已经东倒西歪，一些屋顶、墙体已经塌陷，可以看得到屋子里狼藉不堪。楼梯扶手不翼而飞，回廊栏杆不翼而飞，回廊木料不翼而飞，门框窗框不翼而飞，好像经历了一场浩劫，惨不忍睹。大院里还能遮风挡雨的地方，住着几个拾荒捡破烂的外乡人。幸福大院已经灰飞烟灭，但在老大连人的记忆中却有着特殊意义，具有重要的社会价值和历史价值，极具时代特色。

欧阳问顾孟春："听中秋说你也打算买房了，能买就买吧，又不是没有钱，快古稀了，买个好房享受晚年吧。"孟春说："是有这个打算。"欧阳又问："顾红在温州城干得怎么样？"孟春说："挺好，得感谢大为。"

顾红怎么会去了温州城：有一天大为陪柳老爷子来百年城考察，饭后，老爷子说找个好茶楼，喝点儿温州茶，想家了。大为说眼前有一家茶楼，店主还是我的亲戚，挺好的。几个人来到了茶楼，顾红一看有茶客赶紧拉开门，说了几声"欢迎光临"，上前轻轻地搀扶着老爷子，似搀非搀，搀，是老爷子老了，需要搀扶；非搀，是说，老爷子很健康，拿捏得很有分寸。来到包间，安置坐下，送上热毛巾，擦把脸。毛巾递到大为手上，顾红这才看出是大为，喊了一声"大为哥，是你呀"。叫得亲切、敞亮。大为开了句玩笑："老板娘好热情、好殷勤呀，该不就是对我吧。"叶老爷子在眼前，玩笑不能开过头了。顾红赶紧去招呼老爷子，说："叔叔，您好，喝点儿什么，有各种茶，各种饮料，各种甜点。"两片嘴一张一合，说得很溜道，一张脸，俊俏开朗，笑得很真诚；一双眼，顾盼神飞，看得很通透。老爷子阅人无数，一看一听就知道这个女孩不简单，和自己的闺女年龄相仿，却有着几分成熟世故，热情中带有不亢，狂放中带有分寸，言谈中带有强势。

大为有几次想插几句嘴，说实话，大为也是走南闯北了十几年，什么阵仗没有见过，嘴皮子也是出口成章，口吐莲花，可是在这里竟一时插不上话。瞅机会终于说了一句："你阿庆嫂啊，还真是'垒起七星灶，铜壶煮三江，摆开八仙桌，招待十六方……'"

顾红说，大为哥过奖了。回过头对老爷子说："您稍等。水是现烧的，茶是先泡的，碗是现烫的，稍等一小会儿，不凉不烫正合适。"说完，亲自端上茶具——红木的茶盘、带金边的白瓷碗、玲珑的小口杯，摆放好，然后敬茶，双手捧杯，注目嘉宾并行点头礼，然后从右到左依次地把沏好的茶敬奉给客人。当然先从柳老爷子开始，说也凑巧，最后一杯，竟然就是大为的，因为他就坐在老丈人的左手。大为瞪了顾红一眼，好像说，你居然把我放在最后。顾红说了一句，不知是说给大为的，还是说给在座的——"一盏香茗奉知己"，各位开始品茗。

柳老爷子是温州人，要喝的是温州茶，一口茶进肚，立刻说出这是雁荡毛峰。"是的，叔叔您真是行家大家。"老爷子来了兴趣，他喝出了雁荡毛峰的口感，但是还真不知道毛峰的渊源，也许是动了思乡之情，也许是对这个闺女产生了好感，就说："能介绍一下家乡的毛峰吗？"

说到这里，进来一小伙子，背一把大铜壶，开始了续水表演。老爷子看得很专注、很有兴趣。这时，音乐响起，一个穿着汉服的小姑娘登场了，抚琴表演，琴声柔美动听婉转低回，物我两忘，令人陶醉。此时，顾红竟用吴语开始解说起来，温婉轻哆，说是茶艺欣赏，实际上是审美主体无形的心理感受和情绪体验化为有形物境与物感的过程。茶艺表演完，大为找准机会调侃起顾红，你说了一些什么，叽里咕噜的，外国话呀，一句也没有听懂。实际上大家虽然都没怎么听懂，但有一种共同的感受，作为茶艺表演的观众，不仅仅是享受了口福眼福耳福，更是心灵上的呼唤，精神上的陶冶。

其实，柳老爷子不仅听懂了顾红说的是什么，还意会到茶艺表演的真谛。老爷子喝了家乡茶、听了家乡话、看了美小丫，心满意足，一个下午就这样不知不觉地过去了，虽然老爷子还没有倦意，可大为意识到应该结束了。今天到这里吧，后会有期。顾红赶紧说今天免单，你们是难得的贵客。大为说，那我就不客气了，还真就出了门。在收拾茶具时，收银员来了，说客人交了一万元。顾红说先收下吧。

隔了几天大为又来了，这次是他自己来的。一见面，大为便说喝温州茶，看来是喝上瘾了。大为还说了一句温州茶好喝，但你的话听不懂。顾红回了一句，温州女婿不会温州话，咄咄怪事。大为占不了上风，就说有正事。原来柳老爷子不知怎么就看好了顾红，想让她来温州城工作，担任招商部经理。当然是好事，这几年茶馆也不景气，要不是地脚好、有特色，就更难维持了。这真是无意插柳柳成荫，顾红好高兴啊，温州城是大公司，自己能去，还做经理，真是天上掉馅饼。大为很正经地说了一些细节，说了薪酬，又说："如果牛向东愿意来也可以。老爷子还看好了这个茶馆，尤其是看好了这里寸土寸金的地脚。"又说:"你和向东商量一下,如果同意就填好表格,后天就可以去人力资源部报到。"说完,扔下员工登记表就走了。顾红拿着登记表看了又看,在茶馆里晃来晃去,嘴里不断地念叨"天助我也"。一高兴,竟一下子忘记了还要跟向东商量,赶紧打电话叫回牛向东。牛向东也很高兴,说了一句很实在的话:"去吧,总比守着茶庄又挣不了几个钱好。"顾红问:"你去不?""我就不去了。"牛向东就好像斟酌了许久后,很果断地说。牛向东认为顾红去温州城,年薪肯定不会少了,但是不是长远之策,很难说。自己还是守着茶馆,能挣几个小钱,给自己留条后路。

顾红入职温州城了,担任了招商部经理。虽然没干过,但顾红就是在买卖之家长大的,经商之道熟稔,不在话下,十天半个月就发号施令了。个把月就见效了,大批商户进驻了温州城。半年不到,顾红就成了名副其实的招商部经理。一天,柳老爷子找顾红谈话,这还是入职以来第一次见到了董事长。寒暄了几句,表扬了几句,进入了正题:"招商部你干得不错,但你有没有看出新问题?"顾红说:"看出了,温州城招商已经饱和了,人员也有些人浮于事了。""好,有眼光,你想过招商部下一步该怎么发展吗?""想过,但未想好,我认为可以在开发上下点儿功夫。""好好好,我就是这个意思,现在,我们应着眼公司的开发,不能仅仅是'守',要有新发展。你的招商部就改为招商开发部,还是你做经理,这回你的担子就更重了,温州城的发展就看你了。"顾红成了温州城招商开发部经理,温州城的核心部门。有了新房,有了新车,有了新生活。

二十六

　　顾中秋设计的歼–15很快获批，建造的各项准备工作已经安排就绪，但总指挥很慎重，跟顾中秋说："中央同意了我们的设计定型，这是对我们的信任。但是，我觉得先不急于开建。想想看，我们还有没有不尽完美的地方，还有没有更小更微小的问题需要再完善。"

　　顾中秋说："你说得对。你这一说，我心里还打起了鼓。造舰载机可不是小事，一步错，前功尽弃。你放心，我想带领设计团队复盘一遍，看看设计方案是否最完善，看看还有没有未想到的地方，还有哪些问题需要解决。"

　　在复盘时，念周发现舰载机设计使用的是一款外国的拦阻钩、拦阻索，它的质量能否保证很难说。行家都知道，舰载机通信畅通，定性仅仅是设计的第一步，在航母上比起飞还要难的实际是降落，拦阻系统直接决定舰载机着舰的成功与失败。然而，拦阻系统是中国飞机制造的一大空白。顾中秋让张念周牵头完成这项设计。张念周带着团队反反复复研究设计方案，大大小小的试验做了上万次，中国自主研制的国产拦阻钩、拦阻索终于研制成功。顾中秋和总指挥决定，采用我们自主研制的更加保险的阻拦钩、阻拦索。

　　而后顾中秋说："大家仔细考虑还有没有需要再改进的地方。"张念周在设计结构时就有一个想法，歼–15能不能采用双座型舰载机。可是当时觉得自己的想法很不成熟，现在复盘完善设计机型，他想试一试。他跟总师说了，顾中秋很高兴，但是他说："念周，现在已不是'试一试'的问题，要做就必须成功。这样，你这几天不干别的了，就研究舰载机改单座型为双座型的可行性。我建议你参考苏–30MKK，这就是一款双座型飞机，但是，它适不适合我们的舰载机还需要论证。"念周认为安装恐怕不是大问题，关键是怎么安装。和一般的飞机一样，两座并排？显然不符合舰载机瘦身的要求。他在电脑上模拟了上百遍上千遍，终于找到了一个思路——双座一前一后。按照这个思路，张念周又开始模拟双座的安装。经过几天几夜，他成功了，找到了最佳的安装位置，找到了最佳的安装方法。他把自己的想法告诉了顾中秋，顾中秋立刻召集团队研究张念周方案的可行性。大家认为设计合理、论据充分，有前车之鉴、有可行性依据，可以采纳，不过大家还是提出了一些细节问题，使之更加完善。

顾中秋向总指挥和党委作了汇报。总指挥说："我想听听你的意见。"顾中秋说："双座型在飞机制作上并不是难题，国内外都有先例，技术上也已很成熟。只是在舰载机上采用，虽有先例，但好像还不太多。我认为我们的方案大胆创新，有理论依据、有技术支持、有设备可用、有优秀人员施工。经过深思熟虑，我认为可行。"总指挥又征求了书记的意见，最后拍板同意。实际上，总指挥也已作了论证，经过大大小小的多次复盘推演，专家团队认为设计方案已经成熟，可以实际生产建造歼–15舰载机了。

成百上千员工又经过日夜奋战，两年后，一架采用标准的海军灰蓝色涂装，座舱后部涂装有海军军旗，垂直尾翼涂有一只"飞鲨"LOGO，头部及垂直尾翼有正式编号的歼–15舰载战斗机通过试飞阶段，正式进入中国人民解放军海军航空兵入役验证状态。

顾中秋的舰载机开始生产了。

周桐在研讨瓦良格号的武器配备时，提出一个课题：进入了 21 世纪，海战模式已经发生了翻天覆地的变化，苏联理念已经不适应于如今的海战。所以说，对于瓦良格号的改装，搭载巨大的花岗岩反舰导弹已经没有必要了，因此，周桐建议裁掉 12 具花岗岩反舰导弹发射装置，并且获得批准。周桐把这项施工任务交给了和陈益朋一样年轻的同事，由他牵头做好拆除预案，并最终实施。

在顾中秋他们研制舰载机上的拦阻钩时，周桐他们也开始了阻拦索的研制，两人还经常联络，交流情况。由于瓦良格号主要用于舰载机的训练，因此必须完全修复舰载机的起降设施。现代舰载战斗机降落必须使用阻拦索，每一股阻拦索距离地面的高度都不一样，各自拥有自己的起动器。起动器的生产也是相当复杂的技术，必须确保每一股阻拦索都拥有自己的拉力。阻拦索的设计、制造是相当复杂的工作，只有俄罗斯和美国能够生产。不过，周桐偏不信这个邪，他要自己造，他有自己的团队，中国人有自力更生的脾气，他相信制造自己的阻拦索只是时间问题而已。

2011 年 8 月 10 日凌晨，停泊了 6 年多的瓦良格号离开码头，正式进行第一次试航。2012 年 2 月 28 日，瓦良格号开始测试歼–15 舰载机、直 8 直升机的全尺寸工程模型。2012 年 5 月 23 日进行了第 7 次海试，4 股阻拦索清晰可见，在斜角甲板上设有一道拦阻网和四道阻拦索。经过一年多的时间，进行 9 次海试，海军代表十分满意，认为全部测试，全部合格。总验收书由大连造船厂与海军总代表签署。

这之后，就只剩下交付海军的仪式了，2012年9月23日16时，涂有"16"舷号的瓦良格号在大连举行交船仪式，16时40分，舰桥桅杆升起五星红旗，舰艏升起八一军旗，舰艉升起海军旗，17时20分交船仪式完成。瓦良格号正式更名为"辽宁舰"，同日上午正式交付海军，2012年11月23日—25日，歼-15舰载机在辽宁舰上成功完成舰载机训练，辽宁舰对我国海军发展具有重大影响。

二十七

歼-15腾云驾雾了，翱翔蓝天；辽宁舰驰骋海洋了，乘风破浪。全国人民期盼的这一天终于来到了。这一天，我国航空母舰、舰载机首架次成功着舰，中国终于有了自己的真正意义的航空母舰。

"成功了！"欢呼声中，一颗颗揪紧的心一下子舒展开来。一阵阵热烈的掌声瞬间点燃了所有人内心的激情，一张张紧绷的脸上绽放出胜利的笑容。人们向飞行甲板冲去。几分钟前还空空荡荡的飞行甲板，一下子跑来了一大群人。

打开舱门，飞行员冲着围过来的人们说："一切正常，感觉好极了！"

歼-15舰载机前沸腾了，鲜花映衬着飞行员的笑脸，人们忘情地与飞行员紧紧拥抱，争相与飞行员合影留念……。

随后，中国第一位成功着舰的航母舰载战斗机飞行员走向主席台，他高大伟岸，飒爽英姿，步伐坚定，表情坚毅。是忆乙，是他。

在主席台上的周桐虽然老眼昏花，但还是一眼就认出自己的儿子，他很激动，和坐在他旁边的顾中秋说，"你看清楚了没有，是忆乙吧？"他揉了揉双眼，又有些犹豫。还没等中秋证实，传来了念周的声音，他也在主席台，坐在后排："大爷，是忆乙哥哥，是忆乙哥哥。""是忆乙哥哥，没错，没错。"陈益朋也坐在主席台后排，他的声音很大，大家把眼光投向了他，转而又投向了周桐，转而又投向了忆乙。看清楚了，是儿子，是忆乙。周忆乙越走越近，来到主席台前停下，敬礼，报告："报告首长，飞行员周忆乙，驾驶歼-15，着舰辽宁舰。现着舰成功，报告完毕。"声音洪亮，底气十足。他在环视主席台时，看到了老爸，看到了姑父。首长们和他一一握手，表示祝贺，来到老爸面前，他没有握手，而是紧紧拥抱了父亲，忘情地喊着爸爸，竟然流出了眼泪。随后又拥抱了中秋："姑父好！"也流泪了。东关街一家人在辽宁舰会师了，他们两代人，也可以说是三代人的航母梦终于实现了。

因为忆乙是在执行任务，要马上回部队，只能在甲板上说几句。大家跑到忆乙前边，和他打招呼，都是极简的一句话，益朋说："忆乙哥，你真了不起。"念周说："我结婚你没能来，真遗憾。"周桐说："你妈挺好的，奶奶也挺好的，王爽也挺好，你儿子也挺好的，你那些七大姑八大姨都挺好的，等你休假时好好聚一聚。"顾中秋说："你小子真长大了。来，我们到舰载机前照个相，给奶奶给你妈给大家看看。"忆乙看了看部队首长，首长说"去吧"。记者们哪能丢了这个难得的机会，把这五个人好一顿照，第二天各大报纸、电视台、电台都以头版头条报道了这一盛况。其中，就有媒体刊载了一组照片——《东关街一家人，圆梦辽宁舰》。这组照片不仅报道了东关街一家人为实现中国的航母梦，舍己忘我地奋战在第一线的感人事迹，而且曝光了一组歼-15舰载机触舰复飞的照片，这是歼-15舰载机作为我国国产第一代舰载战斗机第一次公开曝光。国防报网站正式发布了关于中国航母舰载机触舰起飞的消息。随着飞行员周忆乙驾驶编号为552的歼-15舰载机在航母辽宁舰上成功触舰复飞，歼-15舰载战斗机终于拨开神秘的面纱，充分展示在世人面前。同时官方宣布航母顺利完成舰载机起降训练，航母平台和飞机的技术性能得到了充分验证，两者适配性能良好，达到了设计指标要求。歼-15舰载机在我国第一艘航空母舰辽宁舰上首次完美着舰，成功实现双剑合璧，中国航空工业由此实现从陆地到海洋的跨越。

忆乙的任务还没有最终完成，他还要起飞，他走上旋梯，落座机舱，挥手敬礼，发动引擎，隆隆作响，稳稳滑行，加速启动，随着引航员的"走你"手势，舰载机昂首挺胸冲上蓝天，信心百倍，笃定前行。

忆乙虽然驾机着舰，虽然人到大连，虽然见到亲人，可是，他转身又开始了新的征程。他没有见到奶奶，没有见到妈妈，没有见到王爽，也没有见到已经会喊"爸爸"的儿子。还好，记者送来了好几张照片，一家人拿着照片仔细地端详，奶奶更是爱不释手，看着照片问曾孙，你爸英俊不。又跟欧阳说，还是像你。王爽也是看了又看，孩子似的，贴着照片，吻着照片，一会儿飘到这里，一会儿飘到那里，一副心满意足的样子。孙悦衣又说，快拿给魏来看看。欧阳也很高兴，虽然在电视上报纸上早已看到各种报道和各种消息，不过看到一家人在辽宁舰上，在歼-15旁的这张照片，还是感到亲切，感到骄傲，感到欣慰。她对婆婆说，魏来他们早已在媒体看到了，您别劳神了。孙悦衣九十多岁了，身体还硬朗，头脑也没怎么糊涂，欧阳在考虑要不要给婆婆办寿宴，按说办个寿宴很简单，可是因为姜红叶病得很厉害，根本不能行动，需要静养。总不能给孙悦衣办寿宴，不给姜红叶办吧，她拿不定主意，跟家栋商量过，他主张简单办一个寿宴。等忆乙和念周他们休假，给他们办个庆功宴，顺便给两个老太太送上生日蛋糕，祝福一下，一举两得。

忆乙已经很久没回家了，亏欠家人太多了。上级首长和周忆乙说你自己掂量吧，想回大连也行，我忍痛割爱。周忆乙说不能就这样走了，使命担当。首长又说，你经常回家看看，我允许，你自己定。周忆乙始终没有行使这个特权。只有一次去沈飞调研，公私兼顾，调研完看了念周和甜妹。念周已是副总设计师了，孔甜妹还在大连机车厂，也是高级工程师了。孩子刚满月，在姥姥家。念周说："顺道回家看看奶奶吧，想你呀。不留你，快回家吧，都等着你呢，车票都买好了。"

总算是回大连了，王爽开车接的他，忆乙着便装，王爽也没有刻意打扮，少不了拥抱接吻。上车后，忆乙问这问那，王爽说回家再说。都在奶奶家等你。奶奶家，周桐和欧阳、家栋和高远、中秋和魏来闻讯都来了，王爽父母知道忆乙没有时间走动，也来到孙悦衣家见见女婿。

对这一家人来说，可是盼归望眼欲穿了。忆乙与各位打招呼。儿子在奶奶身边，两只大眼睛一眨一眨地盯着这个陌生人。王爽说快叫爸爸，忆乙赶紧抱过儿子，孩子没有哭也没有笑，也没有拒绝。孩子摸着忆乙的脸，过了一会儿叫了一声"爸爸"。王爽流泪了，忆乙也泪含眼眶。过了一会儿，孙悦衣让忆乙王爽带孩子回家，忆乙明天就要回部队了。孙悦衣快百岁了，头不昏眼不花，很明事理。王爽开车，忆乙拉着孩子回到了自己的家。忆乙看着冷清的家还和以前一模一样，无限感慨地对王爽说："我真对不起你，等回大连后，我会加倍补偿你，宠你爱你。"王爽说："等你回大连，我就是老太婆了，连半老徐娘都不是，你还爱？"王爽四十多岁，还拥有一张年轻漂亮的脸、婀娜修长的身材、温婉可人的性情。在大连歌舞团干得不错，做舞蹈教练，已经带出了很多徒弟，有的已经闻名全国，有的已经成了台柱子。她偶尔也上台演出，当个配角，亮亮相，不过大连观众很推崇她，每当她出场都报以热烈的掌声、喝彩声，以至于盖过了主角的风头。外行看热闹，内行看门道，懂行的人一看，王爽站着美、坐着美、一出手一抬脚都是美，气质美，形象美，体态美，举止美，动作美，没有童子功的积蓄，没有规范训练，没有十年二十年的持之以恒，没有习惯成自然的过程，就不会达到炉火纯青。台上一分钟，台下十年功。不过，王爽看得明白，自己是师傅、是教练，应该把更多的机会留给年轻的演员，所以她要求自己少登台不登台，不抢眼球，所以和团内的同事相处得很好。十多岁的小演员叫她阿姨，二十岁上下的演员叫她王姐，同年龄的演员叫她王教练，年龄长点儿的叫她爽妹，人缘挺好。

王爽想下厨做几个菜，可是家里什么食材也没有；想出去买，市场离家还挺远；想叫外卖，又怕不干净，转悠来转悠去，手足无措。

焦急时姑姑来电话，说在楼下，送来几个菜，王爽一听，高兴地飞下楼，说："姑姑，你可是我的大救星，我的活菩萨，我的及时雨。"魏来说："快别贫了，知道你不食人间烟火，快拿上去吧，别凉了。"晚上孩子睡了，两个人百般恩爱，腻在一起，天快亮时就起床了，忆乙要登机回部队。去机场的路上，忆乙说准备申请回大连。王爽说："我不勉强你。"

忆乙回到部队没几天，还没来得及提出申请，部队训练时，发生了意外，一名舰载机飞行员牺牲了。

悲痛万分的他将调回大连的想法埋藏在了心底。

二十八

中国人的航母梦实现了，东关街一家人为航母梦的实现立下了汗马功劳。功臣们需要好好休息了。周桐和陈益朋、顾中秋和张念周，都和忆乙一样，也获得了"航母工程重大贡献奖"。据说，船舶重工集团正在为周桐争取国务院授予的工程院院士称号，并且将任命他为集团的技术总顾问，拟任命陈益朋为集团总设计师；这边沈飞集团已正式报请评定顾中秋享受国务院终身津贴，顾中秋也被任命为技术总顾问，张念周被任命为副总设计师。一家人，功勋昭著，声名显赫。辽宁舰已经完全交付海军，大连船舶重工集团名扬四海。辽宁舰走向深海，曾经沸腾的船坞、曾经忙碌的港口、曾经红旗招展的厂区一下子平静下来，大连船舶重工集团是该休整一段时间了。厂部决定建造航母有功人员放假休息，以利再战。

司机把周桐送回家，实际上是孙悦衣家。周桐也不常回家，忆乙已经三年没回家了，于是欧阳、王爽和孩子就住到了孙悦衣家，一来照看老人，二来奶奶天天要看曾孙子。孙悦衣半坐半卧在藤椅上正和保姆聊天，看到儿子来了，高兴得很，让儿子坐在身边，又嘱咐保姆，快去买点儿海鲜晚上吃顿大餐。看到老妈虽然精神头还挺好，但毕竟岁月不饶人呐，竟然有些伤感。周桐已经有半年多没有好好陪陪老妈了，赶紧拉着老妈的手，他张了张嘴想说什么，可又没有说出什么。想当年，老妈飒爽英姿，叱咤风云，为国为民，汗马功劳。可如今只是夕阳无限好，无奈近黄昏。反倒是孙悦衣看出了儿子的惆怅，安慰他说妈挺好的，别担心。这时欧阳接孩子放学回来，孩子一下扑到了爷爷怀里，问爷爷你造的航母呢，怎么不拿回家里玩呢。这肯定是妈妈经常跟他说的。周桐抱着孙子说航母出海了，等它回来时爷爷带你上航母上玩。家里有了孩子，就有了生气，屋子里一下子热闹起来。

　　不一会儿，王爽下班回来了，屋里就更热闹了，王爽天生乐天派，没有愁没有忧，整天笑呵呵的。顾婷婷倒是经常来找她聊天，两家住得也近，婷婷经常说她没心眼儿，彪呼呼的，哪像个妈妈。王爽问老公公："听说您立大功了，军功章拿给我们看看吧。对了，还听说您已是工程院院士了，发院士帽没有，戴上看看，帅不帅。"周桐不知说什么，干脆不放声了，看着王爽逗乐子。欧阳也没放声，也看着王爽像个淘气的孩子，没大没小，没深没浅，不管不顾的"彪说六道"，也好，没隔阂。孙悦衣看着儿子，看着孙媳妇，看着曾孙子，说说笑笑，虽然没说什么，可看出她心里很是满足。就少忆乙了，也不知什么时候能回来，吃完了晚饭，孙悦衣说你们都回家吧，吴阿姨陪我就行，保姆姓吴。王爽说："奶奶，我也回家吗？我不想一个人在家。"孙悦衣说："你也回家，给忆乙打个电话，问问他，什么时候能休假。"

回到自己家，欧阳问周桐："王爽说的事是真的吗？"

周桐说："是真的。不过都在路上，还没有定论。工程院院士的事恐怕得有一个很长的过程，集团党委已跟我谈过话，让我准备材料，还说派一个年轻人帮我写。"

这些事照理说欧阳都应该知道，歼-15着舰那天，她也接到邀请，但是，她秉持着不在其位不谋其政的原则，不去打听政府的一些决策。所以有些事，她也是听小道消息才知道。按说婷婷是秘书长，级别已经不低了，一些事她应该知道，可是欧阳也不问她，不能让她为难。那天的盛事，欧阳也没去参加。

欧阳转了话题，说："你也不知道忆乙什么时候能回来吗？妈整天念叨想孙子了。王爽也感到孤单了，不愿意回自己家，结婚到现在一直独守空房真不容易，这孩子真不错。她嘴里不说，但看得出她有些抑郁，长期抑郁会成病的，亏得有个孩子，调调情绪。"

周桐说："部队的事咱也不好插嘴，他从美国进修回来后也许能休息一段时间。他有可能升衔，那就应该是少将了。"

欧阳说："少将了，这意味着要担更重的担子，压力会更大。"

周桐说："级别上去了，家属就可以随军了，也可以随时去探访。"

欧阳说："我也这样想过，也和王爽谈过。但她不想随军，也不想离开大连，她还挺喜欢现在的工作。"

王爽回到自己家马上就给忆乙打了电话，两个人谈了一个多小时，少不了情话绵绵，一日不见如隔三秋，有位佳人，在水一方。忆乙告诉她自己刚从美国回来，收获不小；又说海军舰载航空兵某部正式成立，自己将出任该部部队长，肩负培养舰载机飞行员的重任；又说，教练员是一个团队，以后自己能宽松一些；又说，自己有可能晋衔少将，这样就可以享受随军家属的待遇。王爽一直在默默听着，可是就没听到忆乙说什么时候休假回大连，能不能调回大连军区。忍不住了，她问："你什么时候回大连，孩子都想你了。"说得挺生气还发牢骚了。忆乙赶紧哄："我也想你呀，我已和首长打了报告申请回连探亲。首长说教练团队安排就绪后就可以准假，估计近日会同意。"王爽说："'近日'是多少日，你说过几次了。好了，你别分心，还是干好你的活吧。"

陈益朋回到自己家，首先是抱儿子，他倒是近水楼台先得月，虽然忙，但离家近，得空还能回家看看。顾婷婷的工作说忙，忙得要命；说闲，闲得无事。儿子上小学了，乖巧淘气。魏来已经办理了退休，但退而不休，像她这样仁心仁术的老医生，那可是越老越值钱。她不想开私人诊所，反正孩子有爷爷奶奶照看，自己也没有什么事，于是就返聘回医院，继续当医生，带带年轻的医生，倒也清闲自在。

沈飞集团也给舰载机有功人员放了长假。魏来知道顾中秋回来了，赶紧回家了。一进门，看见中秋躺在沙发上，说："累了吧，我给你做饭去。"中秋说："不用了，我们一会儿上外边吃，吃日本料理。"

魏来说："也行，为你立功受奖祝贺。"

晚饭时两人边吃边聊，聊了婷婷的工作不太顺心；聊了两位老人的身体状况；聊了忆乙和王爽总是两地生活也不是个事；聊了欧阳现在家务负担还挺重，由副市长转化为家庭主妇她还挺适应；聊了东关街的现状，欧阳和孟春一直在呼吁保护东关街。吃完饭，魏来说："天还挺亮，我们走走吧，搬来这么长时间，还没好好看看南山风情一条街。"

二十九

念周和甜妹一起从沈阳自驾回大连，他们先是来到老妈家，念周急于看奶奶。姜红叶前一阵突然昏迷，家里人无比担心。经过抢救暂时稳定，姜红叶要求从 ICU 出来，说要回家，在家里等孙子。魏来说准备后事吧。这些天家栋两口子一直守在身边。姜红叶看到孙子孙媳，露出了笑容，拉着他们的手，想说什么可是已经说不出话了，只是看着他们一直在笑，而后把念周和甜妹的手放在了一起，又看了看张家栋两口子。家栋说："妈，我懂你的意思，咱们一家都好好的。"听罢，姜红叶闭上了眼睛，很安详，很满足，于心无愧的一生，好人好报。张家栋很难过，泣不成声。亲朋好友都来了，送了她最后一程。孙悦衣没能来，送了一对金镯子，让她带着上路。

处理完后事，念周和甜妹赶紧去看望孙悦衣。看见甜妹肚子已经隆起，孙悦衣就拉着她的手说快生了吧，甜妹点点头。又问有什么反应，甜妹摇摇头。又问还去上班，甜妹又点了点头。又对念周说好好照看。念周说说好了去她妈家。盼望的四世同堂已在眼前，孙悦衣无限满足。不过，她一直有一个心思，就是周洪涛一直葬在长春深山老林里，自己是去不了了，孩子们也很少去了。因此就念叨着去看看周洪涛，去告诉他一家子的一些事。周桐和欧阳也想去看看，他知道父亲的坟墓，当地政府已进行了修缮。家栋更想去看看，认祖归宗了，本应该早早地去看看自己的生父。

就在这时，民政局的同志找到了孙悦衣和周桐，说长春市政府要修建烈士陵园，把散落在各处的烈士遗骸集中到烈士陵园中，让烈士们地下安息，让亲人们缅怀思念。问是否同意迁到陵园，并参加迁址仪式。孙悦衣当即表示同意，甚至表示亲自前往。孙悦衣要去可就要兴师动众了，周桐一家必须去，家栋一家必须去。魏来一家也要去，孙悦衣一路少不了她。好在，现在交通方便，飞机一个多小时就到了。孙悦衣头脑挺明白，断断续续地说了一些，周桐听明白了，老妈的意思是，别麻烦长春市政府了，我们自行安排，自己购买机票，自己安排食宿。长春民政局还是把这一家人接到了政府招待所，好好招待，一定要尽地主之谊，何况是周将军的家人，何况都是些有功之臣。

第二天，周桐和欧阳、家栋和高远，还有顾中秋——他要目睹周将军曾经战斗过安息过的地方，一起前往深山老林。现在有公路了，不到两个小时就到了，翻山越岭，几个人年龄有点儿大，但都能坚持。到了墓地，周桐立即看出墓地已经重新修过，坟墓已用砖石砌了一圈，半米多高，有了墓台、墓道，墓碑还是那块石碑，不知为什么修葺的时候没有换掉，大概是人们已把它当成历史的遗迹，保留了下来。杂草已清理干净，墓台上有一束一束的干花，看得出是人们前来缅怀烈士时留下的。再看看周围，有了一圈花丛，几棵当年的小青松也已成为参天大树。几个人摆上供品，点上三炷香，看来谁也免俗不了，仪式还要有，老传统还要有，还要继承。周桐首先说："爸爸，我是您的儿子周桐啊，今天我们兄弟姊妹来看您。我们都挺好的。您有了孙子、曾孙子，已经四世同堂。我妈挺好的。今天我们要把您请回长春，在烈士陵园安寝。惊动您老人家了。"家栋跪在坟前，说："爸爸，我是涛儿，是您的二儿子，我已经认过妈妈哥嫂，他们对我很好，感谢您把我带到这个世界，我虽然没有见过您，可是已经知道您是一个顶天立地的人。我会继承您的优秀品德，做一个好人。养父母对我很好，他们虽然都不在了，可是他们的养育之恩，我没齿不忘。您放心，我会孝敬妈妈，尊重哥嫂，养育好子女。"说完，磕了三个头。欧阳、高远、中秋鞠了三个躬，又执意要磕个头。迁坟仪式庄严肃穆，工作人员虔诚敬畏。

回到长春，决定骨灰盒先安放在陵园纪念堂。周桐等人在陵园门口下了车，步行入园。大门口，一组"永远的怀念"浮雕，展现了各个年代的人民群众对革命烈士的敬仰爱戴之情。经过甬道，便是下沉纪念广场，左侧镌刻着毛泽东的七律《到韶山》，右侧九个金色大字"长春革命烈士纪念碑"，正前方则是高达 12 米的"浩气长存"主题雕塑。陵园设计力求以纪念性建筑之形，立缅怀英雄之意；以大地景观造势，渲染悲壮雄浑的气势；营造纪念性场所，创造人与空间对话的场所；以地景为主，构造特色景观的设计理念。

第二天十点，安放仪式开始，周桐捧着骨灰盒，骨灰盒上覆盖着党旗。家栋捧着遗像，遗像上有黑色的挽带，仪仗队护卫正步走来。坐在椅子上等候的孙悦衣看到他们过来了，慢慢站起，王爽和魏来搀扶着她慢慢迎向周洪涛，她抚摸着骨灰盒，又用脸贴了贴，没有说什么，但看得出她在说，只是没有说出。安放仪式正式开始，没有礼炮轰响，怕惊动了英雄。两名工作人员接过骨灰盒，轻轻地放入墓中，又有两个工作人员盖上墓盖。与会者肃立在陵墓前边，烈士家属讲话，周桐说了几句："周洪涛是我的父亲，是我们的家人，但他更是中华民族的优秀儿子，是长春人民的儿子。他为革命英勇牺牲已经数十年，可是长春人民没有忘记他，谢谢长春人民，谢谢长春政府。愿父亲安息。"接下来，长春市政府领导讲话。他历数了周洪涛革命的一生，号召人民学习先烈的精神，向孙悦衣及家属表示了慰问。而后，与会者三鞠躬致敬，绕墓一圈，献上花篮鲜花。最后，孙悦衣和家人也鞠躬致敬。与会者散去之后，一家人逗留在陵墓周围，仔细地观看了墓地。周洪涛的墓地安置在最显著的位置，墓室呈正方形，苍松翠柏环绕，花岗岩棺椁，墓碑高大，墓碑上雕刻着"周洪涛将军之墓"，周洪涛的遗像镌刻在中央，俊朗刚毅。墓室后边增加了碑文，碑文历述了周洪涛在民主革命时期，在日伪统治时期，在抗日战争时期的功勋。

三十

　　顾孟春尽管有千百个不舍、千百个不甘，还是搬走了，他几乎是最后一个离开东关街的老住民。临走那天，他把家，也是永丰茶庄收拾得干干净净，那些破旧的家具、那些开茶馆用的物件、那些锅碗瓢盆，什么也没有带走。这些年永丰茶庄虽然关张了，可是格局还一直是老样子，他总是怀旧，总是思念，总以为这里是自己的根。他没有把房子出租，他还打算哪天可以回来看看，看看自己出生长大成熟变老的地方，看看父亲母亲生活了一辈子的地方。古稀之年了，竟然想到或许有叶落归根的时候。闺女顾红在温州城附近买的房，三室两厅两卫，装修得挺豪华。顾孟春也在她们小区买的房，便于相互照顾。

　　这几年，东关街的命运一直是大连人，尤其是老大连人，特别是东关街老住民热议的问题，争论不休，隔三岔五就有民主党派的建言，就有有识之士的建议，就有专业人士的论证，当然也有开发商的提案。有建言把东关街打造成历史文化街区；有建言恢复东关街"商业一条街"；也有建言东关街已经是千孔百疮，不如做商业开发。顾婷婷是秘书长，她应该最清楚市政府的精神，她又是东关街一家人一份子，她也最关心东关街的命运。每当有关于东关街改造的建议、方案出来，她都是在第一时间送达市长。她知道大爷对东关街情有独钟，所以一有消息，她也第一时间跟大爷说。有一份方案让顾婷婷特别振奋，她看后，不仅做了大字号标题，而且还写上了自己的建议。市政府对这份材料也很重视，组织了专家学者加以论证，修改补充，形成了可行性报告。方案提出：东关街改造的总方针是把东关街打造成为历史文化商业街区。报告还做了具体规划。

方案很鼓舞人心，很让人憧憬，然而，还是理想很丰满，现实很骨感。计划没有变化快，改造东关街又搁浅了。老百姓不知道搁浅的原因，秘书长不能不知道，婷婷告诉大爷和舅妈，东关街改造需要开发商投资，但他们很谨慎，不敢冒险，所以这个方案只能束之高阁了。

顾婷婷很失望，东关街改造规划如果实现，不仅能保留下大连的文化历史遗产，还将提升大连的知名度，招徕更多的游客，这笔精神财富不是拿金钱可比的。顾婷婷还在纠结之时，市政府出现了一种新的说法，开始研讨某些开发商的建言，并且很快做出了决定，将东关街土地出让给某某开发商，开始全面动迁，动迁费优厚。房主为了拿到奖励，也闻风而动，很快拿钱走人，那些外乡人也一哄而散。与此同时，推土机进了东关街，而且已经推倒了几栋房屋。

顾婷婷虽然很纠结，她很希望把东关街改造成为历史文化街区，但是，在寸步难行的时候，改条道路，能行得通，也未必不可，车到山前必有路嘛。她也理解一些老住民。一些东关街的"保卫人士"，自发组织起来，反对如此开发东关街，他们阻止推土机开进东关街，准备去市里上访。

秘书长把老人们上访的事做了汇报，她不能不汇报。她汇报得很委婉，以为市长会大发雷霆，不过，市长听得很明白，他竟然没有发火，还说也好，让省里也听听民意。

第二天他们就出发了。五六个代表启程来到省政府，说明来意，省政府知道东关街这件事。知道十几年了，大连市政府没有停止脚步，可是总也没有从根本上解决问题，也知道大连最近要商业开发东关街这件事，也知道大连市政府实属无奈之举。省政府决定派一位副省长，借这个机会，好好听听东关街的故事，好好权衡一下利弊，以便和大连市政府沟通一下，找到一个妥善的办法，大连的事也是省里的事。副省长说，方案现成的，不需宣讲。我们就开个座谈会吧，我想听听东关街的故事。几个人你一段我一段讲述了东关街的昨天今天和明天，顾孟春最了解情况，他说得最多。他讲了自己东关街的家，讲了自己的永丰茶庄，讲了他和欧阳讲过的那些故事，讲了自己这个古稀老人的期望。副省长很感兴趣，还开玩笑说："你可是东关街的活地图。情况省里都知道了，你们今天讲的故事很生动，很有说服力，我会向省委、省政府汇报，尽快给你们一个说法。"

　　一周后，顾婷婷通知那些老人家，让他们来办公室开个会，市长要见他们，又让他们在家等候，派车接他们。大家齐聚在会议室，老人家们很高兴，但也很不放心，不知什么答复。婷婷倒是不保密，很公开地说好消息，又跟顾孟春唠着家常。过了一会儿,市长来了,说:"各位好，我们都认识，有的还打过几次交道，就不客套了。我知道你们关心省里的答复，先说说省里的答复，省里认为把东关街打造成历史文化街区的方案，既符合中央的保护中华民族文化遗产，传承中华民族优良传统的精神，又关切到大连地区的近代史的发展脉络。东关街改造成功，将会使大连的声望得到提高，也可以促进大连旅游事业的发展。要求大连市政府要认真考虑你们方案的可行性。省委、省政府虽然没有明确意见，但行文的意思已经很明确。我们市委、市政府连夜做了讨论，认为商业开发东关街文件的出台比较仓促，决定暂时叫停。并且决定成立一个小组，就叫东关街开发工作小组，由秘书长顾婷婷任组长，组织专家学者，并聘请在座的各位老人家加入，另外我们还聘请了一位顾问，就是卸任的副市长欧阳同志，大家热烈鼓掌。"顾婷婷做了结束语，她也讲了三点，说："市长的讲话意思明确，顺从民意，叫停东关街的商业开发，会后就拟定文件下发有关部门；我会牵头做好东关街的改造工作，争取在这届政府工作期间完成改造任务，给大连人民一个全新的东关街；工作小组今天就开始工作，这些年，大家对东关街都很关心，现在大家就议一议东关街改造的问题，大家随便谈，想到哪儿说到哪儿。"顾婷婷很干练、很热情，当然也很有水平。市长先走了，大家就放松下来，七嘴八舌地说了东关街的现状，说了东关街能如愿改造成历史文化街区后的景观，说了当前还要做的一些事，也说了哪些学者专家更适合参与改造，说了不少。顾婷婷很认真地做了记录，没有再多说什么。

东关街的开发虽然有了新方案，但是没有钱，没有热心的开发商，市政府百般努力，顾婷婷千方百计，方案还是没有办法推进。东关街改造又一次被搁置起来，这一搁置又是两三年。

东关街的老住民全部搬走了，新住民也另找他处。现在，东关街可是没有了人，没有了人气，更没有了烟火气。白天，人们看到的是一栋栋一排排的面目皆非的残破将倾的楼房，看到的是一堆堆砖瓦石块，残垣断壁，看到的是垃圾成山污物成片。这里成了流浪狗流浪猫的"天堂"，不知何时从哪一座废墟里突然窜出恶狗，令人胆战心惊。一开始还偶尔有几个工人走动，据说是叫停之后的守护人；偶尔有几个摄影爱好者，这里拍一张，那里拍一张，大概是想留着纪念吧；偶尔还有几个大连老人，东关街老住民，来这里走走，似乎是要看看东关街的最后一眼，也算作缅怀和不舍。晚上，东关街死一样的寂静，没有一丝灯火，没有一点儿声响，或许偶尔有几声狗吠，大概是饿得难受；偶尔还有几声猫叫，大概是在孤独的叫情；偶尔风吹动树枝树叶，发出沙沙的声音，在别的地方，听起来像是音乐，悦耳动听，在这里听起来，像是鬼哭狼嚎，令人心悸。天上皎洁的月光似乎没有照到这里。每当电车公交车行人，路过这里看到这满目疮痍，便无限感慨"无可奈何花落去，似曾相识燕归来"。

东关街，大连历史文化的发源地，大连商业发展的发祥地，蕴含着城市文化的基因，承载着大连几代人的记忆。就这样，东关街走过了不死不活的二三十年，又走过了垂死挣扎的十几年，现在它真的就要物是人非，"灰飞烟灭"了吗？顾婷婷工作小组虽然积极性很高，早早就拿出来可行性方案，可现在也只能束之高阁，工作小组的老人家们腿脚越来越不方便了，工作小组也没有了存在的意义，自行解散了。但顾婷婷不能撒手不管，她还要继续攻克难关。

婷婷知道关键是拿下开发商，让他有意愿，就必须给他甜头。婷婷在不停地努力，得便就和明白人请教，和市领导呼吁，想办法；在家里她和家人絮絮叨叨，想从他们那里得到灵感，亲戚们也很热心，都是东关街一家人，都和东关街的命运有千丝万缕的联系。

有一天，欧阳在电视上看到一条消息，国际国内各种品牌汽车展销在星海会展中心开幕，盛况空前。说实话，星海广场竣工后，欧阳还真是很少光顾那里，更是很少领略会展中心的美轮美奂。今天，在电视上让她一睹芳容，也让她思绪万千，浮想联翩。当年星海广场的建设不也是困难重重、举步维艰吗？不也是绞尽脑汁、想方设法，胜利竣工了吗？而今天的东关街的改造不会比星海广场的建设更艰难吧！

周末，欧阳叫来了顾中秋、顾孟春，一起聊起了东关街改造的事，欧阳提出了"通融"的办法，想听听大家的意见。顾中秋说："事情很简单，就是政府想干事但没有钱，开发商没有利不肯出钱，你的办法是让开发商出钱，是为政府排忧解难，有什么不可。做，可以做。"他倒是不管不顾，老了也还是这样。

顾孟春说："我也觉得可以做，只是该怎样做才能做好。我想土地置换是一个办法，可是，欧阳你想过没有，现在的地皮已不是抢手货，经常流拍，和开发商拿东关街时，不可同日而语。就是说他拿地时是一万，现在只值五六千，你买回这块地皮只能高于一万，甚至他会敲竹杠，要的更多。市政府的财政会有这笔钱吗？银行会出贷款吗？如果置换这块地皮，按现在的行情，市政府会吃这个亏吗？"

欧阳说："这样行不行，东关街改造仍然让这个开发商来做，他投资，他经营，作为补偿，可以再批给他一块黄金地段的土地，以土地换改造，他可是一举两得，应该是有利可图。"

顾中秋说："好是好，要是我会成交，可是政府会同意吗？现在基本上是土地财政，这股血政府能出吗？"

顾孟春说："总得试试，总应该找到通融的办法。"

欧阳说:"先不说政府通不通融,我们先找到解决办法,再找婷婷商量,她毕竟是这个项目的牵头人,我们还都是那个工作小组成员嘛。"

顾中秋说:"快别提婷婷了,为了东关街的事吃不好睡不好,成天叨叨,魔怔了。"

欧阳说:"她是市政府班子成员,又主管这事,这是她的政绩,你当爸的还不大力支持,给闺女出谋划策,保驾护航?"

三个人商议了一下午,商量了一个办法:东关街还由开发商按打造历史文化街区方案来改造,谁改造谁经营,谁投资谁得利。作为补偿,政府无偿批给相当于或略高于投资金额的土地。说明天再找婷婷,再听听她的想法。

第二天上午,当顾婷婷听到欧阳他们研究出的方案,十分高兴地说:"你们的建议真是及时雨,前几天市长还问我整得怎样了,想了什么辙。我应付说正在想,想得我焦头烂额。市长笑了,说不着急,慢工出细活。你们说的办法我也想过,英雄所见略同,谢谢舅妈,谢谢大爷。"

几个人又议论了一上午,基本上明确了方案。看看快中午了,该说的话都说得差不多了,顾中秋又打趣婷婷,说:"快说说你的三点吧。""舅妈,你看老爸又挖苦我。"

原来,婷婷当了秘书长后,说话逐渐有了些官腔,动不动就"我说三点"。顾中秋就开她的玩笑,叫她"顾三点"。

婷婷说:"我今天还真要说三点,其一,我很赞同你们的具有建设性的建议,我将会找专家来论证,再细化匡算,然后提交市长,争取在市长办公会上讨论，争取能通过这个方案。其二，这个方案牵涉到市政府让利让地，估计一两次会议很难通过，这就需要我们工作组再呼吁再鼓动，陈清利害给市政府添把火，要持续不断，我脚踏两只船，两边权衡。其三，方案通过后，和开发商的谈判估计也会是漫长的拉锯战，讨价还价，不会是几个回合就能解决的，估计还是我在谈判第一线，我们要根据市政府的精神做好各方面的准备。"

顾孟春说："我没有三点，我只说一点。欧阳，你出个面，你毕竟是老领导了，你的想法，市长还是会重视的。"

欧阳说："行，我再找找老市长。东关街由盛而衰毕竟是在我们任上出现的，搁置起来也是我的建议，我对东关街老百姓有点儿愧疚。我真希望通过自己的努力，能使东关街起死回生，这也了了我的心愿。"她想，国家"善待历史"的决策、省政府的建议是难得的东风，大连真应该借这股东风一鼓作气，还原东关街的历史原貌，焕发东关街的新生。机不可失，时不再来，她心意已决，东关街改造的"最后一米"自己不能缺席。

欧阳约了老市长，说："好长时间没见了，我们一起喝点儿茶吧。"

他们在牛向东的茶庄坐了下来。牛向东不敢怠慢，把他们接到宽敞明亮优雅静谧的包间，又赶紧给顾红打电话。上好茶，好茶具，好糕点，热毛巾。欧阳说："向东，我们不需要什么服务，说会儿话。你去忙吧。"向东退出，关上门。老市长八十多岁了，还挺硬朗，精神头儿蛮好。

两人相互问候了一番，还是老市长先进入了正题："欧阳，我知道你约我的用意。东关街确实应该改造了，你们的建言我看了，我很赞同，东关街打造成历史文化街区，这是民心所向，是国家的战略决策，困难再多也要进行。"

欧阳说："市长，看来您也没闲着，还在关心着大连的民生大事。东关街改造的大政方针估计市政府心中有数，关键的问题是资金，我们想了个办法，就是有点儿……"

"你说的是借鸡下蛋？"老市长看欧阳吞吞吐吐、欲言又止，就猜想。

欧阳说："也不是，怎么说呢？"

老市长说："你直截了当地说，我们俩都退休了，不必再谨言慎行。"

欧阳就把商量好的方案说了。

老市长说："我听明白了，你这是明修栈道，暗度陈仓啊。照理说，不在其位不谋其政，不过我还真被你感动着了，退休这么多年，你还关心着东关街，按说东关街是我们俩共同的痛。和你一样，看到叫停东关街商业开发的消息我十分高兴，市政府做了一件好事。不过，我还真没想过如何打造历史文化街区的问题。你说吧，让我做什么，我支持你。"

欧阳看老市长这么爽快，就不再考虑讲话的艺术，直截了当地说："我想请您老和市长谈谈，让市长下定决心，促成这个方案，让东关街能够早日重见天日。"

老市长说："你说的办法挺好，虽然有些违规，但从城市建设出发，从为老百姓办实事出发，也是好事，也不是不可以操作。但我退休了，不能对现任班子说三道四、指手画脚，这是一大忌。"

听话听声，锣鼓听音，欧阳以为老市长要打退堂鼓，有些着急，竟然不顾身份说了求情的话："老市长，您帮帮我，您有威信、有声望、有话语权，他们不会不给您面子的。"

老市长笑了："看把你急的，就冲你的这种为民请命的精神，我也不能不支持你一把。但要找一个时机，我不能贸然去市政府郑重其事地找市长，一本正经地谈话。这样，快过春节了，市领导要走访老干部，这你是知道的。按惯例，市长一定会来我家慰问，我跟他说几句，点到为止，明白人一点就通，几句就行。"

欧阳乐了，开玩笑说："老市长，您真是江湖老手，您的几句顶几万句，这事成了。"欧阳将了老市长一军。

老市长岂能听不出来，回了一句："怎么也得你们这些车马炮保驾护航啊。"

两个人又说了一些家常话。老市长问："周桐的院士批下来了吧；孙悦衣九十多岁了，身体可好；听说忆乙还没有调回来，难为王爽了；你也见老了，这桩事完成后就不要再忙乎了，好好休息吧。"

坐了两个多小时了，老市长也累了，欧阳就说："您累了吧，我们回家吧。"喊来牛向东结账，顾红也进来了，喊了一声老市长，又喊了一声舅妈。欧阳问："你什么时候回来的。"顾红说："二老刚坐下我就回来了，没敢打扰，一直等二老接见。结什么账，老市长来小店，求之不得，我请了。我送二老。"说着，就搀扶着老市长上了车，一个服务员也搀扶着欧阳上了车。顾红也跟着上了车，在车上，一口一个老市长，说有空常来，一定免单款待。车到小区门口，顾红又是搀扶着一直送到家门口，司机拿来一个大礼包。顾红回到车里，欧阳问："你挺好的？做了总监，大为还老实没惹事吧。"顾红说："舅妈，大为挺好的，现在做大连地区的总经理，很有才干，和柳叶青好着呢。你身体挺好吧？东关街的事别上火。老爸经常念叨你，说为东关街可是呕心沥血了。"到了家，又是搀扶着，也拿出一个大礼包说温州特产，尝尝。欧阳对司机说："你回去吧，辛苦了。"又对顾红说："回家坐会儿。"顾红看望了孙悦衣，聊了聊孩子。又说有事就先回去了，出门，她的车也来了，司机一直跟着。

转眼春节快到了，市政府的走访也安排好了，顾婷婷特意安排市长走访老市长，按惯例秘书长应该陪同市长。年前的一天，市长一行来到老市长家，打过招呼，拜过早年，落座闲聊。市长说："感谢老市长的热情支持，不知对工作有什么建议。"老市长顺应市长的话题："没有建议，你们干得挺好，这两年大连变化很大。听说你们把东关街商业开发叫停了，打造历史文化街区也推不动了，这可是老百姓关切的问题。什么原因？是不是又是资金的问题，哪届政府都缺钱，当年星海广场建设也遇到了这个情况，不也解决了吗？你问问婷婷，她可是敢吃螃蟹的女人。可以变通一下嘛，只要是为老百姓，立党为公，就可以灵活处理。"顾婷婷说："老市长是说我嘴馋呗，大家都笑了，调节了一下气氛。"老市长又说："你可能还不知道，大连老百姓，尤其是老大连人、东关街老住民，他们对东关街的兴衰一直是牵肠挂肚。"婷婷觉得老市长的话已经发酵了，就适时地插了一句，说："市长，我们该去下一家了。"市长接话说："听君一席话，胜读十年书，今天到这里，节后再好好聊聊。"

春节期间，东关街一家人没有凑齐，就没有聚会，说忆乙回来再聚，一个都不能少。婷婷把老市长的话告诉了舅妈和老爸。还说，那天往回走时，市长跟我说："你们那个工作组是不是名存实亡了。跟欧阳市长说，还请她多费点儿心，再参与几天，你鬼点子多，多想几个办法。"欧阳说："老市长话虽然不多，但已经到位了，看来市长也心领神会，按惯例他应该给老市长一个说法。"顾孟春说："趁热打铁，春节后你就把我们商量的办法报上去。欧阳，你看是不是急了一点儿。""不急，市长会想到，我们工作组一直在工作。只是婷婷汇报时，说话要留有余地，别发表太多意见，让市长慢慢琢磨，又不在乎一天半天。"

　　出了正月十五，市长召开了办公会议，还通知了西岗区政府参加。市长说："今天，我们就讨论一个问题，东关街的问题。从东关街商业开发叫停又过去了两三年，东关街的开发一点儿进展也没有。经过了解，我知道了东关街的过去和现在，我是这样想的，既然东关街是大连的历史，是大连人的钟爱，那就应该还历史本来的面目，让东关街有一个灿烂的明天。而且不要再拖下去了，今天我们的会议就是讨论解决的办法，要议出一个决策，要出一个结果。为了节省时间，我先看了工作组的报告，我觉得还是有些可行的地方。秘书长，你把那份建言说一下。"

　　婷婷详细地解说了建言的内容，她原本想说，这个建言两位老市长都看过，以增加建言的分量。可是又一想，市长的话倾向性已经很明确了，自己再这样说，岂不是拉大旗作虎皮，令人反感，就没有说下去。几位市长讨论得很热烈，看得出，他们都想尽快地找到办法，都想在自己的这一届解决问题。他们都提出了一些建设性的意见，甚至改造细节，基本上完善了工作组的建言。

看来市长挺高兴，总结说："大家的意见基本一致，一个历史的崭新的东关街将要展现在世人面前。这件事我挂帅，和开发商谈判由顾婷婷来做，西岗区政府会同现有的工作小组负责改造方案的确立，还是由顾婷婷来牵头，我保驾护航。会后立即开始工作，争取早日竣工。"

顾婷婷先和拿地的开发商谈，提出土地置换的方案。实际上，开发商也知道自己拿地好几年了，推倒重新开发几乎是不可能了，大连老百姓不答应，市政府压力山大，舆情反对声一片。现在是政府提出土地置换，未尝不是一个解决问题的良策。但是商人重利，不见兔子不撒鹰，他们狮子大开口，地皮按行情应该低于之前几年，可是他们竟然翻了一番；而且还索要这几年的损失费，说是政府一变再变，违反了合同，应该给予补偿，而且是天价补偿；置换的土地必须是黄金地段，是他们相中的地段。

顾婷婷也是谈判老手了，她知道开发商争取自己的利益没有错，狮子大开口也不一定是他们的底线，谈判不会一蹴而就，前几轮都是这样，马拉松谈判是不可避免的，她懂，她有耐心。顾婷婷晓之以理，动之以情，当然也晓之以利，动之以"钱"。她知道，光讲大道理，空口讲奉献讲爱大连是不行的；她知道，该让的利还得让，该给的钱还得给。有进有让是进，光进不让是退。她看出对方还是有诚意的，也是有根有据，有理说理，是据理力争。

开发商也看出政府是为大连做好事，但也确实有困难，顾婷婷也是通情达理，没有以势压人，也是能让就让，照顾对方的诉求。几个回合之后，公司老总出现在谈判桌了，这次的谈判场地安排在了饭店，双方共进午餐，边吃边喝边谈边定。看老总，还不算老，挺随和，没有江湖气，斯斯文文，知书达理。他和婷婷这是第一次见面，见婷婷虽然冷艳逼人却也热情暖人，举止优雅得体而无官场凌人做派。四目相对，便知对方几斤几两，就知谈判对手的城府深浅。

老总首先发话了："今天有幸和秘书长同桌畅饮，实乃荣幸之至，秘书长举止优雅、韵味别致、气质超群，一看到你，就知道你是一个充满自信的女人，从你身上所展现出来的气场足以给人留下惊艳的印象，你骨子里散发出来的迷人气质，告诉我你从内向外散发出来的是独立的特质，能独立思考，不随波逐流。听员工说你性格豁达，气质独特，谈判机智，不卑不亢，既给人一种威慑的力量，又让人感到温和可以信赖。还听说秘书长酒量不亚于男人，酒品优雅，今天我们共同举杯，不遑多让，不醉不归。"

婷婷知道刚才的赞美、现在的微笑实际上都是在谈判，都是给对方的震慑。你有来言，我有去语，自己不能无语，无语就是输了，谈判立见高下。她不能不说，她笑了笑，笑得很灿烂，说："王总鼎鼎大名，早有耳闻，是个真正的男子汉。今日一见果然玉树临风，您目光深邃，一看就是一位有思想的人。听说，你的学习经历和创业经历十分传奇，很有责任心，很有使命感，你工作出类拔萃，创立并领导着这一家优秀的房地产公司，还多次获得荣誉，你还兼任了许多职务，还多次在各种论坛上演讲。但我不明白的是你本人为什么不是公司的所有者。我也敬王总一杯，不胜酒力，但酒逢知己，不醉不归。"顾婷婷也是不吝赞美之词，送出了对王总形象的赞扬，送出了对王总创业的赞扬，送出了对王总为人的赞扬。

这一回合，势均力敌，不分高下。不过热烈的氛围，言语的真诚，倒是创造出谈判的共识。接下来的谈判气氛融洽，边喝边吃边唱边舞，虽然都微醺小醉，可谁也没有忘记使命。王总说："你是女中豪杰，一心为公，爽快通透，我愿意和你打交道。"顾婷婷说："王总有见识，有格局，有远见，有担当，大连人民会记挂你，大连市政府会感谢你。"王总又说："你们这几轮谈的内容我都知道，我跟他们说了能让就让。你们都是为公家做事，都是要政绩的，不要难为你这个秘书长。"顾婷婷说："我真心感谢王总，我真心交你这个朋友。"王总说："能和你交朋友是我的荣幸。这样，下一轮你们就谈细节，我的意思，他们都知道了，定下来吧。"

也许是惺惺相惜，志同道合，也许是敬佩对方的为人，也许是棋逢对手，崇拜强者，总之顾婷婷谈判成功了，而且王总还表示愿意参与东关街项目的改造，自己有义务为大连社会做贡献。又历时一个多月，终于达成了意愿，草签了合同。市长认为方案可行，同意，满意，签字。王总认为有利可图，同意，满意，签字。合同生效。

接下来顾婷婷该招聘投资方了，虽说和投资方的谈判也并不顺利，但投资方有热情，这就好；有眼光，但就是锱铢必较，寸步不让。顾婷婷耐得住气，讲策略，讲责任，讲感情，讲远景，讲回报。一个多月的拉锯战，顾婷婷也真不容易，和形形色色的人打交道，抛头露面，那真是在烟雾缭绕中曲意逢迎，在觥筹交错中笑脸相迎，人家可不管你是不是秘书长，在利益面前你就是一个讨价还价的对手，没有钱赚，谁逗你玩。有一次谈判，婷婷跟舅妈说，自己心中突然感到没底了，竟然有点儿打怵，看到谈判现场就有一种逆反心理。欧阳说："我们的女中豪杰竟还有怯场的时候。"看到婷婷可怜兮兮的样子，竟动了恻隐之心，说："再什么时候谈，我陪你一起去。"

今天欧阳来了，有些人认识欧阳，便不敢造次。看得出，这些人对欧阳敬仰之至，尊重有加，一些上了点儿岁数的人，尤其是大连老板更是赞美不绝，念念不忘，说："就冲着欧阳副市长，就冲着东关街一家人，我们支持顾婷婷秘书长，我们投资东关街的改造，有钱出钱有力出力。"没想到，欧阳一出马，什么也没说，一个多月的谈判竟然画上了句号。顾婷婷高兴坏了，真是老将出马，一个顶俩。顾婷婷的任务完成了，得到市长的夸赞，不过，顾婷婷没有太兴奋，成熟了，老成了。

西岗区政府高度重视专家和大众的声音，在全国范围征集东关街近代建筑群文物保护方案思路，通过采取先进、合理的技术措施，为东关街近百座历史建筑的保护和建筑效能的提升提供技术支持。

期待这条老街与时代结合散发出独特的魅力！

规划方案有了，改造资金有了，承建单位有了，市区指挥人员有了，施工人员有了，万事俱备，只欠东风。历经风雨沧桑的东关街，这一次的大行动会是怎样的前景，会不会中途夭折，老百姓拭目以待。

三十一

周忆乙向上级首长提出新的培训计划。一、给训练基地加派心理医生，安排心理疏导课；二、选派优秀舰载机飞行员，组建一支教官队伍，编写各类教材；三、他主张倒排训练计划，细化质量标准，边组训边探索，最大限度激发学员潜能，训练逐渐步入正轨，培养舰载机飞行员实行新的"路线图"，即以生长模式培养飞行员，增长飞行员的飞行时间。不久，周忆乙期盼的海军首批生长期班学员也如期而至。随着首批生长期班学员全部成功着舰，一条以生长模式批量培养舰载机飞行员的路径走上了历史舞台。基地司令员周忆乙和政委在欢迎会上都讲了话。

周忆乙司令员说："历史永远铭记，是中国共产党人为中国有海无防的历史画上了句号！在中国共产党的坚强领导下，人民海军在战火中诞生，在艰苦中创业，在战斗中成长，在创新中发展，白手起家，披荆斩棘，从'空潜快'到航母编队初步形成体系作战能力，从沿岸近海到远海大洋，逐步发展成为五大兵种齐全、核常兼备的战略性军种。历史告诉我们，强于天下者必强于海，弱于天下者必弱于海，海权是影响大国兴衰沉浮的重要因素。鼓荡激情扬征棹，一路轻舟沐春风。建设强大的人民海军的任务从来没有像今天这样紧迫。生而有幸，你们赶上了这样一个海军转型发展的关键时期，成为一名海军双学籍飞行学员，现在你们来到基地，成为一名舰载机飞行员，我希望你们，扬帆远航琴心剑胆，水木清华厚德载物。以自强心逐海天梦，不负祖国厚望，不负人民期待，海军双学籍学员必将薪火相传、奋飞不辍。"

政委也讲了话，他说："光荣使命引领着你们，艰巨任务考验着你们。倘若把英雄们的故事浓缩成一个词，那就是'担当'。"

海军双学籍的第一课，周司令员亲自授课，他讲得很生动，有理论、有实践、有亲身经历。学员知道他是驾驶歼-15舰载机降落辽宁舰的第一人，是大家心目中的英雄。学员让司令员讲讲飞行经过。周司令很爽快地答应了，讲了训练，讲了起飞，讲了翱翔，讲了蓝天，讲了"跳舞"，讲了降落，讲了心态，讲了感受，还讲了辽宁舰。不仅讲课，还亲自驾机，做了起降示范，而且亲自带飞。一位跟飞的学员说："自己第一次登上舰载机时，对机上的一切都很感兴趣。司令说好好看吧，这也是你学习的科目。机上共有近一万个零件，都要记住，就像熟悉你自己一样。司令员提醒我飞机要起飞了，开始有些微微紧张，司令员说都一样，第一次都有点儿。可是，司令员开得太稳了，不知不觉飞机升空了，腾云驾雾了，看着司令员稳如泰山，心如止水，我竟然平静了下来。司令员说："舰载机升空并不难，难的是准确地降落到航母上。现在我们下降。他让我感受飞机的操控，模拟加油爬升，收油门下降，以及上升下降转弯，到预选高度和航向，特别是着舰的动作要领、技术操作。"这位学员是近距离地接触到周司令员的"第一人"，他感到非常幸运。让司令员高兴的是年轻的舰载机飞行员一天天地成长起来，一个个成功起降，中国航母上停靠着一架架舰载机，旁边站着一个个英姿飒爽的飞行员。

有了一整套新的先进的培训大纲，有了一支过得硬的教官队伍，有了一批素质良好的舰载机飞行学员，基地的培训也走上了正轨。

就在周忆乙谋求再进一步时，政委把一纸调令送到了他的手中，他要被调回大连，任大连旅顺海军基地副司令员。

周忆乙有些愕然，他问政委这是怎么回事，自己没有提过申请啊。

政委笑了，说："为了你的这一纸调令，我可是磨破嘴巴，跑断了腿。"周忆乙和政委已经搭档快十年了，政委是老哥，长他七八岁，为人忠厚，关心他人胜过关心自己，也是舰载机教官出身，屡立功劳。两人配合默契把基地各项工作打理得有条不紊。政委家属随军，开始时老婆孩子都住在基地，现在儿子长大了，也成了舰载机飞行员。政委总算有个家，每天都可以回家享受生活。周忆乙也经常来串门，一起喝点儿小酒，聊点儿家常，想老婆想孩子想家人，说多了，老哥老嫂就记到了心里。跑了两年，总算有点儿眉目了。由基地副司令员接手周忆乙的工作。

两个军区基地通过沟通协调，周忆乙的调令千呼万唤始出来。听了政委的叙述，周忆乙感动感谢，拥抱了老哥老嫂。周忆乙说不上高兴，也说不上不高兴，总之，没有太兴奋。毕竟在基地待了十多年，这里的山、这里的水、这里的营房、这里的同志，他太熟悉了，太有感情了，太难舍难离了。他在这里第一次驾驶舰载机，第一次升空，第一次降落。从这里起飞，翱翔蓝天，稳稳地准确地降落在辽宁舰上。

他第一时间给王爽打了电话，王爽先是兴奋，二十几年的牛郎织女般的生活，总算熬到头了。兴奋劲过了，心中不由得又担心起来："你不是哄我玩吧，过两天又会有什么变化，又有什么命令。"忆乙说：

"不会了，调令已在我手里了，赶紧给家里人说说吧。"

　　基地召开了欢送会，政委讲话热情洋溢，历数周忆乙的功绩，说他是基地的光荣；新任司令员讲话，感谢周司令员，自己保证做好工作，发扬传统；教官讲话，按司令员编写的培训大纲，培养出更多优秀驾驶员；战士讲话，学习司令员，学习英雄，好好学习，早日上舰。周忆乙讲话，难舍战友情，祝愿基地蒸蒸日上，祝愿大家百尺竿头，更进一步，祝愿大家生活美满。大家举杯，祝福拥抱流泪嘱咐。在飞机场，忆乙和政委、新任司令员握手拥抱告别。

　　飞机降落在大连机场，来接机的是妻子儿子，还有向东。忆乙和妻子又三年没见了，赶紧拥抱，王爽说："真的回来了。"忆乙说："真的回来了。"王爽流泪了，忆乙也快流泪了。车直接开到奶奶家，周桐和欧阳都在。忆乙赶紧抱了抱奶奶，奶奶拉了拉忆乙的手，笑了笑，说了一句："回来了，好啊。"忆乙又赶紧和爸妈打招呼。向东也和各位长辈打招呼，不知什么时候就开车走了。亲戚朋友说好了今天就不跟着乱了。保姆早就做好了饭菜，也到了吃晚饭的时候了，一家人围坐在一起边吃边聊。忆乙说了自己调回来的事，说政委真仗义，够哥们儿，不能忘，很感谢。又说自己调到旅顺海军基地任副司令员，尴尬的是司令员军阶是大校，而自己是少将。不过政委说，上级首长的意思是现任的梁司令员年龄大了，也快到退役的年龄了，他自己也有意退役，让我准备接班。欧阳说："军阶高低不重要，重要的是能力和敬业精神，在他身上有军魂的象征。我知道梁司令，资历老，参加过对越自卫反击战，立过大功，对旅顺基地的建设也贡献卓越，把旅顺基地打造成了现代化的军港。"周桐说："军阶高，是荣誉也是责任。你在舰载机基地，是一步步走上来的，而到旅顺基地工作，首先必须尊重现有的领导，虚心学习，了解情况。我认为旅顺基地主要是保卫海疆，训练能打仗能打胜仗的海军战士，要明确打靶的方向。"王爽说："旅顺也挺远的，还得住部队。"忆乙说："不远，开车一个小时就到了，有事住基地，没事就回来，也可以带家属住两天。你也是军人出身，回部队待两天，找找军人的感觉，省得天天在一起净打嘴仗。"王爽不高兴了："你说我不讲理呗，你问问爸爸妈妈，我不讲理了吗？"周桐赶紧说："王爽可真是通情达理的好孩子。"实际上王爽也知道军队有规定，节假日能回来她就满意了，隔三岔五去部队大院住两天也挺好。

第二天一早，周忆乙就要去基地报到，基地派专车来接。车走南路，一路风景目不暇接，不禁吟诗一首：蓝天白云朝霞，青山绿水红花，菜畦鸡鸭人马，大好河山，当兵人要保家。

来到基地，在军港门口，梁司令员、于政委，还有一些战士列队欢迎。司令员人高马大，精神头旺盛，一看就是快人快语；政委斯斯文文，但说话也很直率。

今天周忆乙从家里出来时，本打算穿便装，他不想让司令和政委尴尬，但是，在军营里必须着军装，他必须遵守。来到基地门口，他下了车，首先敬礼问好，寒暄了几句便进了军营。在司令部，梁司令说："你的事迹如雷贯耳，你来了，我们基地一定会更上一层楼。你看到了，再过半年我可就退役了，就等你来接班了。"政委说："打心眼儿里欢迎你来，如虎添翼。知道你和娇妻一直是牛郎和织女，基地给你准备了一套房子，你两边住着吧，没事你就回大连，也不远。"周忆乙知道政委这是给自己开了小灶，自己也不能坏了规矩，双休日回家就行。梁司令又说："你刚来，这几天让于政委陪你熟悉一下旅顺和基地。今晚召开欢迎会，让这帮小子见识一下少将的风采，见识一下起降辽宁舰的英雄，见识一下什么才叫飒爽英姿。你准备一下，这帮小子也都是不可多得的少年英才，你可要镇住这些恃才傲物的家伙。"政委说："你别让老梁吓唬住了，这帮小子还是有分寸的。"周忆乙说："我知道司令的意思，让我第一炮一定要打响。"

政委看看表说："我们还是先看看基地大院吧，看看你的住处，等一会儿喝醉了可别找不到家。房子还不错，独门独院，院子里种满青菜花草，小楼是三室一厅，后勤早已布置好了，看着不铺张，但很宽敞很明亮，也很有住家的味道。"周忆乙很满意。两个警卫员已经到位，在院门口迎接新首长。

晚上，在小礼堂召开了欢迎会。于政委说了几句开场白："今天我们迎来了基地副司令员周忆乙，让我们热烈欢迎。"掌声欢呼声后，政委又说："这个副司令可不简单，是一位战斗英雄，是起降辽宁舰的第一人，欢迎周司令讲话。"忆乙身着军装，英姿飒爽，小伙子们热烈鼓掌，使劲尖叫，把桌子敲得震山响，特别是周忆乙军装那闪闪发光的金星，让小伙子们羡慕不已。不等周忆乙讲话，小伙子们的提问就开始了，周忆乙干脆说："今天我就答记者问吧，你们问，我来答，答得不满意，以后再答，来日方长。"小伙子们看少将挺随和，就更无拘无束了，一个接一个地问，"你是起降辽宁舰第一人，给我们讲讲，你的体会。""听说在驾机训练过程中，你遇到过多次险情,你怕过没有?""具备什么条件才能当上舰载机飞行员?""听说嫂子很年轻很漂亮,像仙女一样,能带嫂子来军营,让我们一睹芳容吗?""你是少将,我们是小兵,能和你交朋友吗?""听说你能歌善舞,能展示一下你的才艺吗?"周忆乙真没架子,很认真很有风趣地一一作了回答,小伙子们很满意,笑声不断,掌声不断,更无拘无束了。看这架势,这些小伙子会没完没了。政委赶紧说:"打住,打住,梁司令还没讲话。"梁司令说:"欢迎词都叫这些无法无天的臭小子搅和忘了,我说两句,一热烈欢迎,二向周司令好好学习。"

第二天,于政委带着周忆乙视察了旅顺基地,介绍说旅顺口海军基地,或者叫旅顺军港,现为我国北海舰队的基地之一,地处辽东半岛黄海北海岸,地势险要,有一夫当关万夫莫开之势,接着又介绍了旅顺的沧桑历史。

第三天,梁司令陪同周忆乙,介绍了基地防务情况,基地的拱卫任务,军舰的数量种类、后勤供给、战士军官编制、训练安排、基地布局、家属随军情况等。又说:"你慢慢熟悉吧,知道你的为人,我们一定会合作愉快,你放心大胆地干,我做你的参谋。"周忆乙说:"离开舰载机基地时,就听说了您的大名,说这几年旅顺基地突飞猛进,各方面都卓有成效,这和您的领导分不开,很愿意和您搭档。您是大哥,向您学习。"

周忆乙在旅顺海军基地的生涯就这样开始了。星期五的下午,于政委说:"你收拾收拾回大连吧,我和老梁都住在大院,你放心吧。"

王爽还是住在奶奶家,整天逗奶奶乐呵。周忆乙说了基地的情况,王爽说:"分四天,合三天,挺好,不对,是分五天,合两天,也行,距离产生美。哪天我和你去旅顺基地住几天,看看你的军营,看看我们旅顺的家。"周忆乙回大连的生活就这样开始了。

三十二

周忆乙回大连转眼就两三个月了,陆陆续续见到了几个亲戚,想东关街一家人再聚一聚,聊聊家常,可总是文齐武不齐,一直也没有合适的时间。正好再过个把月就是春节了,是个办家宴的好时机。忆乙和王爽商量,春节期间聚一聚,既是家宴,和亲戚们聊一聊,也给奶奶过生日,延年益寿。王爽倒是很高兴,可是要张罗,就是自己的事,谁提议谁张罗,她怕张罗不起来,挺打怵,就说:"你找婷婷姐,她有人缘,又很有号召力,又很会组织,这是她的专长,我出钱出力,行不。"周忆乙一想也是,这事就交给婷婷了。婷婷很爽快地说行,我保证一个都不少。她提前一个月就在电话里发了通知,这是因为有人在国外,有人要外出探亲,还假借是姥姥的意思,又在电话里挨个落实,措辞强烈,让人推辞不得。

初四,该拜访的人都拜访完了,该回来的人都回来了。东关街一家人,人人都归心似箭,都盼望着见个面,还真是一个也没少,三四十个人。婷婷布置任务:酒楼由顾红张罗,酒桌由念周安排,看孩子哄孩子是孔甜妹和柳叶青的事,调节气氛是欧阳大为的事,忆乙和王爽负责照顾孙悦衣，陈益朋高添福牛向东负责照顾其他长辈，车接车送，不得有误。顾婷婷考虑得真仔细周全。

说是十点，可是大家早早都来了，为的是早来早聊一聊，有的好几年未见了，还真是"相见时难别亦难"。长辈们虽然都是古稀之年，但是都还精神矍铄、身体健康，一见面便侃侃而谈，真看不出年暮衰老的样子。高行和老伴第一个到来，高添福和妻子搀扶着下了车，小孙子十多岁了，领着爷爷，一家人和和睦睦。高行退休十年多了，不再过问机车厂的事，只参加过大连机车厂建厂一百二十年厂庆活动，偶尔帮着孔甜妹解决点儿技术问题。高添福留守的商店已经归到温州城，现在商店已经完全停业，反正柳老爷子有钱，而且知道政府又一次开始对天津街改造，还知道力度挺大，投入不少，所以，他说就放在那里等着升值吧。欧阳大为已是老爷子集团的执行董事，他跟高添福说："你别留守了，跟着我吧，做董事局的常务主任，嫂子到顾红那里。"高添福两口子十分感谢。

顾婷婷赶紧迎了上去，说："过年好，您是第一个，快到包间休息。"刚坐下，张家栋一家来了，是孔甜妹接来的，老两口子没让孩子们搀扶，步履还算稳当，不过也是头发斑白了。张家栋退休后，厂里有时还请他回去帮助开发新产品。闲来没事时，他愿意坐公交车到处溜达，凡是通公交车的地方都去走走，开了眼长了见识，企业退休金不多，但老爹留下了一笔钱，够花了。于是，孙子不在眼前时，便和老伴出去旅游，走了不少地方。静下来时，想想老爹老妈，虽说是养父母，但对自己可是恩重似海，他也是感激涕零。儿子儿媳都有出息，都是干大事的人，也算是门楣闪光，这一辈子，值了。

高远彻底退休了，七十多岁了，在家看孙子，享受天伦之乐。早来一步的念周，赶紧出门迎候。

还没进门，一辆加长车驶来，念周眼快，赶紧喊了一声："奶奶来了。"顾婷婷原本安排姥姥不用早来，怕累着。可是，孙悦衣等不及，说要早来，要好好看看这些儿孙们，一大早就念叨赶紧走。拉开车门，忆乙赶紧抱出奶奶，王爽赶紧推过轮椅，奶奶慢慢地坐到了轮椅上。孙悦衣穿着一件绛紫色的缎子棉袄棉裤，墨绿色的盘扣和镶边，这是她从年轻时就一直喜欢的颜色，深沉含蓄优雅，又漂亮大气。孙悦衣虽然是百岁老人，但依然显得很精神。随后周桐欧阳也下了车，欧阳带着孙子，一大家子，四世同堂。顾婷婷也出来迎接，赶紧上前喊姥姥好，她一直叫姥姥，和姥姥贴了贴脸。又说赶紧上楼吧，外边冷。进了大包间，大家拥上前，孙悦衣一个一个看着，老的少的小的，很快都认出来了。听说姥姥到了，顾红不知从哪里出来了，赶紧上前问候，原以为老太太不会认出自己，可还没等自己开口，老太太就认出来了——顾红，是顾红。顾红不知为何竟流出了眼泪。

十一点不到，一大家子人陆陆续续都到了，顾中秋虽然老了，还是那样开朗搞笑，他一到来，原本热闹的大包间就更是把持不住了，孩子们更是不管不顾地闹腾，柳叶青和孔甜妹赶紧"管教"。顾中秋是沈飞的顾问，虽不用卡点上班，但还得时常去厂里看看，特别是舰载机不断升级改造，还真少不了他这个"顾问"。周桐评选院士的时候，问顾中秋沈飞是否也给他报请。中秋说，不太可能，虽然贡献够了，但自己走过几个单位，在沈飞的资历还不够长，咱得有点儿自知之明，不报请也很正常。反正已退休了，有个头衔反而不自在，他很看得开。念周作为技术骨干，技术问题还是要征求他的意见。魏来似乎永远没有闲着的时候，越老越值钱，尤其像她这样德艺双馨的老医生，公立医院"抢"，私立医院"抢"，可她已经八十多岁了，不能再去医院工作了。医院便聘请她为名誉院长，有难题还得请她出马。

顾孟春，现在闷了就找孙子玩玩，上牛向东的茶社看看。和自己经营的东关街的永丰茶庄大不一样，经营项目已不是单纯的喝茶，而是多种经营，咖啡、甜品、茶艺表演、包间小憩、棋盘娱乐，等等。茶社环境布局也是今非昔比，大堂、包间、沙发软塌舒服安逸。顾孟春有时一待就是一天，品品茶，吃糕点，一天就过去了。东关街不怎么去了，有时信马由缰，溜达到东关街，围挡四五米高，严丝合缝，根本看不到里面在干什么，也许根本就没干什么。不过，有轨电车还是照样开，自从有轨电车开通以来，已有一百多年了，每天都在跑，从来就没停过，早晨天不亮就哐当哐当、轰隆轰隆响起来了，好像闹钟一样，准时地将轨道两旁还在熟睡的人们叫醒。从兴工街起始，向东出发，穿过东关街区域，正好把这个区域分成南北两片。前些年，从电车上还可以看到东关街破败杂乱的样子，满目疮痍。有轨电车还是那样，虽然车型变了一次又一次，颜色变了一次又一次，但轨道没变，电网未变，方向没变，总算还有点儿东关街旧时的样子。顾孟春现在也只能坐坐电车，找找关于东关街的感觉。顾红很忙，国内外各处跑，天南海北，三天两头满世界飞，她现在是开发营销主管，温州城的兴衰寄希望于她一身，好在干得不错，柳老爷子常常自夸自己慧眼识珠，捡了一块宝。这次家宴，她就是漂洋过海赶回来的。她把家宴安排在富丽华，老板是自己的生意伙伴，要求按最高标准，而且亲自过目。她跟婷婷说这次花费由她全部买单。婷婷说花销太大，还是咱俩来吧。顾红说，算了吧，你和益朋俩名气大，银子少，谁还不知道，我挪腾挪腾就有了，大为说了他出也可以。咱们家这些当官的，都是死脑筋。

　　大为也从国外赶回来，去了趟温州，给老丈人丈母娘拜了年，又和媳妇赶过来，听说婷婷给自己派了任务，不敢怠慢，接来老爸老妈，就赶紧和婷婷商量。他们俩公事私事打过几次交道，说话也都直截了当。婷婷说："一会儿就看你的了，你不用准备，现场发挥就好，自家人乐呵就好；爸妈们年龄都大了，能让他们既高兴，又别累着就好；还有孩子们没深没浅，让他们快乐安全就好。"大为说："行，包好，你这三个'就好'，就是三点指示，怪不得人家都叫你'顾三点'。"婷婷说："你别听他们胡咧咧。你爸的身体好些了吧？"大为说："好多了，亏着婶婶精心治疗耐心开导，情绪也好多了。"欧阳尚武退休后，一开始也是带着老婆国内国外到处旅游，后来感觉胃口不舒服，一查是胃癌，好在是早期。找魏来看了，魏来请了国内外一流的专科大夫，做了手术，很成功。后来几次检查发现病灶基本消除。魏来说："没有大问题了，但要少喝酒，不喝酒，少生气，不生气。都是喝酒喝的，自己作践自己。"欧阳尚武自己也说："魏来说得对，就是喝酒喝的。不过，能不喝吗？拉客户要喝，和生意伙伴搞关系要喝，没有一天不喝，小杯换大杯，一杯接一杯，喝就喝吧，更闹心的是酒桌上乌七八糟，说翻脸就翻脸，掀桌子，骂娘骂老子，看着听着，心里堵得慌，这样的应酬应付，身体能吃得消吗？好在已过去三五年了，没有再复发。老伴也老了，也不矫情了，现在日子过得挺平静。"

快中午了，大为跟顾红说："可以上菜了。"念周安排都上桌，长辈一桌，晚辈一桌，孔甜妹和柳叶青带着孩子们一桌，三大桌。接着，大为说了几句开场白："各位来宾，女士们、先生们大家过年好！"大家哄堂大笑，知道他一本正经的样子只是让大家开开心。他接着说："今天是我们东关街一家人，时隔小十年后难得的一次家庭聚会。年年说聚会，年年也没聚，不是不想，而是难得一个不少。"他的话引起了大家的感慨，大家不由自主地议了起来。长辈桌说："是呀，半个世纪过去，弹指一挥间，花开花落又十年，年年岁岁催人老。时间过得真快，变化真大，我们都古稀了，都退休了，孩子都成家立业了，都子孙满堂了。"晚辈桌也感慨白驹过隙，时光荏苒，孩子都上小学了上中学了。婷婷看议论不停，赶紧说大家静一静，让大为接着讲。大为笑了笑说："今天是大年初四，让我们举杯拜年。首先让我们一起给老奶奶拜年！"孩子们都跑了过来，叽叽喳喳喊："太奶奶过年好，太奶奶福如东海，寿比南山。"拉手的、拽衣服的、贴脸的，孔甜妹和柳叶青招架不住了。孙悦衣想站起来，一左一右的忆乙和王爽赶紧说不用站。孙悦衣说："好好好，来，发压岁钱。"让王爽给孩子们一人一个红包。婷婷让孩子们都坐到自己的位置上，孩子们都乖乖回去了。大为又说："来，让我们祝福老人家福寿双全！"服务员送上生日蛋糕，说是酒楼的祝福。孙悦衣双手合十，表示感谢。大为又说："在此，也祝福我们的父母们，身体健康，心想事成。"

长辈们相互拜年相互祝福，晚辈们也相互祝福，家庭幸福、事业有成。这时菜也上齐了，酒也斟满了，大为说："下面开吃，边吃边聊。"大家聊得很热烈，有的好几年没见了，电话里聊过，听别人说过，都知道彼此的际遇，就是难得一见，难得一遇。

说来说去大家都说到了周忆乙，让他代表晚辈说几句，周忆乙调回大连了，终于和东关街一家人都见面了，他也有意说几句："我在东关街这个大家庭里感受到了温暖幸福，充满了正能量。我们的长辈们经历了旧中国的种种苦难，他们没有屈服。和外国侵略者，和国内反动派英勇奋斗、流血牺牲，终于迎来了新中国。大连解放后，我们的长辈在大连的政权建设、经济建设中发挥了聪明才干，为祖国的繁荣昌盛、为中国梦的实现立下了汗马功劳。他们的贡献、他们的业绩，大连人民有目共睹。他们称我们是东关街一家人，这个称谓包含着大连人们的交口称赞，人们常说金杯银杯不如老百姓的口碑，我们的长辈受之无愧，当仁不让。现在，他们都老了，但是他们仍然关心着国家大事、关心着大连的发展建设，当然，也在无微不至地关心着我们，关心着我们的下一代，为我们呕心沥血。世间爹妈情最真，泪血融入儿女身。殚竭心力终为子，可怜天下父母心！"说到这里，他端起酒杯说，"我建议我们这一代人，向我们的爹妈表示感谢，谁言寸草心，报得三春晖。"大家都站起来了，齐声说："谢谢爹妈"，都一饮而尽，而后鼓掌，气氛凝重。

大为觉得大过年的不能太郑重其事，得活跃一下气氛，于是就开始调侃王爽："欢迎王爽说几句，夫唱妇随嘛。"王爽混到了长辈一桌，一直坐在孙悦衣身旁，她今天的任务就是照顾好奶奶。回了大为一句："又拿我开心，欺负我老实。"大家哄堂大笑。王爽又说："我不会慷慨陈词，我给大家唱首歌吧。""那是我小时候，常坐在父亲肩头，父亲是儿登天的梯，父亲是那拉车的牛……"大家都跟着小声地唱了起来。王爽唱完，赶紧回到奶奶身边。大为借机说："刚才，王爽唱的这首歌，名字叫《父亲》，我们把这首歌，送给我们的长辈，以此表达我们这些晚辈对长辈的感谢，谢谢你们的养育之恩，我们敬你们一杯，也祝福你们长命百岁。"大为又问周忆乙："周将军，你讲完了没有？要不要和王爽再跳一曲。"他又要调侃忆乙，忆乙久经沙场，回怼说："我还没讲完。我不仅要和王爽跳，还要和柳叶青跳，你不介意吧？"大家起哄了一阵子，大为又一本正经地说："下面请周将军继续讲。"看来要长篇大论了，大家边吃边听。忆乙也一本正经地说："谢谢大为给我这次机会。下面我想说，我们这一代，秉承父母的教诲，工农商学兵，各行各业都有我们的身影，可贵的是我们在各自的岗位上也做出了应有的贡献，而且都已是社会中坚，都在为中国梦的实现添砖加瓦。我们无愧于自己的祖国，无愧于东关街一家人，我们真应该为自己骄傲，为自己干一杯。"大家说："对对对，说得好，我们干杯！"长辈桌上的顾中秋站了起来说："忆乙说得对，你们这些后生，干得都不错，你们都是佼佼者；你们上有老，要尽孝，下有小，要呵护。于国于家你们都问心无愧。来，我们这些古稀老人，也举杯，为你们祝福，为你们骄傲。"大为看看表觉得差不多了，就说："今天的正戏演完了，下面自由活动，大家吃好喝好玩好，愿唱的愿跳的，现在开始吧。"

吃了一阵子，聊了一阵子，唱了一阵子，舞了一阵子，老的少的小的，兴趣浓厚，玩得开心，一年的辛苦、一年的压力、一年的担当都放了下去。东关街一家人今天是大团圆，今天是荣誉归来，今天是说天谈地，今天是明天的大誓师。这时顾红又不知从哪里回来，跟顾婷婷说："要了一个客房，老人家们累了可以去休息一下。"顾婷婷说："你想得真细，把姥姥先送去吧。"顾红和王爽推着轮椅，把孙悦衣安置到房间，魏来也跟来了，说："你俩去玩吧，我来照看，正好还有话跟老妈说。"顾红说："婶婶，有服务员，都交代好了，有事你就喊她。"魏来说好。魏来从小到大，一直就是孙悦衣在百般呵护，不是亲妈，胜似亲妈；而魏来也把孙悦衣当作亲妈，一直关心照料，有个头痛脑热就跑前跑后，比亲闺女还上心，不是亲生胜似亲生。在客房里，母女俩拉着手，唠起了家常，更多的是说孙子们一个个生龙活虎，真是含饴弄孙，尽享天伦之乐。

最开心的还是孩子们，打打闹闹，你追我赶，还拿起麦克风唱两句。东关街的孩子们有的上小学了，有的上初中了，都懂事了。他们问周忆乙："将军是什么样子？将军服帅不帅？你怎么不穿将军服呀？"问陈益朋："辽宁舰有多大呀，我们能上航母去看看吗？"问张念周："舰载机什么样子，像大鲨鱼一样吗？"问高添福："我和妈妈去过你的商店，怎么没有儿童连环画？"问大为："温州城是你开的吗？我妈妈在那里上班。"问牛向东："阿姨说你爷爷是地下工作者，他是不是很勇敢很机智？"问王爽："你的歌唱得真好，我能唱歌跳舞吗？"问柳叶青："你是南方人？你说话真有意思，听不懂。"问孔甜妹："你爸是建高楼的，你也会玩积木建高楼吗？"问顾婷婷："你是当大官的，能管很多人吧？"问顾红："听说你天天坐飞机，坐高铁，真开心，是吧？你开的车很漂亮。"看来东关街一家人的第四代已在慢慢长大。

大家边吃边聊，天南海北，家事国事天下事；古今中外，旧事新事心中事。

晚辈这一桌，谈的是家庭的责任，社会的担当，改革的利弊，国家的未来，国际风云的大变局。聊来聊去，又聊到了周忆乙这里。周忆乙说："我正式调到了旅顺基地，实在是没有时间挨个拜访，就打算春节跟各位见面，唠唠嗑。"大家说："理解理解，你忙，我们也忙，我们是亲戚，可一年也见不上几面。是呀，和王爽才见过几面，你也真不容易，经历了多少生与死的考验，你创造了中国空军海军的好多'第一个'，国家授予你少将军衔，实至名归。现在好了，两口子总算结束了牛郎织女的生活，可以夫唱妇随了，王爽也不用老是独守空房了。"王爽依偎在忆乙身旁，幸福地甜蜜地笑着。"你是将军，问你，部队的战力到底怎样，打仗，我们打赢的概率有多少？""我们是一支优秀的人民军队，我们应该相信党，相信部队，相信指战员。"周忆乙回答得很抽象，但充满了正能量。实际上，大家也不会期待一个明确的说法。话题到了顾婷婷身上。"顾婷婷，你是不是会当副市长呀，那咱东关街一家人又要出一个女市长了。"婷婷认真地说："说实话，我还真没有这个欲望，现在就挺好。"大家说："挺好，挺好。今天能不能透露点儿内部消息？"顾婷婷一本正经地说："我透露一点儿，今天的聚会消费不少，不过，顾红已经买单了。"大家又哄堂大笑，笑罢，又说，不能让顾红一人负担，人人有份。周忆乙说："我来吧，今天的聚会是我的提议，当然该我做东。"顾红说："你们要 AA 制呀，也好意思说，才几个钱，你们吃好喝好就行了。"柳叶青也说："温州城报销就行了，我签字。老爹知道我们聚会，也是这个意思。"柳老爷子现在在大连的布局是，自己在大连的所有业务，均隶属温州城，柳叶青是董事长，顾红是总经理，高添福是副总经理。大为是老爷子集团的常务副董，老爷子要享清福了。话题又转到了国家大事，陈益朋谈到了"山东舰"，张念周谈到了歼-20。大家说："你们可是子承父业，现在都是第一线的领班，行业翘楚。"又问孔甜妹："还不想接老爸的班，一天到晚烟熏火燎、油了马哈的？""不想，他身体好着呐。"

老人家们聊来聊去，也一直是笑声不断，谈兴正浓。说到孩子们，他们脸上挂满笑容，看看孙子孙女们正在无忧无虑地玩耍，看到子女们高高兴兴地唱着跳着，他们想到的是传承，一代传一代，后继有人。看看儿女们，事业有成，家庭美满，为社会为家国做贡献，有担当，颇感欣慰。

三点钟，家宴该结束了，大为说："我们照个全家福吧。"顾红说："手机像素太低，效果太差，于是请了专业的摄影师。"孙悦衣坐"C"位，前前后后围了一大群子孙，她乐得合不拢嘴。照片很满意，人人都是笑容可掬，上面写着：东关街一家人。

后　记

在这个故事讲完的时候，传来了一个振奋人心的消息——大连市东关街历史文化街区保护与利用项目正式启动，该项目以保护街区整体空间为前提，以复兴街区活力为核心，以延续历史肌理为出发点，坚持尊重历史风貌，重塑城市记忆。项目采用 PPP 模式，项目实施前，房屋征收工作基本完成并形成存量资产，项目实施后，既盘活了存量资产，又提升了城市品质。

媒体报道说，历经沧桑的东关街老建筑群，承载着一代代人的生活记忆，也构建着城市的独特"筋骨"。街区占地约 8.13 公顷，内有不可移动文物 13 处，历史建筑 37 处，传统风貌建筑 109 处，可进行整治更新的其他建筑 42 处。

西岗区政府说，东关街项目在空间的规划上，将基于东关街原有的布局进行功能的分割，打造三街、六区、四场、五重氛围的业态布局，呈现多元化的场景体验。基于建筑风格与路网形成的动线，呈现文旅体验、潮流零售、创客空间、主题餐饮、夜经济、展演艺术六大业态组合，最终形成流量的相互带动，实现业态布局的有机融合。在街区建筑的基础上，引入商业服务、街史展陈、文旅体验、观光旅游、特色民宿，呈现历史文化气息厚重、风情浓郁、生活及旅游服务设施完备的历史文化街区。

施工单位说，围绕"特色建筑群＋情景院落""海鲜市集＋新零售市集""城市秀场＋艺术空间"共同呈现城市原有的海港、建筑、人文特色。通过文创产业聚集、创意产业办公、体验式民宿大院共同打造"创意产业＋文化社群"概念。改造后的东关街，将最大限度保护修缮原有街区肌理。项目建成后，将呈现浪漫、洋气、摩登、时尚的街区氛围。通过新锐潮牌店、时尚买手／设计师店、本土古着店共同打造时尚新概念街区，通过艺术交流、跨界展示、夜经济、小资风情、时尚潮玩集合打造新潮流社交体验。

举行开工仪式那天，笔者也来到东关街，想看一看开工仪式的热烈隆重的场面。很遗憾，东关街依然是围挡得严严实实，没有红旗招展锣鼓喧天的热闹场面，还以为仪式不在这里举行，什么也没有看到，悻悻而归。第二天，见报了，上电视了，媒体作了报道。原来开工仪式就是在东关街举行的，只不过是在围挡里边的一条街巷举行的。看图片，与会者四五十人，声势不大，会场周围，在那些斑驳破旧的楼体墙上，挂着蓝色的小彩旗，上面写着"百年大连心，预见新未来"。

"百年大连心"，应该是说东关街的百年步履，始终是大连人心心念念挥之不去的牵挂，是老住民们为东关街在合十祈福。

"预见新未来"，应该是说展望未来，东关街将会脱胎换骨，大连人将会看到一个焕然一新的东关街，未来可期可盼。

至于"蓝色"，应该是说，大连的底色就是"蓝"，像大海一样蔚蓝辽阔。大连是海洋城市，具有大海的宽阔胸襟，大连——东关街，将敞开胸襟，拥抱四方来客。